晚熟的人

A Late Bloomer

莫言

Mo Yan

晚期風格的開始

——莫言《晚熟的人》

王德威

二〇一二年莫言（b.1955）獲得諾貝爾文學獎，成為當代中國文學的大事。自從改革開放以來，「諾貝爾」一直是文壇甚至社會念茲在茲的圖騰，莫言獲獎，儼然完成了全民心願。

莫言崛起於一九八〇年代的尋根、先鋒運動。他的小說從《紅高粱家族》（一九八八）、《酒國》（一九九三）、《豐乳肥臀》（一九九六）到《檀香刑》（二〇〇一）、《生死疲勞》（二〇〇六）、《蛙》（二〇〇九）等，多以故鄉山東高密為背景，狀寫一次又一次奉「現代」、「革命」、「國家」之名的歷史風暴中，凡夫俗婦的困境與掙扎，屈辱與反抗。他的敘事雜糅傳統說故事人的世故、現代鄉土文學情懷、以及拉美魔幻現實小說的奇思妙想，不僅顛覆了社會主義八股，也突出文學眾聲喧譁的力量；榮獲大獎，可謂實至名歸。

但諾貝爾獎也可能是不可承受之重的榮譽。莫言得獎後各種褒貶紛至沓來，謂之為國爭光者有之，名過其實者有之，遑論種種藉機攀比附會的怪現狀。面對這些得獎後遺症，莫言緘默以對，一如他的筆名——莫言——所示。與此同時，更令讀者關心的是他創作的持續力。莫言如何證明自己？是否有所突破？都是想當然爾的話題。

《晚熟的人》是莫言得獎後首部結集出版的短篇小說集。十二篇作品或寫成於二〇一二年得獎前，或為新近完成，合而成書，很可以一窺莫言八年間的變與不變。莫言作品向來大開大闔，篇幅越長，越能顯現他那種妙想天開、兼容並蓄的氣魄。在新作中，他似乎有意擺脫這些特色，風格轉為內斂，時而懷舊，時而嘲諷，顯露一種若有所思的節制。短篇的形式也不容許過分複雜的情節和人物發展。

對莫言的粉絲而言，《晚熟的人》乍看未必是驚豔之作。寫過各種題材，如今作家頗有返璞歸真的姿態；在盛名之下創作，想來也有不得不然的理由。但仔細閱讀各篇作品，我們仍然可以看出他的企圖，甚至會心一笑。關鍵之一，正是書名《晚熟的人》。

＊　＊　＊

相對於「早熟」，「晚熟」之於莫言有著複雜的意味：既可能是大器晚成、後勁十足，也可能是後知後覺、恍然大悟，甚至不計一切、後發制人。無論如何，「早」、「晚」之間出現的時間落差，使得和諧社會的順時鐘不再可靠。而在政治人類學的詞典裡，「生」、「熟」之間的學問大矣。一回生、兩回熟，熟能生巧，熟門熟路，熟極而爛。「熟」是文明的現狀，也是生存之道。從「晚」與「熟」意義各種可能的排列組合裡，莫言觀察當代中國形形色色的現象，也思索後社會主義本身是否也是晚熟症候群的一端。

《晚熟的人》基本圍繞兩類題材展開：一類關於莫言近年返鄉、重新認識當年人事風貌；一類關於莫言對文壇眾生——包括自己身為「作家」——的觀察。這兩類題材的交集恰恰在於他對「晚熟」這一關鍵詞的體會。藉著回顧自己來時之路，不論是困窘的童年生活，或者是進入文壇後的是是非非，作家與其說有了恍若隔世的感嘆，不如說忙不迭的跟上時代，辯證「生」、「熟」，甚至不無「起了個大早，趕了個晚集」的困惑。

還鄉小說是鄉土文學的大宗，可以回溯至魯迅的〈故鄉〉，莫言成名作如〈白狗鞦韆架〉等也循此方向展開。遊子重返故里，回顧童年往事，體認城鄉差異，感嘆時移事往……這些都是我們熟悉的主題。然而莫言新作裡的返鄉之行證明這套公式已經過時。〈地主的眼神〉裡的老地主，經過無數清算和運動，竟熬到壽終正寢，在村人圍觀中風光入葬。〈鬥士〉的無賴受盡村人羞辱，以他的後半生貫徹毛主席「階級鬥爭」；「他的仇人們，死的死，走的走，病的病，似乎他是一個笑到最後的勝利者，一個睚眥必報的兇殘的弱者。」〈天下太平〉裡的農村早已經成為環境污染的淵藪，腫瘤的魚、變態的鱉、各懷鬼胎的村人，共同活出一個太平盛世。〈等待摩西〉裡的紅小兵文革中狠批他篤信基督的祖父，三十年後自己成了狂熱基督徒，並以此行走江湖。命運的輪盤嘩嘩的轉著，負負得正，一切「都是歷史的誤會」。

更突出的是〈紅唇綠嘴〉、〈晚熟的人〉。前者寫莫言的一個小學女同學多年屢仆屢起，進化成家鄉網路時代的恐怖分子，以五個手機、兩個公眾號買賣謠言，操弄民意。她食髓知味，儼然以莫言經紀人自居。「在網絡上不能講仁義道德，越無恥越狠毒越好！網路真他娘的好啊！」後者寫莫言的一個鄰居同樣歷經革命洗禮，新時期搖身一變成為地方名流，藉著莫言獲獎牟利斂財。小說高潮，莫言看著《紅高粱》景區愛國狗血擂台賽，被操弄的懷疑自己身在何方。

莫言在這兩篇作品中都以第一人稱出現，看著家鄉巨大變化，嘖嘖稱奇。魯迅式的故鄉憂鬱症早已過時。新時代的鄉親父老耳聰目明，何其機靈；他們不需要莫言之輩的同情或矯情。他們猶如〈天下太平〉中基因突變的魚鱉，已經成為一個新品種。套句《白毛女》的名句，舊社會把人變成鬼，新社會把鬼變成人——果如此，後社會主義社會又把人變成了什麼？

晚熟和早熟差別何在？「有的人，小時膽小，後來膽子越來越大」；「有的人，少時膽大，長大後膽越來越小。」莫言的鄰居如此解釋著。換句話說，小時了了，大未必佳；不，龜兔賽跑，後來居上。只是這樣的「晚熟」充滿鋌而走險的投機，無所顧忌的盲動，還有，完全扭曲的正義邏輯。二十世紀的革命、啟蒙運動不乏路線之爭，畢竟有起承轉合的線索。莫言早期《紅高粱家族》、《酒國》拆解卻仍依違歷史大敘事，即使中期《生死疲勞》和《蛙》退一步以輪迴想像作為現實的解脫，也還投射某種因果秩序。《晚熟的人》中的各色人等趕上了（革命）歷史末班車，卻要後發先至，昨是今非：「我們晚熟的人，要用一年的時間幹出那些早熟者十年的業績。」在這裡，時間成為競技場，一萬年太久，只爭朝夕。先來或後到無關宏旨，重要的是迎頭趕上，創造「業績」。

「晚熟」徵侯不僅發生在鄉村，早已蔓延成社會的感覺結構。莫言暗示他所置身的文藝界就不乏是類人等。〈表弟葉賽寧〉、〈詩人普希金〉裡，泛泛之輩無才無德，卻能無孔不入，而莫言自己往往成為他們利用或攻擊的對象。〈賊指花〉是篇具有神祕色彩的作品，圍繞一群文壇男女的小奸小詐，而故事核心居然指向偷——偷竊與偷情。所謂文學在此有如障眼法，混淆了生活與創作。這篇作品相當生動，有如莫言與文藝圈牛鬼蛇神交遊多年後的心得報告。而小說最後指向敘事者莫言也有自欺欺人之嫌，不可盡信。這當然充滿後設趣味了。

這神奇的「晚熟」效應讓文學和農村——或整個社會——產生不可思議的連鎖。在〈地主的眼神〉裡，小學三年級的莫言據說因一篇作文〈地主的眼神〉「轟動全縣」，也坐實了那位地主的罪狀。「從此以後，我就明白了，寫作文可以虛構，而且也明白了，作文中的人物與現實中人物的關係。」莫言其實是「早熟」的，但幾十年後他才明白，自己熟成的速度未免過於緩慢。〈紅唇綠嘴〉和〈晚熟的人〉裡，莫言衣錦還鄉，驚覺鄉人早已經把握時機，將他虛構的世界還原為歷史旅遊景點，大發利市。「假作真時真亦假」，人人都能無中生有，大做文章，人人都是文學好手。莫言所能做的，無非是戲上加戲，扮演好名作家「莫言」的角色。

* * *

「晚熟」一詞讓我們聯想到當代文學理論的關鍵詞「晚期風格」。薩依德（Edward Said, 1935-2003）在《論晚期風格：反常合道的音樂與文學》縱觀近現代西方文學與音樂大家的晚年作品，注意到一種特殊風格。[1]一般以為歲月與經驗賦予大師一種「和諧與寧靜」。或與人生難題和解，或成就圓融的智慧。但在貝多芬、史特勞斯等例子裡，晚期風格不僅不見圓融與和解，反而呈現矛盾、孤僻，甚至自我放逐的傾向。這是薩依德所謂逆向反常（against the grain）的創作。在此，時間發生錯置：創作者越過生命頂點，感受到時不我予，反而有了特立獨行、自甘異化的衝動。晚期風格每每引人側目，但在晦澀甚至古怪的作品中，我們感受到藝術家放出奇招，彷彿與時間的必然性相抗衡。

我們無須套用理論為莫言的新作強作解人。但就著薩依德所定義的「晚期風格」，我們仍可探問在莫言創作歷程中，《晚熟的人》所顯示的轉折意義：它是初老的莫言重新出發的嘗試麼？果如此，他如何展現不同以往的「晚期風格」？他在評價當代社會晚熟症候群的同時，如何為自己的創作定位？所謂「晚熟」是飽識時務，是隨波逐流，還是從心所欲——「必」逾矩？

為這些問題定調或提供答案也許言之過早，因為我們期待莫言的創作還有很長的路要走。即使如此，《晚熟的人》顯示莫言對時間的技術或幻術不能無感。他對「晚熟」或「過熟」不以為然，但也不得不承認，那是當下中國的處境。在社會主義的大機器裡，人人操作進退之道，不論「早」、「晚」，必須爛熟於心，莫言期待從回憶中找尋那些原初（卻也可能早夭）的生命，那些「生」的或「半生不熟」的人和事，從中投射現實的對照。

或許這是莫言對「晚期風格」的試探？因為客觀環境的限制，《晚熟的人》盡量不碰政治，就算揭露社會問題，也缺乏追根究底的銳氣，而代之以嘲諷，對照，或回憶。讀者或謂莫言筆下避重就輕，但他別有所見：

> 一個作家，一輩子只能幹一件事：把自己的血肉，連同自己的靈魂，轉移到自己的作品中去……我在寫作，早期是向外看，對罪惡的抨擊多一些，更多想到的是外部強加的痛苦，想到自己怎麼受社會的擠壓和別人的傷害。慢慢就向內寫了，寫內心深處的惡，儘管沒有釋放出來。[2]

換句話說，主義和教條以外，莫言更關心的是根本的人間倫理。革命的狂飆幾番起落，古老的話題依然打動我們：什麼是虛飾與真實，邪惡與寬容，意圖與責任，暴虐與慈悲？當然更尖銳的潛台詞是，如果社會主義多少年來號稱改天換地，創造了美麗新世界，何以這些話題永劫回歸，歷久而彌新？

---

1 Edward Said, *On Late Style: Music and Literature Against the Grain* (New York: Vintage, 2007).

2 引自「莫言——唯一一個報信者」，採訪李乃清，南方週末，二〇一〇年二月十日。http://www.infzm.com/content/41514。

《晚熟的人》中諸作提醒我們，性善或性惡俱分進化，莫衷一是。這使得莫言的批判立場變得猶疑，甚至及於自身。最好的例子是〈紅唇綠嘴〉。莫言對家鄉的那個女網紅充滿無奈：「她的智商很高，她的知識面很廣，但她為什麼連一點自知之明都沒有呢？我想，真正可怕的壞人還不是那些知道自己壞的人，而是那些不知道自己懷，反而認為自己很正確很好的人……他永遠都認為別人欠他的。」然而，當他回憶這個女性當年所遭遇的意外屈辱，以及事後她歇斯底里的報復，他網開一面，承認生命無可言說的黑洞。

莫言曾經寫道，「只有正視人類之惡，只有認識到自我之醜，只有描寫了人類不可克服的弱點和病態人格導致的悲慘命運」，才能真正產生「大悲憫」。[3]誠哉斯言。但實踐這樣的表述，談何容易？人心惟危，道心惟微——不論是什麼道，什麼主義。只有對生命的複雜性有了敬畏之心，文學的複雜性於焉展開。

這讓我們再思《晚熟的人》中篇幅最長的〈火把與口哨〉。小說中，莫言仍然以第一人稱記敘少年所見的一樁婚姻故事，以及一場人狼大戰的傳奇。故事中的男女因為吹口哨相愛成親，日後丈夫因礦難驟逝，一家四口的生活因而崩坍。悲劇卻剛開始。他們的孩子一個為狼所噬，一個中毒而死。至此，我們的女主人公幾乎重複著魯迅〈祝福〉中祥林嫂的命運，但事實不然。她燃起火把，直奔狼窟，殺死母狼和嗷嗷待哺的狼崽，自己也力盡心碎而亡。

與〈紅唇綠嘴〉開場背景相似，〈火把與口哨〉寫的也是一段文革中期的往事。但莫言所要探討的惡與傷害不僅來自人與人間瘋狂的鬥爭，更來自天地不仁的兇險。故事中的平凡人家一夕間毀滅，令人無言以對。多少年後莫言回顧往事，卻另有發現。時代是這樣紛亂無明，生命何其脆弱。那四口之家剎那間崩塌，徒留淒厲的口哨聲縈繞鄉村。但——比起五十年前無限上綱的革命叫囂，五十年後呶呶不休的「紅唇綠嘴」，「火把與口哨」反而留下一些純粹的、有如寓言的東西，讓我們反思卑微與執著，惡與悲憫的本質，而不禁心有戚戚焉。

這也是遲來的體悟吧。以此，莫言賦予「晚熟」一層相對積極的定義。晚熟是時間的考驗，你我不免，只怕熟斯爛矣，失去本心。經過大風大浪，作家看盡一切。傳奇不奇，他要書寫平常裡的不堪，也要記錄那屈辱裡的高潔。晚熟的作家冷眼觀世，心照不宣，但更可以自行其是，笑罵由人。在這一轉折點上，莫言開始實驗他的「晚期風格」。

王德威，美國哈佛大學Edward C. Henderson講座教授。

3 莫言，《生死疲勞》（台北：麥田出版，二〇〇六），頁六一一。

目次

晚熟的人

莫言

左鐮

小引

各位讀者，真有點不好意思，我在長篇小說《豐乳肥臀》、中篇小說《透明的紅蘿蔔》、短篇小說〈姑媽的寶刀〉裡，都寫過鐵匠爐和鐵匠的故事。在這篇歇筆數年後寫的第一篇小說裡，我不由自主地又寫了鐵匠。為什麼我這麼喜歡寫鐵匠？第一個原因是我童年時在修建橋梁的工地上，給鐵匠爐拉過風箱，雖然我沒學會打鐵，但老鐵匠親口說過要收我為徒，他當著很多人的面，甚至當著前來視察的一個大官的面說我是他的徒弟。第二個原因是，我在棉花加工廠工作時，曾跟著維修組的張師傅打過鐵，這次是真的掄了大錘的，儘管我掄大錘時張師傅把警惕性提到了最高的程度，但畢竟我也沒傷著他老人家。張師傅技藝高超，但識字不多。他的兒子當時是個團參謀長，我代筆給他寫過信。後來我當了兵，進了總部機關，下部隊時見了某集團軍司令，一聽口音，知道是老鄉，細問起來，才知道他是張師傅的兒子。

一個人，特別想成為一個什麼，但始終沒成為一個什麼，那麼這個什麼也就成了他一輩子都魂繞夢牽的什麼。這就是我見到鐵匠就感到親切，聽到鏗鏗鏘鏘的打鐵聲就特別激動的原因。這就是我一開始寫小說就想寫打鐵和鐵匠的原因。

一

每年夏天，槐花開的時候，章丘縣的鐵匠老韓就會帶著他的兩個徒弟出現在我們村裡。他們在村頭那棵大槐樹下卸下車子，支起攤子，壘起爐子，叮叮噹噹地幹起來。他們開爐幹的第一件活兒，其實不是器物，而是一塊生鐵。他們將這生鐵燒紅，鍛打，再燒紅，再鍛打，翻來覆去的，折疊起來打扁打長，然後再折疊起來，再打扁打長。燒紅的鐵在他們錘下，彷彿女人手中麵，想揉成什麼模樣，就能揉成什麼模樣。他們將這塊生鐵一直鍛打成一塊鋼。我小時候從我哥的中學語文課本上讀到「百鍊鋼化為繞指柔」這樣的句子，腦海裡便浮現出鐵匠們的形象，耳邊便回響起鏗鏗鏘鏘的聲音。這塊鋼，最終會被鐵匠鏨成一條一條的，夾到村裡人送來修復的菜刀、鐮刀等農具的刃口上。被加了鋼的農具，只要淬火的火候恰當，使用起來鋒利持久，得心應手，會大大提高勞動生產率。這就是我們村的人從來不去供銷社購買縣農具廠生產的劣質農具的原因。這就是老韓每年必來我們村的原因。當然，我想，在高密東北鄉的許多個村莊裡，大概都會有像我這樣的孩子，每年在槐花盛開之前或之後的日子裡，思念著老韓的到來並成為他們的忠實觀眾。

老韓的兩個徒弟，一個是他的侄子，大家叫他小韓。另一個名叫老三。老韓瘦高，禿頂，長脖子，永遠是眼淚汪汪的樣子。小韓大個子，身材魁梧。老三是個矬子，身板渾厚，腿短臂長，有點猩猩體型。老三性格開朗，愛說愛笑，與沉默寡言的小韓成為鮮明對照。幹活時，老韓掌鉗，小韓掄大錘，老三拉風箱、燒件，並在幹大活的時候，提著一柄十二鎊的錘子上陣助戰，形成三錘輪打的熱烈的勞動場面。小韓使用的大錘是十八鎊的。

二

我爺爺是個技藝高超的木匠，手藝人，對活兒挑剔。我能明顯地感覺到鐵匠們對我爺爺的反感，心裡很是遺憾。我爺爺拿著一把斧頭，要求鐵匠們給加鋼。那把斧頭已經用了很多年，大部分刃兒都化為元素滲透到木頭裡了。老韓接過那把斧頭看了看，說：「這還叫斧頭？」

我爺爺問：「那你說該叫什麼？」

老韓說：「另給你打一把吧。」

「另打的我不要，」爺爺說，「如果你們幹不了這活，我另找別人。」

「老爺子，」老三道，「你就放心吧，大到鍘刀小到剪刀，沒有我們幹不了的。」

我爺爺問：「繡花針能打嗎？」

「繡花針打不了，」老三笑著說，「老爺子，咱們不是同行吧？您是木匠。」

「新打一把，一塊錢；這舊斧頭兒翻新，一塊五。」老韓道。

我爺爺說：「你們三個別打鐵了，去劫道吧。」

「中就放下，不中就拿走！」老韓斬釘截鐵地說。

「好，」我爺爺說，「你們可要看好了，我這把斧頭可不是一般的斧頭。」

「魯班用過的？」老三嬉笑著問。

「魯班是個傳說，管二是個真人。」我爺爺說。

我爺爺就是管二。

老三歪著頭，用一塊粉筆頭兒，往那塊倚在柳樹幹上的鏽鐵板上寫字：官二，福頭加鋼一塊五。

我說：「寫錯了！是『管』不是『官』，是『斧』不是『福』！」

沒人理我。

飼養員趙大叔將一把舊鍘刀扔在地上，問：「老韓，今年來晚了吧！」

「不晚，跟去年一天到。」老韓悶聲悶氣地說。

「翻新，加鋼，快點，等著用呢。」趙大叔說。

「十塊！」

「老韓，」趙大叔道，「窮瘋了吧？」

「十塊！」

「我不敢應承，」趙大叔說，「待會讓隊長來跟你說吧。」

「隊長來了也是十塊。」老三道。

「老三，我給你說個媳婦吧。」趙大叔說。

「老趙，」老三道，「有熏雞熏鴨的，沒見過熏人的。去年你就說過這話。」

「去年我說過嗎？」趙大叔道，「今年是真的，我老婆娘家有個遠房姪女兒，白白淨淨，大高個兒，模樣周正，就是眼睛有點毛病兒。」

「眼睛有毛病兒不礙事兒，」老三道，「只要能摸索著辦個飯兒就行。」

「那你就放心吧，」趙大叔道，「這閨女，別說能辦飯了，連鞋都能做。」

「那你趕快去說，」老三道，「我什麼都不想，就是想個媳婦兒。」

老韓看了老三一眼，重重地嘆了一口氣。

田千畝陰沉著臉來到鐵匠爐前，說：「打張鐮。」

「舊鐮呢？」老三問。

「沒有舊鐮。」

「是膠縣鐮還是掖縣鐮？」老韓問。

膠縣鐮窄，掖縣鐮寬。膠縣鐮輕，掖縣鐮重。有的人愛用膠縣鐮，有的人愛用掖縣鐮。

「左鐮。」

「左鐮？」老三問，「什麼叫左鐮？」

「左手用的鐮。」

「左撇子啊！」老三道，「左撇子也可以用右手拿鐮的呀！」

「知道了。」老韓說，「我們會給你打張左鐮。」

劉老三的傻兒子喜兒光著屁股從大街上跑過來，他的妹妹拿著一件衣服跟在後邊追。

老三道：「去年不是請了一個遊方神醫給治好了嗎？」

「什麼神醫，」趙大叔道，「騙子！」

田千畝低垂著頭，一聲不吭。

「去年我就提醒你們，神醫沒有搖著鈴鐺走街串巷的，瞧，上當了吧?!」老三說。

「幹活！」老韓把一塊燒紅的鐵從爐中提出來，惱怒地說。

三

那個手持左鐮蹲在樹林子割草的少年名叫田奎，是田千畝唯一的兒子。田奎比我大五歲，是我二哥的同班同學。我二哥考上中學，到距家十八里的馬店上學去了。田奎的學習本來比我二哥好，但他不上學了，每天割草。

村子裡有很多孩子割草。放學之後，我也割草。我們割了草送到生產隊的飼養棚裡。十斤草換一個工分。工分是人民公社時期社員勞動的計量單位，也是年終分配的重要依據。當時流行的話叫「工分工分，社員的命根」。

我天生不是個割草的料兒。我姊姊一天能割一百多斤，掙十幾個工分，比男勞力掙得還多。有一天我只割了一斤草。當我把那一斤草提到飼養棚時，在場的人大樂。飼養員趙大叔用食指挑著我那一斤草，說：「你真是個勞模兒！」——從此我有一個外號「勞模兒」。

晚飯時，全家人聚在一起批評「勞模兒」。

我爺爺說：「想不到我們家還能出『勞模兒』，你割的是靈芝草吧？」

我爹說：「你坐在地上，用腳丫子夾，一下午也不止夾一斤草吧?!」

我娘說：「你到底幹什麼去了？」

我姊姊說：「肯定是偷瓜摸棗去了。」

我哭著說：「我跑了一下午，到處找草，但是沒有草……」

我姊姊說：「明天你跟著我，不許亂跑。」

但我不願意跟我姊姊去割草，我願意去找田奎。

田奎永遠在那片樹林子裡活動。樹林子裡有幾十個墳墓，他就在那些墳墓間轉來轉去。墳墓上生長著一些低矮枯黃的茅草，還有菅草。這些草我瞧不上眼。田奎蹲著，有時也彎著腰站著，用那張左鐮，像給墳墓剃頭一樣，耐心地割。我們割草，都是右手揮鐮，左手將割下來的草抓在手裡。他用左手揮鐮，因沒有右手，右胳膊上綁著一個鐵鉤子。他用鐵鉤子將割下來的草攏在一起。我感覺到他那個鐵鉤子比我的手還靈便。我也曾嘗試用他的左鐮割草，但感覺非常彆扭。我問田奎：「你從小就用左手嗎？」

他說：「剛上學時，我拿筆都用左手，後來老師不允許，逼著我改過來。但不當著老師的面我還是用左手。左手寫得快，右手寫得慢。左手寫得俊，右手寫得醜。」

「我二哥說你學習很好。」

「也不是很好。」

「你為什麼不考中學呢？」

他用右手的鐵鉤子指指前面一座墳墓，低聲道：「那座墳裡有一條大蛇。」

「多大？」我恐懼地用手摸頭髮。因為傳說蛇一見兒童就會數頭髮，只要讓牠把頭髮數清魂就被牠勾走了，因此，遇到蛇必須迅速將頭髮弄亂。

「想看看嗎？」

我猶豫著，但還是跟著他向那座墳墓走去。

那座墳墓上有幾個拳頭大的洞眼，他指指其中一個。

我屏住呼吸，摸著頭髮，湊近那個洞眼。起初看不清，漸漸地看清了。那裡邊確有一條茶碗般粗的大蛇。黑皮白紋。看不到整體，只看到部分。我感到周身冰涼，悄悄地退下來。一直退到離這座墳墓很遠的地方，才敢與他說話。

「你見過牠出來嗎？」

「見過兩次。」

「有多長？」

「像挑水的扁擔那樣長。」

「牠，牠什麼樣子呢？」我問，「牠頭上有冠子嗎？」

「有。」

「什麼顏色？」

「紫紅色。」

「像熟透的桑椹？」

「對。」

「你聽過牠叫嗎？」

「聽過。」

「像什麼聲音？」

「咯咯的，像青蛙的叫聲。」

「你一個人天天在這裡，不怕嗎？」

「自從我爹剁掉了我的手，我就什麼都不怕了。」

四

我經常回憶起那個炎熱的下午，那時候田奎還是一個雙手健全的少年。

我們聚集在村南的池塘邊上，衣服掛在樹上，我們光著屁股，戲水，摸魚。

池塘裡生長著蒲草、蘆葦，我們在裡邊鑽來鑽去。突然有人喊：

「喜子來了！」

喜子是我們村劉老三的獨生兒子，是個傻子。

喜子一絲不掛，沿著小路朝著池塘這邊跑來了。他的妹妹拿著他的衣服，跟在後邊追趕。

喜子當時就有十七、八歲了，身體發育很好。陰毛漆黑，生殖器很大。他跑到池塘邊上，站住了腳，對著我們，傻哈哈地笑。

我確實記不清到底是誰先喊了一聲：

「打啊，挖泥打傻瓜啊！」

我們從池塘裡挖起黑色的淤泥，對著喜兒投去。

有一團泥巴打在了喜子的胸膛上。他沒有躲避，還是傻哈哈地笑著。

有一團泥巴打在喜兒的生殖器上。他雙手捂住了生殖器。

我們感到很開心，嘻嘻哈哈地笑起來。

「打啊！打啊！打傻瓜！」

有一團泥巴擊中了喜兒的臉。喜兒雙手捂住了臉。

喜兒的妹妹拿著喜兒的衣服趕上來。她擋在喜兒面前。有一團泥巴擊中了她的胸膛。她哭了。她哭著喊：

「你們不要打了，他是個傻瓜！」

一團泥巴擊中了她的頭，她哭著喊：

「你們不要打了，他是傻瓜，他什麼都不懂……」

喜兒的妹妹名叫歡子，她的歲數跟我二哥差不多。她是個很好看的小姑娘。喜兒是個儀表堂堂的小伙子，村裡人都說，真可惜，他是個傻子。

歡子用身體掩護著喜兒，身上中了很多泥巴。她哭著罵起來：

「你們這些壞種，欺負一個傻瓜，老天爺會打雷劈了你們的……你們這些壞種……」

也許是懼怕老天爺懲罰，也許是良心發現，也許是累了，大家突然停了手，有的喊叫著，有的不出聲，鑽到蒲草和蘆葦中。

五

當天晚上，我們還在院子裡吃飯的時候，劉老三怒沖沖地撞進來。

「三哥，您來了，正好吃飯。」我父親對我姊姊說，「嫚，找個板凳來，讓你三大伯坐下。」

劉老三衝著我爺爺說：「二叔，咱兩家老輩子沒仇吧？」

我爺爺愣了一下，說：「老三，你這是說得哪兒的話？我跟你爹，多年的兄弟，俺們倆一塊去沂蒙山給八路出伕，我得了痢疾，要不是你爹一路照顧，我這把骨頭，都要扔在山溝裡了。」

「既然如此，」劉老三對我父親說，「那麼我倒要問問這兩位大侄子，今天中午為什麼要對喜兒和歡子下那樣的狠手？」

「怎麼回事？」我父親呼地站起來，指著二哥和我，怒道，「你們兩個，幹什麼啦?!」

我和二哥站起來，緊靠在一起，支支吾吾地說：「我們……沒幹什麼……」

劉老三帶著哭腔說：「我劉老三，前輩子一定是幹過缺德事兒，生了個兒子是傻瓜，二十多歲了，光著腚滿街跑。跑出來丟人哪，用繩子拴著都拴不住，這是老天爺懲罰我……可再怎麼著他也是個傻瓜啊，他要不是個傻瓜，能光著腚往街上跑嗎？你們打個傻瓜幹什麼？歡子都給你們跪下了，你們還不住手……」

劉老三捂著頭蹲在地上。

我父親抄起板凳對著我們沒頭沒臉地砸下來。

我爺爺說：「過來，給你們三大伯跪下！」

我們趕緊跪在地上。我二哥哭著說：「三大伯，你饒了我們吧，我們錯了，不是我們領的頭……」

「是誰領的頭?!」父親停下手中的板凳，厲聲問，「是誰領的頭?!」

「是……」我二哥支吾著。

「說！」父親高高地舉起板凳。

「是田奎，」我二哥說，「是田奎領的頭兒……」

父親用板凳重重地敲了我一下，厲聲逼問：「你說，是誰領的頭?!」

「田奎……」我說，「是田奎領的頭，我們不幹，他就打我們……他勁大，我們打不過他……」

「如果你們敢撒謊，」父親說，「我就割掉你們的舌頭！」

「沒有撒謊……」我二哥說，「我弄壞過田奎的手電筒兒，我不打喜兒，他就要我賠錢……」

「你聽到過田奎這樣說了嗎？」父親問我，口氣已經緩了很多。

「我聽到了，」我說，「他說，你們要是不打，咱們新帳舊帳一起算。」

「老三哥，」我父親提著凳子說，「我教子無方，向您賠罪。你看這事……」

「兄弟，」劉老三道，「咱們兩家是生死的交情，這點事兒不算什麼?我只是不明白，田奎為什麼要挑這個頭?他家是地主，俺家是貧農，這不差，但鬥爭他爺爺老田元時，如果不是俺爹站出來做保人，老田元當場就被拉出去斃了，這不是恩將仇報嗎?不行，我得去田家問個明白!」

劉老三怒沖沖地走了。

我感到脖子上熱乎乎的，伸手一摸，是血。

父親十分嚴肅地說：「我再一次問你們，是不是田奎領的頭?!」

借著月光，我看到父親的臉像暗紅的鐵。

母親用石灰敷著二哥頭上的傷口，說：「孩子都快被你砸死了，你還有完沒有?!」

我嗚嗚地哭起來，說：「娘，我的頭也破了。」

「這個劉老三，」我姊姊氣憤地說，「仗著個傻瓜兒子欺負人呢！」

我父親將凳子扔到地上，說：

「閉嘴！」

六

許多年過去了，我還是經常夢到在村頭的大柳樹下看打鐵的情景。那把已經初見模樣的左鐮在爐膛裡即將被燒白了。不，已經被燒白了。那塊即將加到鐮刃上的鋼也燒白了。老三奮力地拉著風箱，他的身體隨著風箱拉桿的出出進進而前仰後合。老韓用雙手攥著長鉗先把左鐮夾出來，放到鐵砧上。然後他又將那塊鋼加到鐮刃上。他拿起那柄不大的像指揮棒一樣的錘子，對著流光溢彩的活兒打了第一下。小韓掄起十八磅的大錘，砸在老韓打過的地方，發出沉悶得有點發膩的聲響。鋼條和鐮已經融合在一起。老三扔下風箱，搶過二錘，挾帶著呼呼的風聲，沉重地砸在那柔軟的鋼鐵上。爐膛裡的黃色的火光和砧子上白得耀眼的光，照耀著他們的臉，像暗紅的鐵。三個人站成三角形，三柄錘互相追逐著，中間似乎密不通風，有排山倒海之勢，有雷霆萬鈞之力，最柔軟的和最堅硬的，最冷的和最熱的，最殘酷的和最溫柔的，混合在一起，象一首激昂高亢又婉轉低徊的音樂。這就是勞動，這就是創造，這就是生活。少年就這樣成長，夢就這樣成為現實，愛恨情仇都在這樣一場轟轟烈烈的鍛打中得到了呈現與消解。

左鐮打好了。這是一件特別用心打造的利器，是真正的私人訂制，鐵匠們發揮出了他們最高的水平。

七

很多年後，村子裡的媒婆袁春花，要把寡居在家的歡子介紹給田奎。那時，她的爹劉老三和他的哥喜子都死了。她先是嫁給鐵匠小韓，小韓死後她改嫁給老三，老三死後，她就帶著孩子回來了。袁春花說：「人們都說歡子是剋夫命，沒人敢要她了。你敢不敢要啊？」

田奎說：

「敢！」

二〇一二年五月初稿於陝西戶縣
二〇一七年八月十六日定稿於高密南山

晚熟的人

一

高粱初紅，吾鄉紅高粱影視基地的旅遊旺季到了。自從在我的家鄉蛟河北岸拍攝過電視連續劇《紅高粱》後，當地政府在電視劇所搭景觀的基礎上，迅速把這裡建設成了一個在半島地區赫赫有名的旅遊熱點。每到五一、十一長假，車輛排大隊，遊人擠成堆。見到這樣的熱鬧場面，我感到有點不可思議。都是一些新造的景觀，什麼土匪窩，縣衙門，有什麼可看的呀。還有我家那五間搖搖欲倒的破房子，竟然也堂而皇之的掛上了牌子，成為景點，每天竟然有天南海北，甚至國外的遊人前來觀看。我實在想像不到他們能在這裡看到什麼。儘管我想像不到他們能在這裡看到什麼，但是我也經常帶著一些遠道而來的貴賓去參觀，並且煞有介事地為他們解說，當然我也可以不來，但總是來。

大概在五年前，我帶著法國的一位作家朋友，來看這個舊居，在門口，遇到了我的老鄰居蔣二。其實他的原名叫蔣天下，在階級鬥爭天天講的年代，這名字能演繹出嚇死人的結果，幸虧他的爹是退伍軍人，家庭成分又是雇農，根紅苗正。起這樣一個名字完全是無意，所以也就沒別的好說，只是讓他立即改名，他爹說就叫蔣天吧，有人說，蔣天也不行，那就去一橫，叫蔣大，叫蔣大也不行，於是又把「天」字裡的人撤掉，蔣天下就這樣成了蔣二。我親眼見過蔣二抱怨自己的爹：爹呀爹呀，姓狗姓貓也比姓蔣好啊！他爹說：這是老祖宗傳下來的，你怨我我怨誰去？

「蔣二！」我問，「忙什麼？」

我早就聽說蔣二借著我獲獎的機會發了財。有人說：你看蔣二，真是財運來了攔都攔不住。他先是在舊居旁擺攤，賣你的書，然後又兼銷當地的土特產，什麼剪紙，泥塑，草鞋，木雕……關鍵是他在大家都沒反應過來時，低價買下了我的舊居西邊那塊扔滿垃圾的窪地，雇人推土填平，迅速蓋了五間屋，又在原先的老屋和新屋之間搭起了一個大天棚，在裡邊建設了幾十個攤位，然後又把這些攤位出租給做買賣的，把那五間新屋租給了一個來自青島的作家，每年租金數萬，據說他揚言要娶一個二房太太。幾十年前，蔣二腦子曾經出現過一點問題，村裡人都把他當傻瓜看待，但事實證明，他是村裡最精明的人。他前些年是裝傻，因為裝傻，在未免除農業稅和各級提留之前，他一分錢也沒交過。

「嘿嘿，瞎忙。」他搔著脖頸子說。

「怎麼樣？發財了吧？」我問，同時我側身對法國朋友說，「這是我的鄰居，從小在一起長大，割草，放牛，下河洗澡，摸魚，是真正的發小！」

「湊合著吧，」他說，「比種地強多了。」

「你的地呢？流轉出去了嗎？」

「流轉什麼？每畝每年二百元，還不夠費事的，荒著去吧，長草養螞蚱。」

「果然是發了財了！」我說。

「大哥，」他說，「托你的福，咱們村都沾你的光，我要請你吃飯！今天中午怎麼樣？趙志飯館，東北鄉最高水平，想吃家禽吃家禽，想吃野味有野味。」

我說：「我記得你比我大一歲，應該我叫你哥！」

他笑道：「當大哥的不一定年齡大，你說對不對？給個面子，我請你吃午飯，連你這些朋友一起請！」

我說：「謝謝你的好意，吃飯就免了，只求你今後別賣我的盜版書。」

「大哥，我從來不幹那種缺德事！」他指著舊居前後那十幾個攤主，道，「都是他們幹的，我還經常去批評他們呢。」

「好，那我要謝謝你！」

「不用客氣，大哥！」他說，「你必須賞臉給我，讓我請你吃頓飯。吃飯是個藉口，主要是想向你彙報一下我的計畫。你知道，我們蔣家的滾地龍拳是很厲害的，我小時候跟著我爺爺學過，因此我也算滾地龍拳的傳人……」

寒風凜冽，法國朋友耳朵鼻尖兒都凍紅了，我忙說：「蔣二，咱們改日再聊吧。」

我帶著朋友進入舊居，蔣二在我身後喊：「今後不許再叫我蔣二，我叫蔣—天—下—」

二

蔣天下的爺爺蔣啟善，外號「蛐蟮」。他個頭矮小，其貌不揚，但村裡人對他無不敬仰，敬他的原因，一是因他有一身武功，二是傳說他曾赤手空拳打死一個日本兵，並奪了一支大蓋子槍。雖然這故事的版本很多，但我們都深信不疑。

上世紀七〇年代初期，臨近我們村的國營蛟河農場改制為濟南軍區生產建設兵團獨立營，安排了五百多名青島市的知識青年。知青們都發軍裝，但沒有領章帽徽，只能算是準軍隊編制。雖是準軍隊編制，但他們享受著比軍人高的待遇，這與福建那個教師斗膽給毛澤東主席寫了一封反映他的兒子們插隊在農村的艱難生活的信有關。

最讓我們羨慕的是這個獨立營裡，每星期六晚上都會在籃球場上放一次電影。這也讓我們這些農村小青年跟著沾光，每個星期六，也成了我們的節日。每到週六下午，我們就無心幹活，只盼著隊長能早點下令收工，但隊長故意與我們作對，平常日放工還早點，每到星期六，紅日不壓在西邊的地平線上，他是不會下令收工的。隊長雖然是我堂叔，但我恨透了他，恨透了他的不僅僅是我，還有隊裡所有的年輕人。從田裡回到村莊，放下工具，即便抓起一塊乾糧就往農場跑，也趕不上電影的開頭，而農場的知識青年們煩我們這些來蹭看電影的農村青少年，所以他們就故意地提前了放映的時間，這使得我們看了好多部半截子電影。

為了不看半截子電影，我們索性不回家吃飯了，隊長一下收工令，我們扛著工具直奔蛟河農場的籃球場。一路奔跑，急行軍，上氣不接下氣。幹了一下午活本來已經又渴又累，加上這七、八里路的奔跑，到了農場的籃球場，一個個汗流浹背，無論是什麼季節，估計我們的身上都散發著不好聞的氣味，我們的氣味，應該是那些知青，尤其是那些渾身香噴噴的女知青，厭惡我們的原因之一。再加上我們沒文化沒修養，看到電影裡尤其是外國電影裡的一些情節便大呼小叫，有時甚至妄加評議。譬如看到《列寧在1918》中芭蕾舞《天鵝湖》的片段，我們便嗷嗷亂叫，常林——村子裡最調皮搗蛋的青年，大聲評論：「奶奶的，腳尖走路，屁股上打傘，這是什麼玩意兒？」我們的無知和野蠻，引得知青紛紛側目。趁著換片亮燈的時刻，一個頭髮蓬鬆個頭高大的知青站起來，大聲喊：「老鄉們，我們不反對你們來看電影，但希望你們能保持安靜，不要影響別人。」

他的話毫無疑問是正確的，但卻遭到了常林的公然抵制。換片完畢，放映開始，場子一片黑暗，只有銀幕上的人物在活動，說話。這時常林突然放了一個極響的屁，一般情況下臭屁不響，響屁不臭，但常林這個屁既臭又響。儘管我們站在知青隊伍的外圍（他們每人一個小馬扎，坐著），但那股令人窒息的氣味，瞬間擴散，瀰漫了一片空間，那些坐在常林前面的知青一個個掩鼻尖叫，有的竟像被電擊了一樣蹦了起來。

人跟人不同，有的人天生就具有一些特異的功能。譬如，有的人能聽到常人聽不到的聲音，有的人能看到常人看不到的物體，有的人能嗅到常人嗅不到的氣味，這個常林，能驅動意念，製造出又響又臭的大屁，因為這特異功能，村裡人都不敢惹他，生怕中了他的毒招。人們私下議論，說這傢伙肯定是黃鼠狼轉世，其實他比黃鼠狼厲害多了。黃鼠狼只在遇到危難時才會釋放臊氣保護自己，但常林卻可以隨時驅念放屁，這樣的特異功能也應該是社會生活不正常時的產物，動蕩不安的生活是大善的培養基地，也是大惡滋生的溫床。亂世出英雄，國敗出妖怪，也是類似的道理。所以，也可以說，常林之惡是時代之惡。

幾根強烈的手電光束，交叉著照到常林的臉上，幾個知青跳出來，其中一個對著常林的臉捅了一拳，這一拳打在鼻子上，鮮血流出，常林把血往臉上一抹，大吼一聲，就跟那幾位知青打成了一團，常林身高馬大，家庭出身好，爺爺早年當貧農協會主任，領著鬥地主分田地，後來被還鄉團殺害，這樣的家庭出身，使他成為那個時代的驕子，我們見慣了他打人，從來沒見過他挨打，常林平日裡也好施拳弄腳，自吹是蔣啟善的高徒，但在一群知青的包圍下，卻只有挨揍的份兒，毫無還手之力。我們這些平日裡跟著常林胡作非為的小嘍囉，都縮著脖子，躲在一邊，連聲都不敢吭。

這時有一個上了年紀的幹部模樣的人站出來勸知青們收手，然後又義正辭嚴地宣布：「你叫常林，我認識你，我們兵團保衛科的人也都認識你，去年你偷走了我們地磅上兩個秤砣，你還偷剪過我們種馬場那匹蘇聯馬的尾毛。你還偷過我們拖拉機上的零件。這些我們都記著帳，如果不是看你家庭出身好，早就把你扭送到公安局裡去了，現在，你又來擾亂公共秩序，施放毒瓦斯害兵團戰士，這是大罪！你知罪不知罪？」

常林摸著臉上的血吼叫著——他雖然挨了痛打但嘴上一點都不軟——「你們管天管地，還管著老子拉屎放屁?!老子就是要放，老子要用毒瓦斯把你們這些雞屎（知識）青年全毒死！」

那中年幹部道：「常林，你要為自己的話付出代價的，我警告你，如果我們這些兵團戰士被你熏出了毛病，你要負全部責任！」

常林道：「我負個屁的責任，臭死你們才好！」

中年幹部道：「不怕你小子嘴硬！咱們騎驢看唱本，走著瞧！」

常林道：「走著瞧就走著瞧！」

這時，電影也在鬧鬧哄哄中演完了，電燈猛地亮起，照耀得周圍白亮如晝，我們看到常林的臉上全是血，頭髮凌亂，牙縫裡也有血，完全是一副鬼臉子，有三分可憐七分猙獰。

中年幹部道：「我代表生產建設兵團保衛科宣布你為不受歡迎的人！今後，不准你出現在我們農場的土地上。」

知青中有人高喊：「下次再來搗亂，就砸斷他的狗腿。」

「一群人打我一個，算什麼英雄好漢?!還還還兵團戰士，狗屁！你們穿瞎了這身軍裝！有種，咱們下次一對一，單挑！一群人打我一個，你們，狗屁……」常林說著說著，竟嗚嗚地哭起來了，「一群人打我一個，你們算什麼好漢……算什麼好漢……」

常林如果死硬到底，我們一點兒也不會感到奇怪，但他這一哭卻把我們，起碼是把我弄糊塗了，他是害怕了嗎？還是被打痛了？或者這是他的苦肉計？

知青們七嘴八舌地譏笑著：「好好，下次來一對一，單挑，我們這裡有青島市體校的武術冠軍，有摔跤隊的冠軍，還有戲曲學校的武生，隨便拉一個出來，也能打得你屁滾尿流……」「可別讓他屁滾尿流，他的屁一滾，無論什麼冠軍也被他熏倒了……」

在眾人的笑聲中，敵對的氣氛漸漸成了戲謔。常林道：「你們誰打過我，老子都記得，君子報仇不用十天，你們等著吧。」

中年幹部笑道：「行啦，常林，滾吧，只要你不施展你的屁功，這裡隨便拉出一個也能打得你四腳朝天或是嘴唇啃地！」

常林道：「你說不讓我放屁，我就不放了?!老子偏要放！臭死你們這些狗雜種！」說著，常林就開始雙手揉肚子，大口地吸氣，然後，猛地轉了身，對著那些人把屁股翹了起來。

三

下一個週六上午，可靠情報傳來：農場晚上放映阿爾巴尼亞電影《地下游擊隊》。一聽這名字，我們就猜到這是戰爭片，好好好，妙妙妙！我們不停地看太陽，但太陽就像焊在了西天離地平線三竿子高的地方，一動也不動。記得那天下午是種麥子，在我們隊那塊距離村莊最遠的地裡。我們人在地裡幹著活，心早就飛了。我悄悄地對隊長說：叔啊，今晚上農場放阿爾巴尼亞電影《地下游擊隊》。戰爭片，能不能早點放工啊？隊長，也就是我堂叔，把眼一瞪，道：「我管你地下游擊隊還是地上游擊隊?!就這麼塊活，早幹完早收，晚幹完晚收，今兒個八月十六，十五的月亮十六圓，」隊長抬頭看天，我們也跟著看天。太陽還在西天懸著，但顏色已經發紅，東邊那一輪巨大的圓月已經升了起來。

「要想去把電影看，那就使勁把活幹！太陽底下幹不完，月亮照著繼續幹！」隊長道。

「夥計們，加把勁！」常林喊叫著。

「拚了，幹吧！」我們十幾個人呼應著。

因為春天生產隊的牛傳染上瘟疫，死了大半，畜力不夠，拉耬的活只好由人來幹。三個人拉一耬，常林是壯勞力，雙手扶耬桿，主拉；我與蔣二是小青年，準勞力，左右傍著常林，副拉。耬後跟著扒糞的，撒化肥的，拉拖覆蓋壟溝的，因此，播種的快慢，全在拉耬的身上。另一盤耬由郭林主拉，小啟與老糾副拉，老糾不老，只有十六歲，我們六個人一起呼喊：「夥計們，為了《地下游擊隊》，拚了吧！」我們使出了最大的力氣，我心裡回響著悲壯的旋律，那是一部憶苦戲的旋律。心裡有旋律，腳下邁大步。我們赤腳踩著鬆軟的土地，繩子緊緊地煞進肩膀上的肌肉。步伐又大又均勻，在後邊扶耬的隊長被我們拖得氣喘吁吁。客觀地說，扶耬的活兒一點不比拉耬輕鬆，既要有技術又要有體力。扶耬人要掌握耬尖入土的深度，還要不停的搖晃耬把，使那個石頭做的耬蛋子來回敲擊耬倉後邊的左右擋板，使那根擰在耬蛋子上的鐵條不停地，但又必須均勻地擺動，使耬倉裡的麥種均勻地流出來，伴隨著扒糞手扒到耬盤上的糞肥，進入耬尖豁出來的壟溝裡。我們行進的速度愈快，隊長搖晃耬把的速度也必須隨之加快。在耬蛋子清脆而急促的響聲裡，在兩個扒糞手接力賽般的奔跑中，我們終於在太陽通紅巨大貼近了地平線，而一輪巨大的圓月在東邊天際放出銀白色光輝時，將這塊地播種完畢。按說我們必須輪番與隊長抬耬回家，但為了《地下游擊隊》，哪怕讓隊長扣我們的工分，我們也在所不惜，我們從肩上摘下繩子，跑到地頭穿上鞋子，不顧隊長的喊叫，便結伙向蛟河農場的方向奔去。

儘管我們已經筋疲力盡，但為了電影，為了《地下游擊隊》，我們動員起身上的殘餘力量，跑，跑，跑。八月十六日傍晚，遼闊的田野真是詩與畫一般的美好，秋風吹來陣陣清涼，田野裡的莊稼大都收割完畢，只有那些晚熟的高粱在月光下肅立。我們盡最大力量奔跑，但腿越來越沉，肚子越來越餓，汗已經流光了，口也越來越渴。我們已經看到了農場大糧倉頂上那盞水銀燈的光芒，因為天上明月的輝映，這盞水銀燈似乎不如往常那般耀眼。我們跑到了蛟河新橋，過了橋再有三百米便是那放電影的操場。因為大糧倉的遮擋，我們看不到那露天的銀幕，但我們似乎聽到了電影的聲音。

「弟兄們，」常林說，「到河裡洗把臉，喝點水，拾掇得利索點，別讓那些『雞屎青年』笑話我們。」

我們沿著橋頭兩側的台階下到河邊，踩著探到水中的石條，各自捧水洗掉了臉上厚厚的泥土，然後又捧水暢飲，澆灌了焦乾的肚腸，我感到河水使肚腹充盈起來，但腸子一陣陣的絞痛，一走動，便發出咣當咣當的響聲。剛剛飲足水的牛，在走動的時候，肚子裡也會發出這樣的響聲。我感到很餓，我知道大家都餓。常林道：「夥計們，先看電影，看完電影我帶大家去『保養機器』。」

「保養機器」，是我們這伙人的黑話，其意思就是去偷東西填肚皮。麥熟前，我們會跑到麥田裡手搓麥粒吃，玉米將熟前，我們會偷了玉米燒吃，花生成熟時偷來花生，那更是美味大餐，而現在這季節，農場的農田裡剩下的，就是那兩百畝良種的紅瓤薯了。

我聽到大家的肚子都在響，常林打了一個響亮的水嗝，道：「今天晚上這一肚子涼水，為我製造毒瓦斯提供了動力，哼，奶奶的，他們要是再敢欺負我，我就要把他們全部放倒！」

我們很想笑但實在笑不動了。拐過大糧倉，籃球場就在面前，水銀燈與銀盤月合伙照著光滑的水泥地面，沒有銀幕，沒有整齊坐著的一片知青，哪裡有電影？電影在哪兒？原來那情報是假的，我們被騙了。頓時，我感到渾身再也沒有一絲力氣，極度的失望讓我想趴在地上放聲大哭，但哭又有什麼用呢？忽然，我們聽到從大糧倉裡傳出了一陣猛烈的爆炸聲，然後是激烈的槍聲……天吶，電影，戰爭片《地下游擊隊》，竟然在大糧倉裡放映。這些傢伙，為了不讓我們蹭看電影，竟然跑到大糧倉裡放映。我們找到了糧倉的大門，門半掩著，有兩個知青手持步槍站崗。我們看到那塊耀眼的銀幕掛在大糧倉內的牆上，幾百個知青，排排坐著，仰臉觀望。

……姑娘，聽說你已經連續四十八個小時沒有喝到水啦？這可不是我的本意……

我們這裡，連小孩都是革命戰士！……

電影顯然已經演了大半，我們來晚了，我們來早了也沒用，他們躲在糧倉裡放映，其目的昭然若揭，我們成了不受歡迎的人，怨誰？多半怨常林，這個屁精。

常林斜著肩膀想往裡擠，站崗的知青用槍托子把他搗出來。

常林怒了，大吼著：「兵團戰士們，你們竟敢用槍托搗我貧農子弟，你們的階級立場站到哪裡去了？還還還軍民魚水情呢，還還還軍民團結如一人呢？我看你們簡直就是黃皮子游擊隊，是蔣介石的部隊，是國民黨反動派，你們不放我們進去，我們也不讓你們看舒坦，夥計們，往裡衝，看他敢怎麼樣，難道你們還敢開槍?!

在常林的鼓動下，我們心中生出了仇恨，也陡生了勇氣，便一起大呼小叫著往門裡擠。那兩個持槍哨兵中的一個，端起槍來，咣當一聲，推動了槍栓，似乎把子彈上了膛——後來我知道他們的槍是劇團的道具，那槍栓雖然能拉動，但既無彈倉更無子彈。

常林彎腰整氣，按摩肚腹，顯然又在製造毒瓦斯。我們怕被熏倒，慌忙掩鼻跑到一邊去。

沒等常林把毒瓦斯施放出來，他的屁股上就挨了一腳。我們看到常林的身體猛然往前一躥，然後就實實在在地趴在地上。我們聽到他嘴裡發出一聲怪叫，這聲怪叫與他的臉碰撞地面的聲音混在一起，潮濕而黏膩，令人聞之極度不快。明月照耀著那個出腳的人，只見他頭髮蓬亂，個頭高大，疙疙瘩瘩的臉光芒四射，上唇上留著黑油油的小鬍子。這還是上週六晚上從人群裡站出來批評常林的那個知青。後來我們知道他姓單名雄飛，爺爺與父親都是鐵路工人，在當時這樣的出身可謂高貴無比，貨真價實的無產階級後代，按說上大學、參軍、招工，都應該先安排他這樣的人，但在走後門盛行的時代裡，他卻成了獨立營裡回不了青島的少數知青中的一個，最後竟屈尊與我們村的吳桂花結了婚。粉碎「四人幫」之後，才勉強安排到縣化肥廠就了業，他當時怒踢常林屁股時，想不到幾年後自己竟成了常林鄰居吳老二家的上門女婿，後來又與常林成了不打不相識的朋友。

常林被單雄飛從後偷襲。那一肚子臭屁似乎從嘴裡嘔了出來。他跪在地上，哇哇地吐著，吐出了在河裡狂飲進去的水，這些嘔出來的水彷彿——不說了。他終於站了起來，嘴唇破了，門牙也動搖了，牙縫裡流著血，他狂叫著：「是誰踢了我?!」

單雄飛冷冷地說：「我！」

「儘管老子拉了一天耬，儘管拉了一天耬老子又瘋跑了八里路來看電影，儘管老子中午只吃了一個餅子兩棵蔥到現在還沒吃一粒米，儘管老子又飢又累肚子痛牙也痛，儘管老子是在你們的地盤上，但老子還是要豁出個破頭撞一撞你這個金鐘！」常林的好口才突然地展現出來，估計讓那些讀過高中初中的知識青年們都自愧不如。他對我們說：「夥計們，如果我今天被這個捲毛兔子打死，你們就把我抬到河邊扔到河裡，我活了二十多歲還沒見過海呢，我要被河水漂到東海裡去，見見大波大浪。如果我把他打死，那我也就回不去了，那就麻煩你們跟我爹娘說一聲，我是為了貧下中農的尊嚴而死！」然後他就緊了緊褲腰帶，退幾步，猛轉身，走到被水銀燈和月光照耀得纖毫畢顯的球場上，說：「捲毛兔子，來吧！」

我們跟隨著常林到了球場，很多知青——其中有好多個因為抹了雪花膏而氣味芳香的女知青——也都圍上來，有的知青興奮得嗷嗷叫。

「來吧，捲毛兔子，」常林咬著牙根說，「不是魚死，就是網破！」

「嘿，真是小瞧你了，」單雄飛道，「想不到你還滿嘴豪言壯語呢！從哪兒學的？」

「這還用學？」常林道，「老子早熟，生來就會！」

「你想怎麼打？是文打還是武打？」

「什麼文打武打？」常林道，「往死裡打！」

「那就來吧，」單雄飛抱著膀子，坦然地說。

「你來啊！」常林雙手攥拳，擺出一個騎馬蹲襠步，「你來！」

「來了！」單雄飛猛喝一聲，對著常林捅出一拳，常林急忙出手招架，但單雄飛的拳半途收了回去，狠狠地將常林奚落了一下。

知青群裡發出了一聲笑聲。

單雄飛的第二拳又是虛晃，但這一次常林動了真格的，他一個癩狗鑽襠，便把那個捲毛單雄飛扛了起來，轉了一圈，猛地摜出去，但單雄飛早就用手抓住了常林的膀子，右腿插到常林的雙腿間順勢一別，兩人同時倒地，但單上常下，按摔跤的規矩，常林輸了。這時我也才明白，他們吆喝了半天的生死搏鬥，不過是摔跤而已。而只會使蠻力的常林，顯然不是在體校裡專門學過的單雄飛的對手。

知青們為單雄飛喝采，我們為常林鳴不平，我們說：「不公平，常林幹了一天活，十幾個小時沒吃東西了！哪像你，晚飯還吃了兩個饅頭一碗肉吧?!」

單雄飛道：「哎，放屁蟲，要不今天就算了，等下次你吃飽了再來？」

常林對蔣二說：「蔣二，你去擼幾把苘葉過來。」

球場邊上堆著一垛朽爛的木材，木材旁邊有一片野生的苘麻，葉片肥大，枝椏裡尚有黃花，蒴果正嫩。我們蜂擁過去，每人揪了幾把頂端的嫩葉和蒴果，這蒴果，我們都吃過，我們叫它「苘餑餑」。

常林坐在地上，將那些苘葉和蒴果擺在面前，抓起來就往嘴裡塞。青澀的氣味撲入我的鼻腔，讓我想起上學時採摘苘葉餵養老師的兔子的往事。我的老師說，苘葉是上好的飼料，苘餑餑的營養尤為豐富。

常林吃苘葉的粗魯和威猛，估計讓那幫知青開了眼界。他們大概從來沒見過這樣的人，這群知青裡有一位女的，後來成了小有名氣的作家，我看過她寫的一篇散文〈吃苘葉的人〉，繪聲繪色的描寫了常林的吃相，她寫道，「這哪裡是個人？分明是一隻飢餓的公羊！看著他嘴角流出的綠色的汁液和那因大口吞咽而翻白的眼珠子，我恍然感到他的頭頂冒出了犄角……」

吃了幾把苘葉和苘餑餑後，常林揉了揉肚子，拍了拍胸脯，活動了一下身上的關節，大吼一聲，對著單雄飛撲上去。單雄飛慌忙架住了常林的雙臂，常林卻往後自倒，雙腿翹起，蹬著單雄飛的肚子，猛地往上一挺。一般的人，中了這一招，都會在空中翻滾一百八十度，然後沉重落地，但單雄飛是練家子，知道真要跌過去，那就像水泥地上摔青蛙，嘎一聲，斷了脖子、破了後腦勺子的可能性都是存在的。所以他迅速地用雙腿盤住了常林的腿，這樣的膠著戰況，難分勝負。肚子裡有了幾把茼葉和茼餑餑的墊底，常林的氣力明顯提高，他的力大，在周圍十幾個村子裡都是有名的，但單雄飛的確是高手，他的小動作一個接一個，幾乎是防不勝防，常林後來基本上是在地上翻滾，以雙手和背肘為支撐，兩條大長腿，像鏈枷一樣掄來掄去，像大夾剪子一樣又夾又別，終於有一腳，蹬在了單雄飛的小腹上，他慘叫一聲，彎著腰就坐在了地上。

「讓你見識一下，滾地龍拳中的鴛鴦腳！」常林氣喘吁吁地說，「滾地龍拳二十四招，我只學了兩招，一招鴛鴦腳，一招夾剪步，半生不熟的。我師父要是來了，你們全營五百個知青，也不夠他老人家一個人打的。」

「你的師父是誰？」單雄飛臉色煞白地問。

「滾地神龍，蔣啟善！」常林莊嚴地說。

蔣二自豪地說：「我爺爺！」

四

日本北九州作家鶴田澤慶來華，知我在高密，便乘坐高鐵趕來。老友相見，不勝歡洽。他希望我能帶他去我故鄉一遊，並說這是十年前他帶我去他的家鄉遊覽時，我對他的承諾。

我帶他先去看我的舊居——這也是他的要求——他的眼眶裡竟然盈著淚水——我說，這房子在當時，是村子裡中等水平啊，大家都這樣，而且我們也沒感覺到有多麼艱苦，而且而且，我說，而且甚至還有很多歡樂啊——一直跟隨在我們身後的蔣二，不，蔣天下，蔣總，高密東北鄉地龍文化公司的蔣總說：「那是那是，那時我們下河摸魚，上樹偷棗，去農場看電影，與知青比武，歡樂多多，不勝枚舉！」——我看著這個剃著光溜溜的頭——有文化的人愛剃光頭——腳蹬軟底布鞋，下穿肥腿黑褲，上穿黑色中式大褂，胸前繡著一條張牙舞爪的金龍，背後繡著「滾地龍」三個草體大字、精神抖擻、出口成章的奇人，不由感嘆道：「蔣兄，離上次見面不過五年，想不到您竟然成了大老闆，而且，文化水平好像也有了很大提高。」——我的話裡其實含有譏諷之意，因為我們一起上小學時，這個蔣天下，是以魯鈍著稱的，上學五年，勉強升到三年級，老師見了他就頭疼。——大哥，他說，人走時運馬走膘，兔子落運逢老雕，我這是運氣到了，而我的運氣，是大哥您帶來的，所以，今天，我必須請您和您的外國友人吃飯。

我們被蔣總和他的祕書小單半拖半拉到他的公司總部——就是他突擊蓋起的那五間新房子——我問：不是說租給青島作家了嗎？——早就被我轟走了，他不屑地說，什麼作家，冒牌的，不瞞您說，大哥，他天天躲在屋裡，偽造您的書法，然後讓那些攤位給他代賣，——哦，還有這事兒！我問。——不瞞您說，大哥，他的字比您的字漂亮多了！我到文化局執法隊告了他，借機與他解除了租房合同。文化局處罰他時，他還不服氣，說這是為您增光添彩呢！我說，呸，放屁，我哥的字無論多麼醜，那上面也有我哥的氣息，就像那臭豆腐，無論多麼臭，那也有人喜歡！——我說，閉嘴，蔣二，沒有你這樣誇人的！

我和我的日本作家朋友坐在蔣二地龍公司專為吃飯喝酒裝潢得金碧輝煌的房間裡，那位單祕書給我們倒上茶。此女濃眉大眼，一頭烏壓壓的捲髮，我立刻想到單雄飛，仔細一端詳，眉眼也像，而且她一口青島話，蔣二想對我介紹他的祕書，我說，不用介紹，你是卓婭吧？——她笑著說，大叔，卓婭是我姊，我叫舒拉。——你父親還好吧？退休了吧？——早退了——現在常住青島？——這不，被蔣總聘回來當武術指導，今天下午您就能見到他。

趙志酒店的小夥計開著電動車送來了蔣二為招待我們訂購的菜，雞鴨魚肉，應有盡有。我說最好來幾棵大蔥！蔣二隨即對那送菜的小夥計說：快，去拿幾棵章丘大蔥。別忘了帶醬。接著又說，大哥，闖外這麼多年，還好這一口啊！我說，天可改地可改，飲食口味不能改。你還記得常林大戰單雄飛那晚上他吃的什麼嗎？——怎麼會忘？刻苦銘心的記憶！蔣二道，吃了一堆茼葉、茼餑餑，然後用鴛鴦腿把單雄飛踢翻。他笑著說，老單連生兩個女兒，竟賴上了常林，說他把自己的種子庫給踢壞了，那常林道，你的種子庫壞了，可以用我的——蔣總！單舒拉嗔道，不許你說我爸爸的壞話。——這是壞話嗎？蔣二道，這都是色香味俱全的好話！來，大哥，還有尊敬的遠道而來的貴賓，請品嘗一下本公司用我們老蔣家的祖傳祕方釀造的地龍酒！他將一個貼有滾地龍商標的酒瓶打開，往我們的酒杯裡倒了淺綠色液體，氣味辛辣撲鼻，有些古怪。——這是啥酒啊，會不會有毒？——大哥，這也就是你，要是換上個人敢這樣說，我一個大耳刮子搧得他滿地找牙！這酒，疏筋活血，通經健絡，那是基本的功能了，治療跌打損傷，消痰活血，那也是酒到病除，最神奇的是，經我們的老鄉心腦血管專家李文海教授臨床驗證，此酒能溶解附著在血管壁上的斑塊！知道什麼是斑塊嗎？不知道吧，不知道就算了，總而言之言而總之，咱這地龍酒是真正的瓊漿玉液——你別吹了，就說這酒是用什麼泡製的吧！——大哥，蔣二看看鶴田澤慶，說，涉及到國家機密，過幾天我單獨去告訴你，來，他舉起杯，又說，小單，你也來喝——蔣總，我不會喝酒——胡說，你會不會喝水？會喝水就會喝酒，來，替你爸爸喝，必須的——蔣總，這安全嗎，我狐疑地問。——什麼？蔣二瞪圓了眼，道，大哥，省長，市長，他們的命不比你金貴？他們都點著名要這酒喝！你還真把自己當成大人物了？想想咱一塊喝溝裡的水把蛤蟆疙瘩子都喝到肚子裡的時候！我先乾，有毒先把我毒死！他將一大杯酒一飲而盡！——怕他生氣，我也喝了大半杯，那鶴田澤慶，也太實在了，見主人乾了杯，他竟然也跟著乾了。單舒拉抿了一小口。蔣二一瞪眼，單舒拉道，蔣總，饒了我吧！不行，蔣二道，你這是替你爹喝，你爹那酒量，高密東北鄉誰人不知何人不曉？單舒拉道，他是他，我是我呀！什麼他是他你是你？蔣二道，沒有天哪有地？沒有他哪有你？龍生龍，鳳生鳳，老鼠生來會打洞！單雄飛的女兒不會喝酒？那我要給你做一個DNA檢測了，看看你到底是不是他的女兒！蔣總，我豁出去了，但我就喝這一杯，要不下午上了台，忘了詞兒我可不負責。好吧，就這一杯。單舒拉將那一大杯酒一飲而盡，眉眼間陡然生出一股豪氣，這就更像單雄飛了。我問：你爸爸當時已在化肥廠工作，吃商品糧，他怎麼可以生二胎？蔣二道，二胎？三胎還有呢！——大叔，您別聽蔣總的，我爸爸是城市戶口，但我媽是農村戶口，可以生二胎呀。——二胎，那你弟弟是哪兒來的？——大叔，現在反正也不怕了。我媽生了我後，就偷偷地把我送到了我大姨家養著，對外就說我夭折了，然後又有了我弟弟。——這計畫生育也是撐死大膽的，餓死小膽的呀，我感慨地說。——你以為呢？世界上的事兒就是這樣，無論多麼高的山，也有鳥飛過去；無論多麼密的網，也有魚鑽過去。好，大蔥大醬來了，天大地大不如嘴大，爹親娘親不如飯親，來吧，吃，大哥，別裝文雅！

我抓起一段蔥，蘸上黃醬，咣當咬了一口，這一下喚醒了我的胃，喚醒了我的豪氣，喚醒了我的鄉愁。蔥醬一入口，那酒的辛辣就變成了甘甜和芳香，鶴田澤慶這孩子太實在了，跟著我們吃蔥抹醬，跟著我們大口喝酒，一會兒工夫就接近全醉了，這孩子醉相很善，不哭不鬧，不喊不叫，眯著小眼，滿臉微笑。其實人家也快五十歲了，我還叫人家孩子。小單把他扶到沙發上去睡覺，我與蔣二邊胡吃海喝邊回憶往事。蔣二這個上語文不認字，上算術不識數的笨蛋，竟然不時地引經據典，口出佳句，聽聽：大哥，毛爺爺怎麼說的來著？「憶往昔崢嶸歲月稠」，蘇爺爺怎麼說的來著？「遙想公瑾當年小喬初嫁了，雄姿英發」，大哥您是怎麼說的來著，「高密東北鄉是最英雄好漢、最王八蛋、最能喝酒、最能愛的地方！」，毛爺爺和蘇爺爺文化太高，話說得深奧，不如大哥您土鱉人講土鱉話，猶如臭雞蛋拌上隔夜的蒜泥，氣味獨特，沖擊靈魂！大哥你們都說我裝傻，其實我不是裝傻，我們老蔣家的人有個特點，那就是：晚熟！當別人聰明伶俐時，我們又傻又呆；當別人心機用盡漸入頹境時，我們恰好靈魂開竅，過耳不忘、過目成誦、昏眼變明、禿頭生毛，我就是個例子。

他儘管講得不太靠譜，但確實又有一點道理，傻瓜蔣二，東北鄉裡誰人不知誰人不曉？我記得有一年我探家回來路過河上石橋，發現石橋上坐著四個人，都光著膀子，輓著褲腿子，把腳伸到橋下的流水中，問他們在這兒幹什麼，他們說用腳丫子釣魚，這四個人，一個是吳家莊的二嫚，性別男，因妻子跟人跑了，神經受了刺激，每天穿著妻子的花衣裳，抹一臉胭脂在集市上唱戲。一個是劉家莊劉月，老光棍子，神志不清，常說自己是劉邦轉世。一個是高家店高大年，據說解放前曾在青島拉過黃包車，後來參加馬拉松比賽得過亞軍，後來不知何故而瘋狂。另一個就是蔣二，這四個人坐在石橋上用腳丫子釣魚，釣著釣著就打了起來，互罵膘子痴巴神經病，然後不歡而散，但用不了幾天又會聚到一起。他們四人當年是我們高密東北鄉的四大神仙。當時我想，真是物以類聚人以群分啊，現在二嫚、劉月都做了古，高大年流落在外不知所終，只有這蔣二，不但存在著，而且脫胎換骨、返老還童、智慧大開，於是我明白，與他相比，我才是真正的傻瓜。

大哥，蔣二道，我爺爺生於一九〇三年，一九七三年時他七十歲，村裡與他同齡的人都彎腰駝背、耳聾眼花了，但我爺爺是滿頭黑髮，一口鐵牙，耳聰目明，腿腳矯健，單雄飛挨了常林一腳後，知道了我爺爺的滾地龍拳，便前來拜師學藝。那時候你已經當兵離開了家鄉，不知道這段祕史。我爺爺那時在生產隊飼養室當飼養員，住在飼養棚裡。我每晚去跟他作伴睡覺。你應該還記得飼養棚門前那眼八角水井吧？你還記得井邊那棵拉耷柳吧？你還記得飼養棚前我們生產隊的打穀場吧？你還記得每到晚上尤其是有月光的晚上，在光滑的打穀場上我們村裡的青年們在那練武吧？常林說自己是我爺爺的徒弟那是吹牛，但我爺爺夜深人靜時在打穀場上演練他的二十四招滾地龍拳時，一定被這小子偷看過，他是偷藝者，是看武藝，看武藝也能打倒兩個不通武藝的蠻漢。單雄飛第一次來找我爺爺拜師時，是與三個知青一起。他們見了我爺爺就很不禮貌地問：你就是滾地龍蔣蛐蟮吧？我爺爺翻著白眼裝聾，根本不回答他們的話。然後他們又說：聽常林說您會打滾地龍拳，能不能教教我們？我爺爺當時還在飼養棚裡鏟牛屎，便把一鐵鍁湯湯水水的稀牛屎猛地往他們面前一扔，糞水濺起，沾了這幾位知青的衣裳。他們中的一位說：這老頭，又聾又啞，能會什麼武術？什麼滾地龍？屎克螂滾蛋吧。我當時在場，憤憤不平地說：爺爺，給他們點顏色瞧瞧！我爺爺依然裝聾。我又罵單雄飛他們：滾，你們這些屎克螂，我爺爺生了氣，一出腳，就讓你們斷胳膊斷腿。

過了幾天，那單雄飛又來了，這次是他一個人，一見我爺爺就道歉說：蔣師傅，我們年輕不懂事，上次出言不遜，惹您老人家生氣了。說著他就從挎包裡摸出了一瓶棧橋白乾，一包燈塔牌香菸，放在飼養室的灶台上。我爺爺嚴厲地說：拿走！那單雄飛學武心切，不在乎我爺爺的態度，點上一支菸，硬往我爺爺嘴裡插，我爺爺無奈，只好把那香菸叼了，單雄飛懇切地說：蔣師傅，您就收下我吧。我爺爺裝出很尷尬的樣子，說：青年，你別聽常林那鱉羔子胡說，我一個農民，會什麼拳？除了會蜷著腿睡覺，別的啥都不會。單雄飛道：蔣爺爺，我知道您會，我學過武術，能看出來的，您都七十多歲了，還目光炯炯，黑髮如漆，而且您的兩個太陽穴都是凸起來的，不是練家子，哪有這樣的精氣神？我爺爺說：年輕人，我要是會拳，還用得著在這裡餵牛養馬？單雄飛道：這不奇怪，古來高手都在民間。您要不收我這徒弟我就不走了。我爺爺道：青年，聽我老頭子一句話，趕快回你的農場去，別影響了進步。而且，我還勸你，不要去練什麼武，管用嗎？不管用。李家官莊幾十個會拳的，手持槍刀劍戟跟日本人去拚命，被人家一個鬍子還沒扎全的機槍手，端著挺歪把子機槍嘟嘟了一梭子，就全部躺了，死的死，傷的傷，所以我說，年輕人，練武的時代過去了。單雄飛道：這麼說，您承認自己會武術了？我爺爺道：我不會，我一點都不會，走吧，年輕人，別耽誤我幹活。

又過了幾天，單雄飛又來了，這一次他提著兩瓶景芝白乾——那可是當時最好的酒啊——還用報紙包來了一塊豬肉，起碼有四斤！天哪，這是多麼厚的禮！他把酒和肉放在飼養室的一個空閒馬槽裡，然後撲通跪在地上，說：師傅，您要是不收我，我就跪在這兒不起來了。

首先是我受了十分的感動，我覺得單雄飛是誠心誠意的，四斤美酒四斤肉，不誠心哪能送此厚禮？不誠心哪能下跪，而且人家是三顧牛棚，而且還跪在了地上。爺爺，我喊了一聲，爺爺不理我，只顧端著篩子篩餵馬的穀草。爺爺你就答應了吧。我爺爺不睬我的喊叫。自言自語著幹自己的活兒。我去拉單雄飛，希望他能起來，但他很拗，我根本拉不動他。終於，爺爺篩完了草，坐在炕沿上吧嗒吧嗒地吸菸。好久，爺爺說：你真想學？單雄飛跪著喊：師傅，我真想學。爺爺問：你知道習武之人的規矩嗎？單雄飛道：知道，「練武為健身，不以武欺人，武藝長一寸，見人矮一分」。我爺爺道：那是你們的規矩，我的規矩是「無事時膽小如鼠，有事時膽大如虎」。單雄飛道：師父，徒兒記住了。我爺爺道：你都跑了三趟了，如果我不答應，也就太不給你面子了。起來吧，年輕人。單雄飛恭恭敬敬地給我爺爺磕了三個頭。我爺爺上前把他拉了起來。我爺爺說：年輕人，我收你為徒，但這些東西我不要。單雄飛道：孔夫子收徒弟也要收束脩的。師父您必須收下。我爺爺也就不再說什麼了。

從此，每到星期六的晚上，單雄飛就來跟我爺爺學滾地龍拳，我是單雄飛的陪練，武行裡的規矩是師徒如父子，但我爺爺為了我給單雄飛降了一輩，不許他稱師父而稱師祖，這樣，我與單雄飛便成了師兄弟。

我爺爺用一年的時間，把他的滾地龍拳二十四招，全部傳授給了單雄飛，當然，也全都傳給了我，也有人說這滾地龍拳實際上是二十八招，我爺爺留下了四招，這也是從貓教老虎學藝的故事裡汲取的教訓吧。

蔣二談興未消，我的聽趣也濃，但單舒拉一亮腕表，說：蔣總，兩點半了，擂台賽三點開始，我們必須出發了。

五

我們坐著蔣二的豪華轎車在景區裡兜了一圈。縣衙、土匪窩、燒酒作坊等景觀從車窗外閃過。醒了酒的鶴田不停地發出「呦西，呦西」的感嘆，這孩子到了這裡後，說了起碼有三千個「呦西」了，而且這數字還在快速地增長。我們看到一群人圍著幾個化妝成游擊隊員和日本兵的人在表演電視劇《紅高粱》裡的片段。我們看到有人在騎「九兒」騎過的毛驢，有人在坐「九兒」坐過的花轎，那些轎夫和趕驢的人都是周圍村莊的農民，他們有的是我小學時的同學，有的是我小學同學的後代。那時候學生年齡差距比較大，我最大的那位同班同學谷文雨，已經四世同堂當了曾祖父了。當然我們也從敞開的車窗玻璃縫隙嗅到了烤玉米和烤地瓜的香氣，還有「花脖子」等人吃過的土匪常用飯「拃餅」捲大蔥或捲雞蛋的氣味。以上寫的都是美好的氣味，不好的氣味就是刺鼻的油漆味。園區正在修建一個富麗堂皇的大門，大門上盤著兩條龍。幾位工人正在高高的腳手架上給龍噴漆。在單舒拉的引導和蔣二的陪同下，我與鶴田坐在了擂台前特意留出的貴賓座位上。那是四把帶靠背的折疊椅，在這四把椅子的前後左右，全是固定在地上的長板凳。

「還單獨賣票嗎？」我問。

「不單獨。」蔣二道，「包含在通票裡，到時我按比例提成。」

單舒拉從隨手提著的塑料袋裡摸出地龍牌礦泉水，遞給我們每人一瓶。我問蔣二：「這也是你們公司的產品？」

蔣二笑而不答。

單舒拉道：「叔叔，你們坐著，我到後台準備去了。」

「讓你爸爸先過來一下，」蔣二道，「別告訴他誰在這兒，給他一個驚喜！」

單雄飛像年輕人一樣，從擂台上矯健地跳下來，小跑到我們面前，顯然單舒拉並沒有遵守蔣二的指示。我急忙站起來，他抓著我的手，使勁地搖晃著，說：「賢弟啊！久久不見久久思念啦！」

看著他滿頭蓬鬆的捲毛和紅彤彤的臉龐，我感慨地說：「果然是練武可保青春，歲月無痕啊！」

他愣了一下，但馬上省悟，抬起手掌，壓壓頭髮，悄聲道：「染的嘛！」

我說：「這氣色假不了啊，瞧你這臉，一絲皺紋都沒有啊！」

他悄聲說：「閨女聯繫了一個美容店，給我做了一個去眼袋手術，又給我買了十瓶玻尿酸原液，每天抹兩次，效果確實不錯。」

「原來如此，」我笑道，「想不到八尺男兒單雄飛，竟然成了『娘炮』。」

「咱這不也成了演戲界人士了嘛？」他笑著說，「登台亮相，拾掇得稍微體面一點，既給蔣總長臉，自己也覺得有信心。」

「沒錯師兄，」蔣二道，「你跟我一樣，也是晚熟的品種！」

「他可不晚熟，」我笑道，「他大概已經熟過好幾茬了。」

「也對，他跟常林第一次打架的時候，就熟透了，」蔣二道，「那些知青大嫚，沒少耍吧！」

「師弟，你可別胡說，」單雄飛道，「師祖要健在，我會告你一狀，讓你挨菸袋鍋子。」

「可惜常林不在了……」蔣二道，「他要在，怎麼著我也得找個活給他幹幹。」

「他到底是怎麼死的?!」我問。

「怎麼死的?!」蔣二道，「喝了一瓶子『百草枯』！」

「『百草枯』也能毒死人？」我驚訝地問。

「一百種草都能毒死，還毒不死個人？」蔣二道，「嗨，那罪，真是遭大了。但他臨死不忘幽默，我去看他，罵他，他竟然說，師弟——他確實也可算做我爺爺的徒弟——他說師弟，我不是自殺，我想用這『百草枯』治治我那放臭屁的毛病！」蔣二眼圈紅紅地說，「奶奶的，這屌人，他是早熟的品種，上了歲數就傻了，既然連喝『百草枯』的勇氣都有，還怕什麼呢？」

「他怕什麼？他遇到什麼事了？」我問。

單雄飛摸出手機看了一下，道：「師弟，賢弟，你們穩坐，我該去後台準備了。」

「他到底怕什麼？」我追著剛才那話頭問。

蔣二道：「怕什麼？怕吃魚卡住嗓子，怕關門擠著鼻子，怕睡覺扭了脖子。」

「他可不是個膽小的人啊，你想想當年，獨立營教導員桌子上的鋼筆都被他偷了，」我說，「如果教導員枕頭下有手槍，他也敢偷。」

「有的人，小時膽小，後來膽越來越大；」蔣二道，「有的人，少時膽大，長大後膽越來越小，這就是早熟和晚熟的區別。」

我還要問，就看到打扮得花枝招展的單舒拉出現在擂台上。

擂台是用原木和木板搭起來的，離地約有一米半高，台下的空隙裡，有幾隻野貓在轉圈子，還發出淒厲的叫聲。擂台的木板上，鋪敷了一層鮮豔的化纖紅地毯，擂台後的立壁正中，掛著一個巨大的「武」字，「武」字兩旁掛著一副行草對聯，上聯是「拳打南山猛虎」，下聯是「腳踢北海蛟龍」，台前兩側的立柱上端，綳著一條橫幅，橫幅上寫著：首屆滾地龍拳擂台賽。在擂台的後方的天空中，飄著四個紅色的氫氣球，氣球下懸掛著長長的飄帶，湛藍的天空，潔白的絮狀雲。有一縷雲彩的形狀很像一條龍。坐在我們周圍的觀眾中有人舉起手機拍照。蔣二興奮地拍了幾張，道：「太好了！飛龍在天，利見大人！地龍登台，好運全來。」

各位領導，各位嘉賓，各位觀眾，大家下午好！單舒拉穿著一條紅色的曳地長裙，用一口令我感到很親切的「青普」，響亮地說。擂台前端的一排音箱突然發出一陣刺耳的尖叫——怎麼搞的？蔣二喊：音響師！——高密東北鄉首屆滾地龍拳國際擂台賽現在開幕！首先請允許我介紹前來參加開幕式的嘉賓——擂台下的兩隻貓不合時宜地撕咬在一起並發出尖叫——媽的，明天弄點耗子藥送牠們上天堂，蔣二恨恨地低聲說——專程從北京趕來的，我們親愛的老鄉，小說《紅高粱》作者，著名作家莫言老師——在熱烈的掌聲中，人們把目光投過來，幾十台手機對準了我，我不得不站起來，對大家揮手致意，我聽到有人說：嗨，老成這個樣子了——還有專程從日本飛來的著名作家，也是我們莫言老師的好友鶴田澤慶先生——我捅了一下鶴田，他愣愣怔怔地站起來，對大家深深鞠躬。——下邊，有請莫言老師上台致詞——搞什麼鬼名堂！我用腳踢了一下蔣二的腿，低聲說，你應該提前告訴我。他嘿嘿地笑著，道：鄉親們都想念你吶——有請莫言老師，單舒拉在擂台上朗聲高叫，她的聲音被擴音機放大後震耳欲聾——請大家鼓掌歡迎——在眾人的掌聲裡，我繞到擂台側後方，在幾個身穿黃色練功服的年輕人扶持下，沿著木台階上了擂台。擂台坐北朝南，偏西的陽光很強烈，刺得我睜不開眼睛。單舒拉把話筒遞給我，我說：鄉親們，久久不見久久想見，在這秋高氣爽，晴空萬里的好日子裡，在蔣天下先生的盛情邀請下，我榮幸地參加這個在高密東北鄉歷史上具有重要意義的國際擂台邀請賽。吾鄉人民勤勞勇敢，修文尚武，創造出燦爛的文化，滚地龍拳就是這燦爛文化的一部分……這次擂台賽，既是武術的盛會，也是文化的盛會……我衷心祝願擂台賽圓滿成功並長期舉辦下去……

我剛剛坐定，蔣二就說：「哥，親哥，我見過有才的，但沒見過像你這樣有才的！毫無準備，上台就講，既有高度，又有深度，佩服，佩服，你也是晚熟品種的傑出代表。」

「混蛋！」我低聲說，「我很不高興，但還是幫你把這台戲演下來了。」

「這就是你，」蔣二道，「我要是摸不準你的脈，我也不敢做這樣的安排。」

「下不為例，否則斷交。」我說。

「哥，放心，我虧待不了你，出場費二十萬，我先替你入股了，將來你就等著分紅吧。我們晚熟的人，要用一年的時間幹出那些早熟者十年的業績。看，老單出場了！」

單雄飛穿著一身寬大飄逸的白色練功服，往擂台上一站，真有幾分仙風道骨，在他的旁邊，有一個小伙子，打扮成一隻綠色螳螂模樣，另一個小伙子，穿著一身紫紅色蚯蚓服，打扮成一條蚯蚓——我們滚地龍拳的祖師爺蔣啟善先生——單雄飛扮演——在場院裡習武時，發現一隻螳螂正與一條蚯蚓在搏鬥——單舒拉在幕後講解著——只見那螳螂，揮舞著兩把大刀，上下左右，又砍又刺又剁又抓又拿，發動著密集的持續不斷的進攻——螳螂演員按照解說詞的提示，向蚯蚓演員發起攻擊——但那蚯蚓以守為攻，躲閃避讓，搖頭擺尾，前仰後合，左右翻滾折疊，並不失時機地用尾巴掃、捆、絞、纏、套、擰，將螳螂的所有進攻化解無形，最後，那蚯蚓一記尾鞭，橫掃在螳螂頸上——扮演蚯蚓的演員左臂左肩著地，飛起右腿，橫掃在扮演螳螂演員的脖子上——我們的祖師爺受此啟發，創造發明了獨具特色的滾地龍神拳——單雄飛和扮演螳螂與蚯蚓的演員，向台下觀眾鞠躬致意——掌聲響成一片——下邊請滾地龍拳傳人單雄飛先生為大家演練滾地龍拳二十四招——單雄飛一個人在擂台上翻滾騰躍，動作連貫，身形優美，確實是英雄身手——我努力鼓掌，為這些晚熟的人喝采，因為被鄉情綁架上台而產生的不快漸漸消散——下邊，比賽正式開始，滾地龍拳第四代傳人方江出場，挑戰者即墨螳螂拳第八代傳人，青島市第六屆武術比賽優勝獎獲得者範仐上台。方江，這個有點駝背的小伙子，身穿黃色練功服，腰扎黃色鑲紅邊兒絲線寬腰帶——他應該是我小學同學方金侯的——方金猴的孫子，蔣二道，這小子腿功不錯，但意志力不行，打得了勝，打不了敗——擔任裁判的是市體校武術教練張坤——範仐用螳螂捕蟬的招式伸出右臂，試圖去鎖方江的脖子，但方江左手握住範仐的右手腕，右手抓住他的右臂，用力朝外側一翻，同時雙腿夾住了範仐的右腿。範仐左手拃住方江脖子，方江身體猛地往右翻滾，解脫了自己的脖子同時右腿外側猛擊範仐左腿內側，範仐支撐不住，一屁股坐在地上。他迅速地往左翻身，想把方江壓在地上，但方江的雙手早已按著範仐的雙肩，右膝頂住他的肚腹，將他放平在擂台上。裁判吹一聲短哨，示意運動員脫離。我使勁鼓掌，知道第一局是地滾龍拳的方江勝了。——他這一招叫啥名？我問——一小招，「如花剪」，蔣二道。——第二個回合螳螂拳範仐贏，一比一。第三局地滾龍拳方江用了一招「小圓堂」，緊接著一招「美女照鏡」將對手掀翻，三局兩勝，螳螂拳選手服輸下台。——好好好，旗開得勝！蔣二撫掌大樂——方江在台上轉著圈子，對台下鼓掌的觀眾行拱手禮——下面上場挑戰的是來自河南南陽的馬氏太極拳第十六代傳人馬鳴川。幾個回合後，馬明川認輸下台，方江再勝——這小子今天狀態很好，看樣子也是個晚熟品種，有培養前途，蔣二道——下一個上台的是來自泰安的猴拳第十八代傳人侯上樹——真是好名字！——這侯上樹按說應該長得猴精古怪，瘦骨嶙峋，才與他的名字配套，但他卻是黑眉虎眼、五大三粗，亞賽一座黑鐵塔。也可能那方江有點累了，也許是他確實技不如人，只一個回合，便被侯上樹一記直來直去的王八拳捅到了台下，幸虧台下早有防備的幾個保安接托，才沒摔慘——狗屎還是扶不上牆啊，蔣二嘆道。也不能全是你們滾地龍拳勝啊，否則還有什麼意思啊，我說——侯上樹打的根本不是猴拳，依我看他就是一個學過一點搏擊的莽漢，仗著他那一身蠻力欺人，果然，他很快就被滾地龍拳的第二個上場選手匡四平打下台去，而接下來上台挑戰的——現在上台的是來自日本國的選手渡邊一郎。這位渡邊一郎是個坦率的人，他說他的爺爺渡邊陵，是第一批侵華日軍，參加過很多次戰鬥，立過很多戰功，這也就是說，他的手上沾滿了中國人的鮮血，這個殺人惡魔，一九三八年八月，就在我們高密東北鄉的青殺口小石橋上，被我們滾地龍拳師祖蔣啟善大師，一腳踢到橋下，腦袋撞在石頭上，死了。親愛的觀眾朋友們，昨天上午渡邊一郎在翻譯陪同下參觀了我們剛剛建成的「青殺口戰役紀念館」，他從我們剛從民間蒐集來的那次戰役的戰利品中，發現了他爺爺穿過的上衣，那上衣的裡子上，寫著渡邊陵三個字，觀眾們，朋友們，這個日本拳手，心裡是怎麼想的，我們不知道，但我們知道，我們滾地龍拳的優秀選手匡四平，有壓倒一切敵人而絕不被敵人所屈服的勇氣，這已經不是一場單純的武術比賽，而是關係著國恨家仇，請觀眾朋友們為我們滾地龍拳的拳師加油！單舒拉在台後用她的富有感染力的「青普」，盡情地煽動著觀眾的情緒——這不太好吧，我說，武術就是武術，別跟政治捆綁！——哥，這又是你不對了，世界上的一切都跟政治關連著，文化如此，體育如此，武術更是如此。蔣二不無得意地說，這就是堂堂正正的正能量！哥，你要繼續晚熟！——我看了一眼鶴田，幸好他的中文詞不超過五十個，但他的臉上似乎顯出了尷尬。我說，你們應該稍微含蓄點。蔣二低聲道：哥，跟那些早熟的傻X不能含蓄啊，越直接越狗血他們越瘋狂！——那渡邊一郎，身材不高，腿短臂長，肌肉發達，面相凶惡，身穿雖不是和服但明顯具有日本服飾風格的黑色武士服，頭上纏著一根白布條，白布條上有一紅色圓圈。他在擂台上走圈示威，好似一頭猛獸在留臊圈占領地。匡四平與他行賽前拱手禮，裁判一聲哨響，二人便打在一起。渡邊一郎應該是散打搏擊一路，他出拳如風，踢腿似電，根本不給匡四平近身的機會。我雖沒跟蔣二的爺爺學拳，但知道這地滾龍的長項就是近身糾纏搏鬥，似這般又蹦又跳，躲躲閃閃的對手，滾地龍拳選手根本無法發揮特長，所以也只剩下招架之功，無還手之力。眼見著匡四平的步伐越來越亂，頭臉上中拳，肚腹上中腿，敗象盡現。渡邊打得性起，一記直拳，猛捅到匡四平鼻子上，匡四平往後便倒，直挺挺地躺在紅地毯上，一動也不動了——我的心早就揪起，對這凶猛的日本選手生出恨意。這哪裡還是比賽？分明是行凶！我看周圍觀眾，知道他們之心與我相通，再看鶴田，竟痛苦地手捂雙眼，而晚熟者蔣二，面帶微笑，似乎很享受這個過程。——裁判數數，匡四平不動。我的心揪著，可別出人命！上來幾個人，把匡四平抬下去。渡邊囂張地將手指噙在嘴裡，吹出一聲尖利呼哨。然後邁著猩猩步，在擂台上走圈——觀眾朋友，我們很抱歉，事先不知道渡邊的爹是被我們祖師爺打死的日本鬼子，他顯然是到我們高密東北鄉報仇來了，看看他那囂張勁兒，我想大家都恨不得上台痛打他一頓，殺殺他的威風，讓他知道我們東北鄉人是不好欺負的，同胞們，有血性的鄉親們，上台啊，殺殺小日本的威風——一個精壯青年從觀眾席上站起來，幾個躥跳步，蹦上了擂台。只見他身穿緊身褲褂，腳蹬一雙白色球鞋，剃著雞心頭，顯然也是練家子——請這位好漢報上姓名——但這位好漢根本不理睬單舒拉的詢問，一上台便連翻兩個空心跟頭，然後左手按地，身體橫躺，一個側翻，便把那條右腿橫掃到渡邊腳踝上。按說這一招近乎偷襲，違背了比賽規則，但觀眾一片歡呼。其實這已經不是比賽，接近胡鬧了，這是預先的安排還是突發的情況？我這顆晚熟程度不夠的腦袋一時也想不明白。渡邊很快從狼狽狀態中跳脫出來，他蹦跳著，躲閃著滿地翻滾的雞心頭好漢，幾分鐘後，雞心頭翻滾的速度放緩，這渡邊，像一隻肥大的蛤蟆一樣猛然蹦起，正正地落到正翻滾到仰面朝天角度的雞心頭身上，這動作醜陋滑稽，突破了武術比賽的底線，連酒鬼打爛仗也比這雅觀，我聽到後邊有人說，這哪裡是比武，這是癩蛤蟆打架！觀眾席上一片笑聲，但大家很快笑不出來了，只見那渡邊雙手拤著雞心頭的脖子，可不是做戲的樣子，是打著狠狠往死裡拤啊！裁判員吹哨制止無用，便下手拉扯，拉扯不開，正無奈時，台上跑上來幾個人，把渡邊拉起來，然後又把雞心頭抬下去。裁判對渡邊提出警告，渡邊似乎聽懂了，又似乎沒聽懂，只是從嘴裡噴出一些亂語：呦西呦西，yesyes，你的大大的好，然後又吹口哨又轉圈，氣燄囂張，不可一世。坐在我身邊的鶴田悄悄地對我說：老師，他，不是的，不是日本人。我陡然間又晚熟了一個量級，明白了這一切不過是一場戲，編劇和導演都是坐在我身邊這位晚熟透了的蔣天下蔣總。接下來就是看戲了，我拍了一下鶴田的膝蓋，輕聲對他說：歌舞伎，kabuki。他興奮地噢了一聲，然後說：呦西呦西呦西……

最後的結局是：高密東北鄉滾地龍拳的正宗傳承人單雄飛老爺子上場，與前來尋仇報復的小日本渡邊一郎展開了生死大戰，老爺子在開場時雖然中了渡邊幾拳，但最終，在單大師的小圓堂、大圓堂、鴛鴦腿、中鋒剪、行者出世、怒馬飛蹄、翻天奪印、高鞭封目、蒼龍探海等招數的輪番打擊下，不可一世的日本拳師渡邊一郎趴在地上，彷彿成了一條死狗。

在上述激烈的搏擊過程中，單舒拉大呼小叫，煽風點火，把觀眾情緒和場上氣氛推向階級仇民族恨的高潮，觀眾狂歡，有的人甚至熱淚盈眶，最後，音響放起了用粵語演唱的電視連續劇《霍元甲》的插曲〈萬里長城永不倒〉：

昏睡百年，國人漸已醒，睜開眼吧，小心看吧，哪個願臣虜自認……開口叫吧，高聲叫吧……萬里長城永不倒，千里黃河水滔滔……衝開血路，揮手上吧，要致力國家中興……

在眾人的合唱聲中，幾個人把渡邊一郎像拖死狗一樣拖下台去。

「知道他是誰嗎？」蔣二問我。

「誰？」

「常林的兒子，外號『五毒』的那個。」

六

昨天凌晨，在兩片「思諾思」作用下，我剛剛朦朧入睡，座機電話在客廳裡突然響起，這是誰呀？我嘟噥著，搖搖晃晃地去接了電話。

「哥啊，大事不好了。」蔣二哭哭啼啼地說，「兩輛推土機和兩台挖土機，正在推毀我們的紅高粱影視基地裡的『單家大院』，我們的擂台和滾地龍拳展覽館已經成了一片廢墟……」

「為什麼？」我迷迷糊糊地問。

「說是『非法用地』」，他惱怒地說，「可是我建設的時候，他們……」

「是不是真的非法用地？」我問。

「這事怎麼說呢？」他吭吭哧哧地說，「說非法就非法，說合法也合法……這地方是上世紀六〇年代劃出的『滯洪區』，可河水斷流已經三十多年了……」

「繼續晚熟吧。」我撂下電話，摸回床去睡覺。

後記：事情過去一年後，蔣二又給我來電話說，經過國土、水利、農業等部門聯合調查，科學論證，認為「滯洪區」存在意義已經不大，但為了防止萬一，在「滯洪區」西邊挖掘了一條通往北蛟新河的洩洪渠道，然後改變了原滯洪區內土地的性質……新設計的滾地龍拳展覽館和國際大擂台等一系列高端大氣上檔次的景點正在抓緊建設中……

庚子二月十九

鬥士

一

我到鄉下去看父親。父親熱情地泡茶給我喝。多年的父子成兄弟，其實，我覺得多年的父子更像朋友。

父親對我說，方明德去世了。我有些吃驚，因為上個月我回來，這位曾經擔任過我們村黨支部書記的老人還來看過我。提起當年人民公社時期的盛事，他神采飛揚，說到眼下的種種弊端，他痛心疾首。他曾經逼問我：「大侄子，你說，是毛澤東偉大，還是鄧小平偉大？」

我含含糊糊地說：「這怎麼說呢……應該……都偉大吧……」

父親給我解圍，說：「老方，老方，喝茶喝茶，毛澤東偉大，鄧小平偉大，你也很偉大。」

他說：「老哥，我知道你這是諷刺我，但我就是不服氣。」

我父親說：「你也八十多歲的人了，還生這些閒氣幹什麼？能吃就吃點，能喝就喝點，聽說你的榮軍補助金又長了？每年一萬多元了吧？」

他說：「錢是足夠花的，但心裡不舒坦。」

我父親說：「你每天吃喝玩耍，國家還發給你那麼多錢，有什麼不舒坦的？」

「老哥，你不懂，」他轉臉對我說，「大侄子你懂，你懂我的心思，你爹一輩子不懂政治，是個愚民。」

我父親笑著說：「不是愚民，是順民，無論誰當官，我也是種莊稼的。」

他說：「悲劇啊，但又有什麼法子呢？我是共產黨員，你不是，你可以當順民，我不能，我要戰鬥！」

「好好好，」我父親說，「生命不息，戰鬥不止，小車不倒只管推！這些都是你當年掛在嘴邊上的話兒。」

「虎老了，不咬人了，」他沮喪地說，「秋後的螞蚱，蹦達不了幾天了！」接著，他有些神祕地對我父親說，「大哥，我昨天夜裡，夢到毛主席了……」

我父親笑道：「毛主席請你吃飯了吧？」

他說：「毛主席對我說，小方，你要戰鬥！」

我問父親，方明德是什麼時候死的，父親說，不太清楚。我有些納悶。在我們這樣一個小村裡，別說死一個人，就是死條狗，很快就會家喻戶曉，何況這方明德是當了幾十年支書的頭面人物。父親說，老方這個人，幹了不少壞事，但性子還是比較直的。我們爺倆正說著話，一個人，像影子似的飄了進來。

來人是我的一位遠房堂兄，名叫武功。他的哥名叫文治。據說為他們兄弟倆命名的是我們家族中的一位飽讀詩書的老人。

我站起來，迎接這位老兄。許多年不見，他已經白髮蒼蒼，儼然一個老者了。「大弟，你回來了？」他問候我，聲音扁扁的。還是當年那腔調，聽上去有些不男不女。我對這位堂兄沒有好感，多半是因為他這腔調。

「你也老了，」他在一張方凳上落坐，呷了一口父親為他倒的茶，看了我一眼，說，「你也快六十歲了吧？」

潛意識裡，我總覺得自己沒有這麼大，但心裡一算，可不就是嗎，我回答他，「五十六了。」

他提高了嗓門，吵架似的說：「不對，你是屬羊的，正月二十五生日，你已經五十八了！」

「對對對，」我有些不快地說，「你說得對，我五十八了，一轉眼就六十了。你呢？快七十了吧？」

他說：「不是六十八，就是六十九，俺娘糊塗，不記得我的生日，也不記得我的歲數。」

父親說：「你是一九四四年七月生，帶虛歲六十九了。」

「六十九跟七十也差不多了，」他說，「我跟方明德這個王八蛋鬥爭了一輩子，終於把他鬥倒了！」

父親說：「他也沒怎麼整你吧？」

他說：「大叔你不知道，一九七〇年八月，二隊裡讓人偷去了兩個小推車軲轆，他懷疑是我偷的，就讓他的侄子，民兵連長方保山，把我弄到大隊部裡，吊到梁頭上，整整吊了一夜。」

父親說：「那時代，搞階級鬥爭，人都變得不像人了。」

他說：「他是借機報復我呢！這個王八蛋，知道我有一副象牙棋子兒，非要我賣給他。我說我寧願扔到河裡也不賣給他。我是在河堤上與黃耗子下棋時說這話的。他激將我說，武功你是條漢子你就把棋子扔到河裡。我用那張塑料布棋盤兜著棋子就撇到河裡了，落下了一個藍象，我撿起來又扔到河裡。那副象牙棋子劈里啪啦地落到河水裡。在場的人都愣住了。大叔您當時一定也聽說了吧？」

父親點點頭說，「聽說過，幾十年前的事兒。」

「這可是壯舉啊！大叔，」武功激昂地說，「當時那年頭兒，方明德一跺腳，全村都哆嗦，敢跟他叫板的，也就是我了！」

「你那副棋子，要是留到現在，值不少錢了。」我說。

「那是，」他說，「後來，黃耗子他們下河洗澡，扎著猛子摸上了十幾個棋子。前些天中央台鑑寶節目的人下來，黃耗子的兒子拿著那些棋子去鑑定，專家說，那是皇宮裡的東西，如果一個子兒不缺，能換一輛奔馳（賓士）！」

「真是可惜，」我說，「你為了一口悶氣，把一輛奔馳扔到河裡。」

「話可不能這麼說，」他說，「大弟，人活一輩子，爭的就是一口氣！」

「你一點兒也不後悔嗎？」

「我後悔什麼？」他說，「我一點兒也不後悔。我窩囊了一輩子，就這件事兒幹的，還帶著幾分英雄氣概。」

「我可以想像當時的情景，」我說，「老方一定給你震住了。」

「大弟，」他說，「你是寫小說的，應該把這件事兒寫一寫。當時在場的有十幾個人，方明德那張大餅子臉，那是白了又黃，黃了又青。他跺著腳說，『武功，算你有種！咱們騎驢看帳本兒，走著瞧！』我說，『走著瞧就走著瞧，老子犯法的事兒不做，你能把我怎麼著？』但事實證明，在那個暗無天日的時代裡，即便你遵紀守法，照樣會災禍臨頭。」

「算了，」我父親見他說得激昂，便勸他，「方明德人都死了，你還提這些事兒幹什麼呢？」

「大叔，」他說，「你不知道他有多狠啊！他讓他侄子反綁著我的胳膊把我吊到房梁上——這些強盜，私設公堂，在房梁上安裝了一個定滑輪，輕輕一拉，就讓我離地三尺。他說，『武功，你小子，終於落到我手裡了，說吧，你把車軲轆藏到什麼地方啦？』我說，我不服，我冤枉，他說，你是咱們村嘴巴最硬的，不給你點顏色瞧瞧，你不知道無產階級專政的厲害。大叔，你不知道，你們無法想像啊，他讓他侄子把我拉上去，一鬆手，我啪唧跌在地上；再拉上去，又一鬆手，啪唧跌在地上；再拉上去，又一鬆手，啪唧跌在地上……即便是這樣我也不屈服，我說，方明德，你不就是為了那副象棋嗎？你有種把我弄死，但如果你讓我活著，我就跟你沒完。後來，他大概也怕弄出人命來，就把我放了。」

回憶悲慘往事，使他臉上表情悲憤交加。我一時一不知該說什麼好，便遞給他一支菸。他說道，「在遭受那次酷刑之前，我是抽菸的。他們捉我的唯一證據就是在現場發現了一個菸荷包，那個菸荷包確是我的。究竟是誰偷了我的菸荷包陷害我，我當然清楚——我已經讓這個人付出了代價——從那之後，我就不抽菸了。」

「老方後來還是有反思的，」父親說，「改革開放後，讓我給你帶話，要請你吃飯，你還記得吧？」

「大叔，」武功道，「那是他被上邊把支書撤了之後的事。」

「不是撤，」父親說，「他是退休。」

「反正是不當官了，」武功說，「他要是當官，怎麼會向我道歉！」

「武功啊，」父親笑著說，「你也不是個善主兒，老方這輩子，沒少吃你的虧啊！」

「這倒也是，」他笑著說，「這老混蛋最怕的也是我。死了我也沒饒他。」

二

我經常回憶起武功與村裡最有力氣的王魁打架的那個夏天。那天中午，我與母親坐在我們院子裡那棵杏樹下挑揀麥秸草裡夾帶著的麥穗，忽然聽到大街上有人吵嚷。母親說：「又是武功，他怎麼這麼喜歡與人打架呢？」

我說：「他名叫武功，但是個慫包。每次都被人家打得鼻青臉腫。」

「他是天生的賤骨頭，三天不挨打，皮肉就發癢。」母親瞪我一眼，說：「他是啄木鳥死在樹洞裡，吃虧就在嘴上。你也要注意，」母親說，「少說話，沒人把你當啞巴。」

外邊的吵嚷叫罵聲越來越大，還伴隨著劈里喀嚓的聲響。我是個愛看熱鬧的孩子，用目光央求著母親，母親默許了。

我飛奔到大街上，看到很多人都往打麥場那邊跑。我跟著跑。打麥場上，圍著很多人，我擠進去，陽光耀眼，目眩中看到只穿一條短褲的王魁，裸露著肌肉發達的臂膀，正在用腳踢著躺在地上的武功。

武功雙手抱著頭，趴在地上，高亢的叫罵聲從地面直衝上來，顯得十分悲壯。

「罵，讓你罵，讓你罵！」王魁雙腳輪番踢著武功的屁股，嘴裡還聲嘶力竭地喊叫著。

有一位老人勸解道：「王魁啊，你就放過他吧。」

王魁喘息著說：「你讓他閉住他那張臭嘴！」

老人大聲對武功說：「武功，你就閉嘴吧！」

但武功的罵聲更高了，罵出的詞兒令聽者都感到羞恥。

王魁轉到前邊，對著武功的腦袋踢了一腳，武功慘叫一聲，但還是罵。王魁又對著他的腦袋踢了一腳，他不出聲了。接著，一股臭氣瀰漫開來。

當時，眾人都以為武功死了，但他沒有死。

幾天後的一個中午，武功拄著拐棍出現在王魁家的門口。他破口大罵。王魁提著鐵鍬衝了出來。

武功叫罵不止，聲音尖利，全村的人都能聽到。

王魁舉著鐵鍬說：「你閉嘴！」

武功罵道：「王魁，你這個雜種，你今天要是不鏟死我，你就不是你爹你娘做出來的。」

王魁渾身抖著，將鐵鍬的刃兒逼近武功的咽喉。

武功反倒平靜了，他竟然笑嘻嘻地說：「鏟吧，你今天必須鏟死我，你今天要是不鏟死我，雜種，你們家就要倒霉了。你力大無窮，我打不過你，但是，雜種，你女兒今年三歲，她打不過我；你兒子今年兩歲，更打不過我；你老婆肚子裡懷著孩子，也打不過我。你除非天天守在門口，要不，你就等著給你老婆孩子收屍吧！」

王魁色厲內荏地說：「你敢！」

武功道：「我有什麼不敢的？我光棍一條，家裡只有一個八十歲的老娘，我已經給她準備了一包耗子藥。我一命換你們家四條命，我有什麼不敢的。」

「我先毀了你這雜種吧！」王魁吼叫著。

「歡迎歡迎，」武功道，「你鏟死我，公安局捉走你，判你死刑，咱一命換一命。」

這時，我父親來了。我父親當時還擔任著大隊裡的會計，也算有面子的人物。我父親先訓武功：「閉嘴，回家去！」然後我父親對王魁說：「王魁，你是好漢，不要跟他一般見識。」

王魁收了鐵鍬，說：「大叔，你不知道他有多麼氣人，他竟然說我兒子不是我的……」

武功高聲道：「你的兒子確實不是你的，是方明德的！」

我父親搧了武功一個耳光，厲聲道：「閉上你的臭嘴！」

「大叔，你是尊長，你可以打我，但你不能不讓我說話。」武功指了指王魁家的後窗，說，「他家的後窗，就在我家院子裡。有些醜事我不想看到，但是碰巧被我聽到了。王魁你把你兒子叫出來，讓大傢伙兒看看，你這個兒子，到底是誰的兒子！」

我父親又搧了武功一個耳光。武功的鼻孔流出血，但他的聲音更高了：「王魁，你老婆肚子裡這個孩子也不一定是你的！」

王魁將手中的鐵鍬，猛地鏟在地上，然後蹲在地上，捂著臉哭起來。

三

父親後來告訴我，像武功這樣的人，還真是不好對付，惹上了他，一輩子都糾纏不清。那王魁，從此就再也不敢惹他。倒是他，經常站在自家院子裡，對著王魁家後窗指桑罵槐。後來，王魁將後窗用磚頭堵上，六月天也不捅開。改革開放之後，人口流動自由了，王魁索性帶著老婆孩子走了。走了之後再也沒回來過，去了哪裡誰也不知道。院子裡的蒿草長得比房檐還高，那房子，眼見著就要塌了，房子一塌，就成了廢墟。你說他有多厲害！

就說方明德，一九四八年入黨，參加抗美援朝，三等殘廢軍人，家裡有三個兒子，還有十幾個虎狼般的近支侄子，在村子裡誰人敢惹？但他最終也沒能制服武功。因為武功不把自己當人，他知道自己命賤，家庭出身不好，連個老婆都討不上，相貌也是招人惡，這倒成了他的法寶，誰也不願意拿自己的命去換他這條賤命。

父親說方明德死後，他的兒子們祕不發喪，夜裡悄悄地抬出去埋了，為的是繼續領取那每年一萬多元的榮軍補助。但這一切都沒瞞過武功。是武功到縣裡舉報了方明德那三個兒子。他們恨透了武功，但對這樣一個人，又能怎麼著他呢？

四

我第一次看武功跟人打架，是讀小學二年級的時候。那時我八歲，武功——按照父親的算法，應該是十九歲。

那時候冬天很冷，夏天很熱。那時候夏天的中午，村子裡的男人，不論老少，都泡到河裡。河裡的水也是熱的。只有河邊的幾株大柳樹下的水是涼的。大家都擠在這一片涼水裡。突然，武功跳了起來，破口大罵那個外號黃耗子的小個青年。然後那個黃耗子就衝上去打他。武功個子高，黃耗子個子矮，在水裡打，兩個人不分勝負。黃耗子跳上岸，武功也跳上岸。兩個人就在岸上打。都光著屁股。他們的身體都發育了，看上去很醜陋。

在岸上，黃耗子明顯占了上風。他將武功打翻在地，然後，將一泡焦黃的尿撒在他的身上。我記得武功從高高的河堤上猛地跳到了河裡，砸起了一片浪花。好久，他從水裡露出頭，罵道：「黃耗子，這輩子我跟你沒完！」

五

那天我又回家去，在車裡，看到一個老人，拄著一根棍子在大街上蹣跚著。我乘坐的車從他身邊經過時，透過車窗玻璃，我看到了武功蒼老而浮腫的臉。聽父親說，武功已經被批准為村子裡的「五保戶」，即保吃、保穿、保住、保醫、保葬。也就是說，他剩下的日子裡，已經有了最基本的生存保障。他那顆被仇恨和屈辱浸泡了半輩子的心，該當平和點了吧？但好像沒有，就在我乘坐的車從他身邊經過時，他竟然將一口痰吐到了車頂上。我相信他沒有看到車裡坐著的是我。司機惱怒極了，要下車收拾他。我說：「趕緊走，不要惹他，這是我們村子裡一個誰也惹不起的人物。」

我想起了母親生前悄悄地跟我說過的話：「這個武功，真不是個東西啊。誰要得罪了他，這輩子就別想過好日子了。」

母親說武功親口對她說過，某年某月某日，他用農藥浸泡過的饅頭毒死了方明德大兒子家豬圈裡那頭三百多斤重的大肥豬。某年某月某夜，他手持鐮刀，將黃耗子家那一畝長勢喜人的玉米，統統地攔腰砍斷。某年某月某夜，王登科家那一大垛玉米秸稈，突然燃起了沖天大火，也是武功幹的。連續十幾年的大年夜裡，我們村和兩個鄰村，總會有草垛起火，這也都是武功幹的。我說，難道鄰村也有人得罪過武功嗎？母親說：他這人，脾氣怪誕，你對著他打個噴嚏，很可能就把他得罪了。他還會裝神弄鬼呢，母親說，你還記得十幾年前修鞋的顧明義在橋頭遇到鬼被嚇出神經病的事嗎？那也是武功幹的。母親嘆息著，說，他這樣胡作，總有一天會作死的。但事實證明，武功沒有作死，而且他還順利得獲得了「五保」，他放了那麼多次火，幹過那麼多的壞事，竟然沒被人捉住過，這也真是一個奇蹟。母親說，他幹得這些壞事，總會受到報應的，但你一定要給他保密，因為他只對我一個人說過，連你爹都沒告訴。

我似乎明白武功的心理，但我希望他從今往後，不要再幹這樣的事了。他的仇人們，死的死，走的走，病的病，似乎他是一個笑到最後的勝利者，一個睚眥必報的凶殘的弱者。

二〇一二年五月初稿於陝西戶縣

二〇一七年八月十八日改定於高密南山

賊指花

一

我第一次坐船是一九八七年六月，在松花江上。那是一條豪華的小型遊船，據說是專供當地要員和上邊來的要人用的。駕船者是一個赤紅臉膛的大漢。他身上帶著一股子宰相家人的傲氣，對我們這伙所謂的作家、詩人充滿了鄙視。雖是六月，但江風凜冽，我披著外套還略感寒意，但這位爺卻只穿一條大褲衩子，一襲圓領衫。衫上印著一個黑色的虎頭，凶氣逼人。開船之後，他一手把舵，一手提著啤酒瓶子，灌一口啤酒，打一個嗝，對我們說：「你們都是北京來的？北京人，不行，大大的不行，全是井底之蛙！有條長安街有什麼了不起？有座天安門有什麼了不起？你們有松花江嗎？有興安嶺嗎？」灌一口酒，打一個嗝，又說：「你們也敢自稱作家，詩人，我看都是臭杞果子擺碟——湊數！你寫過什麼？寫過《水滸傳》？你寫過什麼？寫過『床前明月光』？你更不靈」——他用酒瓶子的指點著那位名叫尤金的青年作家，說，「我看你最大的本領是向女人獻殷勤，見了女人你就犯賤！我們市領導真是昏了頭，竟然花大錢請你們來采風，採個X！有這些閒錢，幫助幾個失學兒童多好！」尤金被當眾羞辱，臉上有些掛不住，便運用他一貫的戰術，低頭哈腰地說：「韓師傅，兄弟從娘肚子裡鑽出來就是個壞蛋，剛會爬時就到鄰居家欺負小女孩。我爹本來想把我用木棒子敲死，但被我奶奶攔住了。天生的壞蛋，長大了也好不了。如果不是怕污染了這條松花江，我就一頭扎下去死了算了。只要您老人家允許我跳下去，我立馬就跳下去。」大漢見尤金能這樣自輕自賤，立馬就說：「兄弟，就憑你這番話，我就看出來了，你是個作家，你是個大作家！這群人裡，能成大氣候的，我看就是你！他們，一個個人模狗樣的，其實都不行。幸虧現在不是梁山泊那個時代，否則，我讓他們一個個都吃板刀麵！」他揮著空酒瓶，做了一個砍殺的動作。這時，本次筆會的組織者之一，《松花江》月刊的詩歌編輯武英傑悄沒聲地走到大漢身後，猛拍了一下他的肩膀，大漢打了一個激靈，回頭道：「你他媽的嚇死我了！」

「我又不是你們科長，你怕什麼？」武英傑道。

「你就是我們科長，老子也不怕！」

「漢子，真漢子！」武英傑伸出拇指猛誇幾句，又喊，「小范，范蘭妮！拿酒來！」

那位一直坐在船艙裡讀書的范蘭妮提著一瓶子當地產的白酒走過來。她頭戴白色遮陽帽，眼上遮著紅框大墨鏡，身穿白裙子，腳蹬白色高跟涼鞋，鞋面上晶光閃爍，腳趾甲上塗著紅色。濃密的金黃色頭髮披散在肩頭。據武英傑說她有俄羅斯血統，現住黑河，家裡有一條打漁船，世代漁民，祖上曾因捕撈到一條三千多斤重的鰉魚進貢朝廷，而獲七品頂戴的嘉獎，這是大清嘉慶年間的故事。

武英傑擰開瓶蓋，奪過大漢手中那個空啤酒瓶，將白酒一分為二，一瓶自持，一瓶給大漢，道：「別給咱東北人丟臉啊！來，乾了！」

「乾了就乾了，誰怕誰呀？」大漢道，「不過，老子剛喝了一瓶啤酒！」

「拿啤酒去！」武英傑指使范蘭妮。

不及范蘭妮動身，一直待在船艙裡與幾個女記者吹牛的胡冬年便提著兩瓶啤酒跑出來。胡冬年是公安系統的小說作者，寫過幾部偵探小說，自稱「中國的柯南道爾」。

武英傑從胡冬年手裡接過一瓶啤酒，一歪頭，用牙齒咬開瓶蓋，然後仰起臉，張大口，高舉啤酒瓶，讓啤酒幾乎不沾嘴唇地直接倒入喉嚨。眾人一片歡呼，我心澎湃，見過喝啤酒的，但沒見過這樣喝啤酒的。武英傑將那啤酒瓶蓋又壓到瓶口上，將瓶子準確地扔進三米開外的垃圾筐裡。他舉起白酒瓶，對大漢道：「怎麼樣？現在公平了吧？」然後碰一下大漢手中酒瓶，道：「我先喝為敬了！」

大漢吭吭哧哧地說：「不是我不喝，東北大老爺們，哪個不是酒精泡出來的？我是考慮你們的安全，雖說是船，也不能酒駕吧！」

「小人不才，在部隊開過登陸艇，這種電瓶船，應該是閉著眼也能開！」尤金說著，擠到大漢面前，搶過了舵輪。

武英傑仰起頭，噙住瓶口，咕嘟咕嘟，像喝涼水一樣，把那半瓶白酒乾了，然後又將瓶子準確無誤地投進垃圾筐。

大漢支支吾吾，還想尋找托辭，武英傑雙目圓睜，怒喝一聲：「喝！」

武英傑雙目圓睜，濃眉豎起的樣子我是初次見到，我想這才是東北真漢子，這才是真英雄，而這身穿虎頭衫的大漢，不過是個外強中乾的爛仔。

大漢這次是真的打了個激靈，但他依然很豪氣地說：「喝就喝！老子這輩子還沒醉過呢！」他也想學武英傑的樣子一口氣灌完，但中間還是停頓了兩次，最終乾了，舉起瓶子，讓瓶口朝下，道：「怎麼樣？滴酒罰三杯！」

「再去拿一瓶！」武英傑道。

身軀肥大的胡冬年邁著企鵝步，一溜小跑進船艙，又提著一瓶白酒，一溜小跑回來，嘴裡吆喝著某部電影裡的台詞：「來嘍——樓上請——樓上清靜——」

武英傑擰開了白酒瓶蓋，那大漢急道：「你開了……你自己喝……老子重任在肩……不喝了……」他的舌根子分明硬了，搖搖晃晃地走了幾步，一屁股坐在甲板上，背靠著欄杆，頭一歪，嘟噥幾句後，便不出聲了。

眾人一齊對著武英傑鼓掌。武英傑微笑著，低聲說：「這種狗仗人勢的東西！就得這樣治他！」

此時船在中流，江面寬闊，江水澎湃，離黃昏還有個把小時，陽光金紅，照耀著，暈染著，使江水流光溢彩，使岸邊的山巒與層林如同風景畫般濃淡有致，光影迷幻。尤金站在駕駛位上，手把舵輪，滿面肅穆，目不斜視，派頭十足。在他的左邊，站著來自廣東的美女散文作家邱勝男，在他的右邊，站著來自廣西的美女小說作者孫六一。這兩個美女同住一室，不知道她們之前是否認識，但在筆會期間她們形影不離，而且她們共同地表現出對尤金的好感，邱勝男稱他為「尤尤」，孫六一稱他為「金金」。邱勝男普通話很好，一聲「尤尤」，雖略感麻肉，但尚可聽；但那孫六一鄉音濃重，直接把個「金金」，叫成了「雞雞」。於是，在筆會一週時間裡，尤金便成了「雞雞」，用胡東年的話說這叫作「眾口鑠雞」了。「尤尤」說：「抽菸！」左邊那位美女便從自己菸盒裡抽出一支白盒萬寶路，插進他的嘴巴；「金金」說：「火！」右邊那位美女，便劃火為他點菸。尤金幸福得有點忘形，無法表示，便手按汽笛，讓低沉的牛叫般的聲音長時間地在江面上迴蕩。那些在江中打魚的小船上的漁民，都停下手中的活兒，好奇地或者是惱恨地看著這條代表著權勢與腐敗的船。許多年後我還在想，中國當代的作家們，以及其他行當的知識分子們，絕大多數都不敢說自己身上沒沾染過腐敗之油水。

幾位當地報社的記者，趁著這柔和的光線，為駕船的尤金和身邊兩位副駕拍照。那兩位美女，好像故意要毀掉尤金的一世英名似的，從左右兩側「叭叭」地吻著他的腮幫子，於是滿船歡笑。胡東年不甘寂寞，想替尤金駕船，但遭到兩位美女的強烈反對。他便哭喪著臉說：「二位前妻，你們太無情了吧?!」——在整個筆會期間，胡東年把所有的女作家、女詩人都呼為「前妻」，唯獨對范蘭妮不敢放肆，他是碰過她的釘子呢？還是有所忌憚？我不得而知，但他給范蘭妮起了個外號「法拉利」，卻像尤金的「雞雞」一樣，差不多替代了他們的真名。

「老兄，別在這兒討人嫌了，走，回艙，喝酒去！」武英傑拍了拍胡東年的肩膀，說，「同志們朋友們，今天的晚飯就在船上吃了，一小時後船靠青山碼頭，我們上岸去參加青山鎮組織的篝火晚會。」

眾人鬧哄哄地進了船艙。矮桌上早已擺好酒餚，有魚罐頭，肉罐頭，香腸，燒雞，以及當地小吃，還有白酒，紅酒，啤酒以及可樂，雪碧等飲料。

胡吃海喝一陣，胡東年突然問：「『法拉利』呢？」

美麗的據說有俄羅斯血統的范蘭妮獨自一人，站在船尾，面對著落日，看著船尾的浪花和向兩岸擴展開的層層波浪——當然這都是我的合理想像——她的高鼻梁——那時還不流行整容——她的深眼窩——深眼窩是無論多麼高明的整容師也整不出來的。——都雄辯地證明著她的血統，但她的一嘴東北話又是地道的大碴子味兒，她的金黃頭髮肯定不是染的，前天上午爬鳳凰嶺時，胡東年曾不知好歹地問過她：「哎，『法拉利』，你這頭髮是在哪兒染的？」她斜看了他一眼，便不再理他。這時，從後邊爬上來的武英傑道：「老胡，你以為錦雞的羽毛是染的嗎？」——方才我們上山時，在狹窄山路旁的灌木叢中，飛起了兩隻錦雞，一隻灰禿禿的，一隻羽毛豔麗輝煌。我們這一行人，大都沒見過錦雞，便不由地感嘆歡呼。胡東年賣弄知識，就動物雄性美麗雌性樸素的原因引申到人類，最後因無人理睬而訕訕作罷。「你的意思是說『法拉利』的頭髮是天生的不是染的對不對？」胡東年道，「你又不是『法拉利』，如何能知道？」武英傑笑著說：「她是我表妹，我當然知道了。」「『法拉利』，你真是他表妹嗎？」胡東年說，「現在表妹是情人的同義詞喲。」范蘭妮就像沒聽到他的話一樣，突然指著山路邊一棵山桃樹上那根被上下山的人抓摸得光滑如蠟的枝杈問我：「它痛嗎？」我一時不知如何回答這個問題，便轉過頭，指著光滑的桃樹枝杈，問武英傑和胡東年：「它痛嗎？」「它不痛，我痛！」武英傑道。胡東年道：「這個枝杈可以砍下來做彈弓！」范蘭妮白了胡東年一眼，問我：「它痛嗎？」我支支吾吾地說：「也許……痛吧……」她的眼睛裡突然盈滿了淚水，將臉伏到那桃樹枝杈上。武英傑對我使了一個眼色，示意我們先走。我逃命般地向山上衝去……

武英傑到船尾，把范蘭妮叫進來。

大家選擇了各自要喝的，舉起杯，七嘴八舌地說：「乾！」

我發現范蘭妮是女士當中唯一喝白酒的，而且她只喝酒不吃東西。

「兄弟姊妹們，明天還有一天，後天我們就分別了，有照顧不周的地方，還請多多包涵！」武英傑舉杯，一飲而盡。

「謝謝謝謝！」我們說。

「各位前妻，」胡東年道，「我這次回北京，就跟老婆離婚，各位前妻，如有想破鏡重圓者，請速來找我。」

艙裡有點暗了，有人開了燈。幾隻蒼蠅被驚起，在明亮的燈光中飛舞。

「討厭！」那位來自上海，據說一直單身的女作家羅素素說，「上帝怎麼能造出這種討厭的東西。」

「少了牠一般不成世界麼，」當地文聯的編輯老梁說，「蚊子，臭蟲，跳蚤，老鼠，都有存在的價值。而且，人類的幸福是建立在痛苦基礎上的；美好的事物之所以美好，是因為醜陋事物的存在。」

「深刻！」我發自內心地說。

蒼蠅的飛舞，並沒有因為老梁的一番說辭而顯得可愛，羅素素皺著拔得細如一線的眉毛，用一本刊物驅趕著蒼蠅。

「大家別動！」武英傑道，「看我的！」

武英傑把雙手舉到空中，手掌呈弧形，彷彿兩個等待捕食的小獸。幾隻蒼蠅從他面前飛過，只見他的雙手，同時揮舞了幾下，然後攥成兩個拳頭，用力地攥著。

「抓住了嗎?!」羅素素興奮地問。

武英傑鬆開拳頭，將兩隻死蒼蠅抖到一塊餐巾紙上。隨即他又反覆地表演了抓蒼蠅的絕技。我們也都跟著抓，但根本抓不著。剩下的幾隻蒼蠅大概感受到了危險，飛到艙外去了。我們為武英傑鼓掌。

武英傑將包著蒼蠅的餐巾紙團緊，扔到垃圾桶裡，然後，他端著一杯啤酒，到船舷邊用啤酒沖了手。

「你是怎麼抓到的？」我問，「我看你出手的動作並不太快啊。」

「蒼蠅有在飛行中迅速改變方向的能力，」武英傑道，「而且牠的復眼能看到三百六十度，所以，你必須用假動作騙牠。」他又說，「捉趴伏的蒼蠅相對容易，你看准牠的頭的方向，然後從牠的頭的前上方，快速掃過去，一般都能捕到。當然，關鍵是熟能生巧。」

「太棒了！」羅素素拍手道，「我回去就寫一篇小說，題目就叫〈捉蒼蠅的人〉！」

「那你要先學會捉蒼蠅。」武英傑笑著說。

「我小腦不發達，反應超慢，」羅素素說，「只怕永遠學不會。」

「要學會，先跟師傅睡！」胡東年道，「不跟師傅睡，永遠學不會！」

「行啊，」羅素素道，「你不就是想讓我跟你睡嗎？你甚至想讓這筆會上所有的女人都跟你睡，對不對？」

「我想了嗎？」胡東年道，「對天發誓，我沒想！」

「想也沒關係啊，老兄！」武英傑道，「不想當將軍的士兵不是好士兵，不想睡女人的男人不是男人嘛！」

「我確實沒想，尤其是沒想跟『大表姊』你。」胡東年道。

他給羅素素起了個外號叫「大表姊」，還編了兩句順口溜：「大表姊」的嘴，「法拉利」的腿，邱前妻的桃花眼，孫前妻的柳葉眉。

「『大表姊』，小說寫好後一定給我們《松花江》，稿費從優！」武英傑道。

二

篝火晚會在青山鎮學校的操場上進行。學校背靠青山，面對大江，左依繁華街市，右望遼闊田疇。我想起童年時跟隨堂叔去給人家看風水時學到的知識，不由地感嘆：這學校可真是好風水呀！

操場中央有一堆篝火在熊熊燃燒，燒得是最好的松木柈子，火旺煙小，散發著濃濃的香氣。操場兩邊用幾十張課桌拼成兩條長案，案上擺著核桃、松子、橡子、花生等當地特產。參加筆會的人與鎮上的官員和當地的文學愛好者花插而坐。我左邊坐著胡東年，右邊坐著青山鎮的一位女副鎮長，對面坐著當地報社的一位女記者，她的左腮上有一條長長的傷疤，嚴重地影響了她的容貌。鎮長站在篝火前，大聲地朗讀一篇歡迎稿。鎮長讀稿時，女副鎮長熱情地向我們推薦當地生產的一種越橘飲料。她留著齊肩短髮，雙鬢各別著一個蝴蝶樣式的夾子，顯得精幹爽朗，很有風度，讓我聯想到十幾年前看過的樣板戲《杜鵑山》裡那個女英雄柯湘。當我把這感覺和聯想對她說時，她笑著說，好多人都這樣說呢。於是我也就明白，當她知道自己像柯湘時，就開始了扮演柯湘的生涯。她說：「我們這是純野生，純天然，沒加任何添加劑的，喝了對身體絕對有好處！」

「有什麼好處？」胡東年問。

「越橘含有大量維生素，能調節內分泌，養顏美容，益壽延年。」女副鎮長說。

「治禿頭嗎？」胡東年拍著自己微禿的頭頂說。

「治，但要多喝！」女副鎮長幽默地說。

「壯陽不？」胡東平又問。

「肯定壯，」女副鎮長微笑著說，「不但壯陽，而且滋陰，但要多喝。」

我品嘗著酸酸甜甜的飲料，果然很好。

「希望各位老師回北京後，能替我們宣傳一下。」

「我寫篇散文，一定會提到這種飲料。」我說。

「我表哥是商業部市場司的，走的時候我帶回幾瓶讓他嘗嘗，如果他喜歡，我就讓他幫你們推銷。」胡東年說。

「太好了！胡老師！」女副鎮長興奮得身體往上一躥，然後說，「胡老師能給我一張名片嗎？」

「好像分光了，」胡東年說著，從褲兜裡摸出一個棕色的鼓鼓囊囊的錢包，打開，從夾層中摸出一張名片，遞給女副鎮長。女副鎮長也把自己的名片給了胡東年。

「黃紅，」胡東年唸著名片上的名字，說，「好名字，說你黃吧，你還紅；說你紅吧，你還黃！」

「胡老師能不能也給我一張名片？」那女記者問。

「我看看還有沒有了，」胡東年翻看著錢包的每個夾層，道，「沒有了，真的沒有了。你跟武英傑要吧，他有我的地址，電話。」

「胡老師真有錢！」女記者看著那鼓脹脹的錢包道。

「這話我愛聽！」胡東年道，「哥窮得只剩下錢了！」他把一沓子錢抽出來說，「這是美元，」又把一沓子錢抽出來，說，「這是港幣。」又把一沓子錢抽出來，說，「這才是人民幣。」

剛剛講完了答謝詞的武英傑走過來，說：「老胡你這是幹什麼？」

「老胡在炫富呢！」我說。「美元、港幣、人民幣，還有什麼幣？」

「想要什麼幣就有什麼幣，哥的前妻們遍布各界各地，只要一個電話，她們就會把錢寄過來。」胡東年說。

「可我聽說前妻都是跟前夫要錢的呀！」我說。

「這你就不懂了，老弟，」胡東年道，「我正在寫一本書，肯定是大暢銷書，書名就叫《我的前妻們》，到時候你看一下，就明白她們為什麼願意寄錢給我花了。」

「我長這麼大還沒見過美元和港幣是什麼樣呢！」我說。

女記者說她也沒見過。

胡東年掏出一張綠色的美元，一張紅色的港幣，遞給我。我翻來覆去看了幾眼，便遞給女記者。女記者看罷，遞給女副鎮長，女副鎮長笑著擺擺手。

「老胡，財富不露白，露白必招賊！」武英傑道。

胡東年把美元和港幣裝進錢包，說，「一個前妻一台提款機！」他將厚厚的錢包在桌子上拍拍，道，「這錢包也是名牌，BOSS！」

「也是前妻給買的？」我問。

「那是！」胡東年得意洋洋地說。

「收起你的臭錢吧，」武英傑道，「跳舞去！」

音箱裡放出了震耳的音樂，胡東年和女副鎮長下了場。武英傑讓我邀請女記者跳舞，我說不會，真的不會。武英傑說你會不會走路，會走路就會跳舞。我說我真的不會跳。女記者說，武老師您跳去吧，我正好借這個機會採訪一下莫老師呢。武英傑說那好，你們聊吧。

我看到胡東年雖然肥胖但舞姿輕盈，他左手握著女副鎮長的手，右手扶著女副鎮長的腰，身體聳動著，團團旋轉著，一會兒離篝火近，一會兒離篝火遠。離篝火近時他們的臉閃閃發光，離篝火遠時他們的臉模糊不清，但無論離篝火遠近，我都能看到他褲兜裡那個鼓鼓囊囊的錢包。女記者側身而坐，半面對著我，半面對著舞場。她腮上那條長長的疤痕顯得更加刺目，我很想問一下這疤痕的由來，但話到唇邊又咽了下去。

「這個胡老師可真有意思啊！」她意味深長地說。

「他雖然滿口跑火車，但其實是個好人。」我說。

「你們在北京經常在一起嗎？」

「沒有，」我說，「北京太大了，我與他統共見過兩次面，還都是在外地。」

「你覺得誰跳得最好呢？」她觀察著舞場上的人問我。

我看到尤金一個人與邱勝男和孫六一共舞，他們手拉著手，隨著音樂的節奏轉圈子，與其說他們是在跳舞，還不如說他們是在學幼兒園的小朋友玩遊戲。我看到部隊的男作家王進步與部隊的女詩人孟繁紫在颯爽英姿地兜圈子。我看到鎮長與上海來的「大表姊」羅素素很抒情地貼在一起交頭接耳。我看到武英傑與身著一襲白裙的「法拉利」熱情奔放、不拘小節地跳著，他們的腿、臂、腰、頭、頸都顯得與眾不同，尤其在轉彎時，「法拉利」那一頭金髮便會飄揚起來，尤其是在篝火近邊時，「法拉利」那一頭金髮便像真的金絲一樣閃爍跳躍著令人目眩的光芒。

我說：「當然是武英傑和『法拉利』。」

「武大哥真是太瀟灑了！」女記者感嘆地說。

「『法拉利』真是他的表妹嗎？」我問。

「他們倆好我心裡舒暢，」她說，「但如果武大哥跟別人好，我不舒暢。」

「武大哥跟你好你會更舒暢。」我微諷她一句。

「我自慚形穢！」她說，「但我比你們那些女的懂事。」

「你說哪位不懂事？」她抬了一下下巴，應該是指向了「大表姊」，說：「太事兒媽了！安排她跟我一個宿舍，她提著包就走，讓武大哥送她去機場。武大哥問她因為什麼不高興，她說，『老娘走遍天下，什麼樣的豪華飯店沒住過？但從來都是一人住一個房間！』武大哥對她解釋，說刊物經費不足，她說，『經費不足你們別請我來啊，既然請我來了，那你們就得滿足我的要求。』武大哥無奈，只得自掏腰包給她訂了個套間——標間沒有了，你看她那副小市民的嘴臉，我真想抽她！」

「你還挺威武的！」我看著她怒沖沖的樣子，調侃道，「女響馬！」

「我原先真威武，」她說，「從小學到中學再到大學，男生都怕我。那時我心直口快，路見不平，拔刀相助，但出了那事之後，我收斂多了。」

「出了什麼事？」

「這事。」她摸摸臉上的傷疤，說。

「我一直想問，但不好意思問。」

「有什麼不好意思的？」她說，「這是我的光榮。」

她說：「有一次在公共汽車上，我看到一個小偷將兩根手指伸進了一個婦女的提包，便對著那婦女咳嗽了一聲，並使了一個眼神。那婦女警覺了，挪了一個地方。下車時，那小偷緊跟在我的身後，趁著亂勁兒，伸手往我腮上一抹，我只感到腮上熱辣辣，一陣刺痛，伸手摸了一手血，才知道被報復了。」

她說：「武英傑那時已在刊物工作，聽到我受傷的消息便來探望。武大哥詳細地問了那小偷的身材面貌，一邊問一邊用筆在紙上畫，問完了也畫完了，然後給我看，我一看，起碼有八分相似。武大哥說，小柳，你好好養傷，三天之內我一定把這小子捉到你面前。」

「武英傑以前是幹什麼的？」我問。

「他是我們市公安局刑警隊的，有名的反扒能手，這市裡的小偷都認識他，只要他在那輛車上，這車上的小偷都不敢出手。」

「那他為什麼要到一家小刊物來呢？」

「武大哥有自己的邏輯，」她說，「武大哥說，就像應該讓蒼蠅蚊子存在一樣，也應該讓小偷存在；就像無論動用多少人力物力，也永遠不能讓蒼蠅蚊子滅絕一樣，無論有多少反扒高手也不能讓小偷滅絕。他還說，小偷的存在有一定的積極意義。」

「後來呢？那傷害你的小偷捉到了嗎？」

「第二天，武大哥就來見我，說小偷抓到了。我說，我要見他，我要報仇。吳大哥從口袋裡摸出一個血污洇出的牛皮紙信封，說，這是他右手的食指，你想看嗎？我猶豫著，他說，我建議你別看了。按說我應該把他送到局裡去，如果我還是警察我只能把他送到局裡去，但現在我是一個刊物編輯，是一個老百姓。我讓他自己想一個贖罪的辦法，他走到一個賣西瓜的攤上，以高手小偷特有的速度和準確，沒等那賣西瓜的攤販反應過來，他已經用西瓜刀把自己的手指剁下來了。然後他轉身就走了。我包好他的食指，追上他，想送他去醫院把手指接上，他說接上食指，就只能把中指剁下來了，這是規矩，老大。武大哥講述到這裡，眼裡濕漉漉的，彷彿被那小偷的言行感動了似的。」

「盜亦有道啊！」我感嘆道，「怪不得他能空手捉蒼蠅。」

我本想把那根食指
送給你
但又怕這分離的殘忍
傷了你的心
我夢到那斷指，如同接穗
嫁接在你的腮
萌芽抽條並開出
詭異的花朵
彷彿貓的笑臉
賊指開花
賊指花
有無可替代之美……

她充滿情感地背誦完，然後說：「這是武大哥寫給我的詩〈賊指花〉。」

「好詩！」我說。

三

松花江筆會後三十年的春天，我從重慶朝天門碼頭登上了總統八號豪華遊輪。這是我第二次坐船遊長江，第一次是一九九二年，那時三峽大壩尚未動工。我之所以又一次坐船遊長江，是因為我做了一個夢。我夢到在長江的一艘遊輪上動筆寫了一部小說，小說的題目叫〈賊指花〉。在夢中，我才思泉湧，妙言雋句層出不窮，書寫不迭。醒來後，夢中情景歷歷在目。尤其是那小說的題目，竟猛然讓我憶起了三十多年前在松花江筆會的篝火晚會上，那個報刊記者對我朗誦的詩句。

這艘「總統八號」遊輪，豪華程度超出了我的想像。船上有寬敞的入住接待大廳，有雙層的鋪著紅地毯的餐廳，有裝潢得富麗堂皇的多功能廳，有游泳池，影院，兒童樂園，酒吧，咖啡屋，雪茄吧……可謂應有盡有，與我當年乘坐那艘遊輪不可同日而語了。

我包了一個標間，在小桌上鋪開稿紙，寫下〈賊指花〉三個大字。我期待著如夢中那種文思泉湧的情形出現，但坐了幾個小時也不知該寫什麼，於是我長嘆一聲，擰上筆帽，出房間，在船上轉悠。我想起二十多年前坐過的那艘當時最豪華的東方紅二號，與這總統八號相比，可是太寒酸了。多功能大廳裡正在舉辦服裝秀，舞台上那些由服務員兼任的模特，面孔淳樸而喜相，與那些名模的冷臉相比，倒也別有一番風味。我看到廳裡觀眾多半是六十歲以上的老年人，這些人都應該是退休的公職人員，因為，這個年紀的農民，他們不旅遊，他們在這個季節裡需要在田地裡勞作，需要鑽進塑料大棚侍弄蔬菜……沒有他們，村莊會成為死村，土地將成為荒漠。

我沿著旋轉樓梯，逐層觀看，甲板上幾乎全是搔首弄姿的拍照人，南糯北傍，各逞鄉音。在第五層，我看到有一個「紅酒雪茄吧」，便走了進去。

身穿紫紅色天鵝絨長裙的服務小姐優雅的歡迎，讓我受寵若驚，也讓我自慚形穢。我看看自己身穿的肥大汗衫、邋遢短褲、一次性拖鞋，再看看紫紅色的柔軟地毯、咖啡色的真皮沙發、枝形水晶吊燈、擺滿了名貴美酒的吧台，以及坐在正面沙發上口叼雪茄菸、身穿純棉休閒服、面前擺著一隻高腳水晶杯、杯中盛著寶石紅色葡萄酒、半瞇著眼睛、手指隨著背景音樂的節奏輕輕敲擊沙發扶手的男子——不是權貴就是富豪——我知道自己誤闖了不該進入的空間。就在我連聲道著歉退出時，那位先生睜圓了眼睛，左手猛一拍沙發扶手，把雪茄菸扔到巨大的水晶菸灰缸裡，猛地站起來喊：「老莫！」

只見他肚皮微腆，腰板筆直，臉有些浮腫，但沒有眼袋，頭髮稀疏但染得妖黑，一副典型的有身分男人的樣貌了。

「老莫，難道你不認識我了？」他有些失望地說。

「是，我不認識你了！」我說，「你不就是那個『雞雞』尤金嗎？發了大財的尤金，美籍或是澳籍或是什麼籍的華人尤金，剝了你的皮我也認識你的骨頭！」

我之所以用如此刻薄的話來損一個老朋友，是因為二十多年前的一個深夜，他給我打了一個電話。他說：「老莫，我是尤金……請原諒我，我剛從美國回來，中國話說得還不太流利……」我隨即就把電話掛了，心裡想你他媽的也太能裝了吧？那些老華僑在海外待了大半輩子，一口鄉音不改，你才出去混了幾天？而且也多半是在唐人街上混，竟然就說「自己的中國話說得還不太流利」，見過不要臉的，沒見過如此不要臉的。

「還不錯，認識我說明你還沒忘本！」

「認識你說明我正在忘本！」

「喲，你啥時也變得能言善辯了？」他指了沙發，讓我，「坐坐坐，請坐！」

「我坐在這裡不合適。」

「有屁的不合適！」他說，「不過，也好，走，到我房間去，咱倆好好聊聊！幸會，太幸會了！」

他的房間在六層，豪華行政套房。

坐定之後，我環顧四周，深感在商品社會裡，錢能買來的尊榮與享受。我說：「你應該住總統套房啊！」

「訂晚了一點，沒了。」他感慨地說，「現在中國有錢的人太多了！」

一位身著白裙滿頭金髮的美女敲門進來，給我倒了一杯茶，然後嫣然一笑，悄然退去。

「此次來華有何貴幹？」

「投資建了一個稀土礦。」

「你果然是在做稀土生意，」我說，「早就聽說中國的大部分稀土都被你倒騰到美國去了。」

「純屬謠言，」他說，「我不過是在人家分完蛋糕後，撿一點渣渣吃罷了。」

「太謙虛了，老兄，」我說，「放心，我不會找你借錢。」

「你當然可以向我借錢，不要獅子大開口就行，」他坦然地說，「你呢，還寫小說？」

「除了寫小說，我還能幹什麼？」

「其實，人的潛能是無限的，」他說，「我如果不是出了國，待在國內，也跟你一樣。」

「你待在國內，也不會跟我一樣，」我說，「沒準你早就是高級領導幹部了。」

「這種可能性也不是不存在，」他說，「連胡東年那樣的貨都混到了副部級，我怎麼著也比他強吧！」

「那是，」我說，「你比他強多了。」

「你還記得那次在松花江筆會上，他丟了錢包的事嗎？」

「當然記得！」我說。

「你知道誰是最被懷疑的對象嗎？」

「不會是你吧？」我說，「我記得你和胡東年住一個房間。」

「是的，我當然也是被懷疑的對象，但他們最懷疑的對象是你！」

「懷疑我？」我惱怒地說，「他媽的，老子當時是現役軍人，堂堂的解放軍軍官。」

「胡東年親口對我說，看過他錢包的只有你、那位臉上有疤的女記者、青山鎮的女副鎮長，還有武英傑。女副鎮長可以排除，人家跳完舞就走了。女記者不跟我們住一棟樓也可以排除。武英傑原是公安局的反扒英雄，又是筆會的組織者，因此也可以排除。那剩下的就是你了。胡東年說，他忘不了你看美元和港幣時，眼睛射出的貪婪的光芒。而且，我們又住隔壁，你到我們房間裡來串過門，打過撲克。」

「他奶奶的，」我惱怒地說，「怪不得胡東年原說要把我引薦給中組部青幹局副局長——說那是他姊夫——我到北京與他聯繫，他一聽是我就把電話掛了，他奶奶的原來是這樣！」

「你知道嗎？」尤金說，「我們第二天上午去參觀人參種植園，武英傑和胡東年沒去，他們倆與當地派出所的警察搜查了所有的房間，重點搜查了你，連你的箱子都用萬能鑰匙捅開檢查了。」

「奶奶的，」我說，「當時我要知道，非跟他們拚命不可！」

「後來，」他說，「被胡東年那張臭嘴吆喝的，參加筆會的人都懷疑你是小偷！」

「他奶奶的，真是跳進松花江，不，跳進長江也洗不清了。」我說，「不行，回京後我要去找胡東年，讓他給我平反。」

「他給你平不了反，你也找不到他。他已經進去了。」他笑著說，「能給你平反的只有我！」

「胡東年進去了？」我驚訝地問，「前幾天我還在電視上看見過他。」

「不去說他了，」尤金道，「我一直想把那次松花江筆會上的事寫成一篇小說，但動了好幾次筆也寫不下去，真是錢越多人越蠢啊！今天是天賜機緣，也是你小子的好運氣，我把這個故事賣給你了！」

四

你們都看到我跟邱勝男、孫六一黏黏糊糊了吧？我知道你們是怎麼想的。其實我跟她們啥事也沒有，那兩個，都是閱人無數的老油條，沾到身上只怕要油膩一輩子。她們倆當時有求於我，求我什麼就不說了。

你還記得那個「法拉利」吧？對，據說有俄羅斯血統的范蘭妮，客觀地說，她是那次筆會之花，但她身上有一股高傲的勁兒，連胡東年這種老流氓都不敢對她放肆。坦率地說，我也豔羨她的美色，剛開始那天我也向她獻過殷勤，但她一句話就把我給頂了回來。後來那幾天裡，我之所以和邱勝男、孫六一裝瘋賣傻、打情罵俏，也是故意地表演給她看的。

是啊，一場筆會，短短一週時間，一群萍水相逢的人，有的心懷鬼胎，有的逢場作戲，有的分手之後此生再不相見，有的卻因緣巧合種下情仇恨債，有一些事情你可以想像得到，有一些事情，打死你也想像不到。

簡單說吧，我們一起坐飛機回北京後，我沒有回家而是直接去購票廳買了一張飛哈爾濱的機票。你猜，我要去見誰？對，一點不錯，我要去見范蘭妮。這事情有點莫名其妙，坐在飛機上我感到像做夢。筆會結束各奔東西那早晨，我在餐廳門口遇到她，她說：伸手！我伸出手，她將一張紙條拍到我手裡，然後飄然而去。那紙條上寫著她家的地址、電話，還寫著：敢來找我嗎？我那時年輕氣盛，力比多充沛，荷爾蒙旺盛，哪有不敢的事？

當時可沒有手機，連BP機都沒有。我在哈爾濱太平機場下飛機後，轉乘大巴去了火車站，買了一張凌晨三點去黑河的火車票，此時夜色已深沉，候車室裡臊臭撲鼻，我便在車站廣場上溜達，溜達累了就躺在一張破爛不堪的木條椅上，仰望天上的星斗。雖是夏天，但哈爾濱的夜很冷，我不停地打噴嚏，生怕凍病了，如果凍病了，這一場浪漫的約會，也許就會成為悲慘的遭遇。又餓又冷，但是不睏，我處在興奮之中，回憶著在筆會期間「法拉利」留給我的印象，尤其是反覆回憶她把那張神祕的紙條拍到我的手裡的情景，她的那一瞬間的表情。我猜測著她的心，為什麼？為什麼剛開始她刺了我卻又在分手時對我發出邀請？這個神祕的女人，葫蘆裡到底賣的什麼藥？但我的心中，還是充滿了期冀和興奮，為了這次浪漫之旅，為了即將到來的浪漫之事。

我到達黑河已是第二天下午三點多，那時候車速緩慢且經常臨時停車。我提著箱子走出車站，站在空曠的廣場上，突然感到自己像個無家可歸的流浪漢。我後悔沒在北京機場出發前給她拍個電報，如果我拍了電報，也許一出車站就能看到她的笑臉。我想找個公用電話亭給她打電話，但那時的黑河街上沒有電話亭。我進了車站郵局，費盡周折要通了她留下的電話，接電話的是一個蒼老的聲音，我的心怦怦跳著，問：請問，請問范蘭妮在嗎？——不在！那邊隨即掛了。

我再次把電話要通，這次先說：請問，這是范蘭妮的家嗎？我是她的朋友，我有急事找她——還是那個蒼老的聲音：這是群眾藝術館，范蘭妮出差還沒回來。——我的腦子裡嗡的一聲響，心中叫苦不迭，老天爺，我也太積極了，太莽撞了。但既然來了——我再次要通電話，一開始就連說了好幾個對不起，然後請問范蘭妮何時回來。那邊說：不知道！

我在車站廣場雇了一輛「倒騎驢」三輪車，讓他把我送到群眾藝術館。我向門房的老漢問范蘭妮的歸程，老漢說他只管看門，收發報紙，別的一概不知道。我在鐵柵門外觀察著這棟長方形的、四層的破舊的樓房，想像著范蘭妮辦公室的情景。

天色昏黃，范蘭妮不可能出現了。我找了一家離群眾藝術館比較近的賓館入住。賓館內設施很舊，但竟然有充足的熱水，這讓我很是滿意。我痛痛快快地洗了一個熱水澡，坐在破爛的沙發上抽著菸，感到十分愜意。

這一夜我睡得很沉，一覺醒來，已是早晨七點，匆匆去餐廳吃了一點東西，回來刮了鬍子刷了牙，便一路小跑到群眾藝術館等候。街上人不多，車輛很少。我在群眾藝術館對面的街邊來回踱步，盼望著那個美麗的身影出現。大約是八點半的時候，門房的老漢出來拉開了鐵柵門，我心中熱烘烘的，知道上班的時間到了。我索性就站在了鐵柵門旁，等待著她。我的心中冒出了一些現在回想起來很膚淺很肉麻但當時卻把我自己都感動得熱淚盈眶的詩句。果然是痛苦出詩人，憤怒出詩人，戀愛出詩人啊。一直等到九點多鐘才有幾個人來上班，都是上了年紀的老同志，有的徒步，有的騎著自行車。他們進大門時有的根本不看我，有的卻上上下下地打量著我。我的心一直激動著，一直焦慮著。我不時地抬腕看表，不時地抬頭看太陽。時針在快速旋轉，太陽在緩慢爬升，一小時過去，又一小時過去了……下班的時間到了，她沒有出現。我也顧不上臉面，攔住一位提著包匆匆外出的中年婦女，問：老師，麻煩您，我打聽一下范蘭妮回來了嗎？——范蘭妮？她打量了我幾眼，說，你是她什麼人？找她幹什麼？——我是北京一個刊物的編輯，我找她約稿——她又警惕地看了我幾眼，說，范蘭妮？好久沒見到她了——這時，一位駝背的老同志走出來，中年婦女問他：哎，館長，范蘭妮去哪兒了？這位北京來的同志在等她——我急忙上前，鞠了一躬，說：館長，我是北京XXX月刊的編輯——我撒了謊，說了胡東年工作的那家刊物的名字——我來找范蘭妮約稿……老館長想了想，說，范蘭妮好像請假去參加筆會了，應該回來了吧？我說：請問他家的地址……館長問那中年婦女，你知道她家地址嗎？——中年婦女搖搖頭，說，她好像就在辦公室住吧，她老家在三江口，前年剛從佳木斯師專畢業分配過來的。——那你下午再過來看看吧，館長把我從頭看到腳，然後匆匆走了。

我到路邊一家餃子館要了一盤魚肉餃子，一瓶松花江牌啤酒，慢吞吞地吃著，喝著，目光卻透過污濁的玻璃，盯著群眾藝術館的大門口。吃完了餃子我就回到大門口站著等候，來上下午班的人們都盯著我看，他們的目光令我心中發毛。我不斷地安慰自己，我雖有女朋友，但還沒登記，因此，我是合情合法光明正大的。想是這樣想，但在人們的目光審視下，總是感到不自在，彷彿我幹了什麼壞事一樣。

第二天我又來等了一天。

第三天我又等了一天。

我在那家餃子館已經吃了六頓餃子，老闆娘看我的目光，越來越警惕。

我在群眾藝術館大門兩側已經站了三十多個小時。第三天傍晚時，有一位中年男人從樓裡出來，走到我面前，詳細地盤問了我很多問題，最後他說：同志，我是群眾藝術館保衛股長，能把你的身分證和工作證給我看一下嗎？

我說，身分證和工作證都放在賓館了，明天我拿給你看。

我回到賓館，寫了一封簡單的信，封好，晚飯後送到群眾藝術館，交給門衛老頭，請他見到范蘭妮來上班時一定轉交。為了加大保險系數，我把一盒人參菸放在門房的桌子上。

我在信中說：「法拉利」，你騙得我好苦啊……我已訂好了明天下午兩點去哈爾濱的車票，如果你明天上午看到這封信，請到瑷琿賓館三〇九房間來找我，如果看不到，那就永別了。

第二天上午，我的心情是絕望的，但卻又莫名其妙地充滿著希望。有好幾次我按捺不住地想去群眾藝術館大門口做最後的等待，但又怕拿不出XXX雜誌的工作證而露了餡。當然，我也希望房門突然被敲響，是用力地敲響呢還是輕輕的敲響呢？我猜不出，然後我拉開門，便會看到她的秀髮她的隆準她的美目她的芳唇……

門果然被敲響了，我豹子撲食般衝上去，喘息著拉開房門，看到的卻是收拾房間的服務員冷漠的臉。我說我馬上退房，不用收拾了。

過了一會兒又響起敲門聲——還是那個服務員，她善意地提醒我，如果過了中午十二點退房，就要按一天的價格收費了。

我看了一下表，十一點了。我知道她不會來了，我雖然不願意相信，但也知道，那「法拉利」，是在戲耍我。我想恨她，但一想到她的眼神，便生出許多憂傷的情緒。走吧，我對自己說。我提起行李——

你應該猜到了，這時門被猛烈地敲響，我拉開門，上帝！她來了。

我猛地摟住了她，她靜靜地伏在我懷裡，當我試圖去尋找她的嘴唇時，她冷冷地說：不！我眼裡含著淚花，對她訴說了這幾天的經歷，她靜靜地聽著，一副很受感動的神情。但她只允許我擁抱她，我所有過分的動作都被她一個冷冰冰的「不」字擋住了。

「你何不『霸王硬上弓』？」我突然插了一句。

「怎麼可能？」尤金道，「那時我是一個多麼純潔的人啊！」

「你太純潔了！」我嘲諷道，「你就賣一個這樣的故事給我？我告訴你，一文不值！」

「你以為故事已經講完了？」他說，「精采的還在後面呢！」

我當然退了火車票，而且她還十分坦然地帶著我去她的辦公室轉了一圈。在走廊裡我們碰到了那位中年婦女。范蘭妮說這是我們劉副館長。我對著劉副館長點點頭。——劉副館長意味深長地說，小范啊，你要再不回來，這位同志就變成我們大門口的一尊雕像了！

第二天她請了假，說是要帶我去三江口采風。我感到從她的領導的態度和眼神上，都已經把我當成她的戀人了。而且我的確考慮過回京後與女友分手的問題。因為，在三天的等待裡，我似乎感受到了真正的愛情滋味。

他帶我乘坐「龍江一號」輪順流東下。正是盛水期，微黑的江水洶湧激蕩，在那個小小的二等艙房裡，我給她講了我從闖關東的爺爺口裡聽來的黑龍江裡的白龍和黑龍打架的故事，她也給我講了她們家為清宮進貢鰉魚的故事。

她突然問我：你為什麼不問我為什麼要邀你來？——我說，那麼，現在我問了。——她說，因為我嫉妒，嫉妒你跟那兩個女人，我知道你是故意氣我——那你請我來是要耍我，這三天你故意躲著不出來？——是的。——那你為什麼又出來了呢？——因為我被你感動了——我突然有點鼻酸，像受了委屈的孩子受到撫慰一樣——本來……我應該讓你得到你想要的，但是我不能夠——為什麼——也不是我故意躲你，她說，我偷偷地回到老家，做了一個人流——什麼？——人流——昨天——前天——我沉默了，一時找不到要說的話。她起身走出房間，手扶著船欄，看著江水。我也跟了出去。

你不想知道是誰的嗎？她不看我，彷彿在自言自語。

是我認識的人嗎？我小心翼翼地問。

她點點頭。

我感到心裡像被塞進一團亂草，美麗的江景頓時變得骯髒猙獰。但我還是說：沒有關係的，我不在乎。

她的臉變得慘白，苦笑著，搖搖頭。然後她說：不能讓你白跑一趟，送你個禮物做紀念吧。

她從外套口袋裡摸出一個棕色的錢包，遞給我。

我說：謝謝，我不需要。

她說：你可以不要，但必須看一下。

我接過錢包，打開，看到曾經被錢撐得鬆鬆垮垮的夾層，翻了一下，又看到了胡東年的身分證和工作證。

我的頭彷彿被人悶了一棍，雙耳嗡嗡作響，一會兒才緩過勁兒來。

怎麼可能……我說。

一切皆有可能，她說，是不是可以請你把他的身分證和工作證還給他？按說這是規矩，盜亦有道啊！

我想了想，說：不必了吧，也許，他的身分證和工作證已經換新的了。

那就算了。她說著，便把那個棕色的錢包投進了江水。

尤金停止了講述，用期待的眼光看著我。

「講啊，然後呢？」我說。

「沒有然後了，」他說，「當你嘔心瀝血地愛著一個人，一個美麗的女人，卻發現這個女人是個小偷……」他好像突然傷感了，說，「這故事，免費送你了，但請你注意一定要用化名。」

我想了想，用平靜但是不容置疑的口吻說：「老兄，你冤枉她了！」

五

一九八九年初冬，我在一個文學培訓班裡學習。有一天傍晚，我去培訓班旁邊的招待所看一位老鄉。我那幾天有點感冒，氣短腿軟，一步步地艱難上挪。突然，有一個戴著口罩、墨鏡，身穿灰色風衣的高個男人像幽靈一樣從樓梯上輕捷無聲地——簡直是滑了下來。我急忙避閃一旁，那人從我身邊一閃而過。我突然感覺到這人的身影好生熟悉，但又一時想不起是誰。

在老鄉的房間裡我剛待了十幾分鐘，我聽到樓道裡一陣喧譁，接著便聽到一個男人粗重的哭聲。我們出門探看，才知道哭泣者是一個內蒙古的羊絨商人，他說他去上了一趟廁所，虛掩著門——招待所條件較差，房間裡沒有廁所——當他從廁所回來後，提包裡的三萬元人民幣便沒了蹤影。

一九八九年的三萬元，還真是一筆巨款呢。

附近派出所的警察馬上來了，詢問，筆錄，連我和我的老鄉都被盤問了半天。

當天晚上，在我們培訓班的食堂裡，我看著武英傑與幾個詩人（有男有女）正圍坐一桌，談笑風生地飲酒吃飯，一件灰色的風衣搭在椅子背上。

他看見我，立刻跑上來，搗了我一拳，然後拉著我的手，說：「老莫，混好了，不認識我了！」

我說：「我認識一個能空手捉蒼蠅的高手，但不認識你。」

這個故事我沒講給尤金聽。

與尤金告別，回到自己的房間，我用手機百度出武英傑的照片、詩、訪談和視頻，我看到他雖然老了胖了，但他的臉依然正氣凜然，他的詩充滿了柔情，他的講話慷慨激昂，從任何角度看，他都像個堂堂正正的男子漢，看不出一絲一毫的小偷模樣。

那麼，我想，尤金講述的他和范蘭妮的故事，也許是他編的，而偷了胡東年錢包的人，也許是尤金，或者，真的就像他們懷疑的那樣，那個賊，就是我。

等待摩西

一

柳彼得是我們東北鄉資格最老的基督教徒，他孫子柳衛東是我小學同學。我們倆不但同班，而且同桌，雖然也打過幾次架，但總體上關係還不錯。

柳衛東原名柳摩西，文革初起時改成了現名。當時，他不但自己改了名，還建議他爺爺改名為柳愛東。他的建議，換來了他爺爺兩個大耳刮子。學校裡的紅衛兵頭頭也反對，因為他爺爺是批鬥的對象，批鬥假洋鬼子柳彼得，感覺上很對路，但如果批鬥一個名叫柳愛東的人，就覺得不對勁兒。

批鬥柳彼得時，柳衛東特別賣力。他帶頭喊口號：「打倒洋奴柳彼得！打倒帝國主義走狗柳彼得！」他還跳上土台子，搧柳彼得的耳光，揪柳彼得的頭髮，往柳彼得臉上吐唾沫。柳衛東搧柳彼得耳光時，柳彼得並沒有遵循上帝的教導把另一邊腮幫子送上去，而是張嘴咬破了他一根手指。柳彼得為此差點被紅衛兵揍死，柳衛東也因此贏得了信任，成了大義滅親的英雄。

一九七五年，我當兵離開家鄉，臨行之前，見過柳衛東一面。他很羨慕我，因為對當時的農村青年來說，當兵是一條光明的出路。他也報過名，但最終還是因為他爺爺柳彼得的基督教徒身分受了牽連。我記得他當時悲憤地說：「我這輩子，就毀在柳彼得這個老王八蛋手裡了。」我很虛偽地勸他，說了一些諸如「農村是一個廣闊的天地，在那裡也可以大有作為」之類的話。他苦笑著說：「是啊，是夠廣闊的，出了村就是白茫茫的鹽鹼地，一眼望不到邊兒。」

我到部隊不久，柳衛東就給我寫了一封信，說他馬上要跟馬德寶的閨女馬秀美結婚，希望我能送他一頂軍帽，結婚時戴上神氣一下。我回信告訴他，新兵只有一頂軍帽，確實不能送他。他沒回信，從此我們就沒聯繫了。

得到他將與馬秀美結婚的消息時，我感到很意外。因為馬秀美比柳衛東大五歲，馬秀美的爺爺的妹妹是柳衛東的父親的爺爺的弟弟的妻子，論輩分柳衛東該叫馬秀美姑姑。所以這場戀愛多多少少還有點兒亂倫的意思。早就聽說馬秀美跟一個東北的林業工人訂了婚，她竟然解除婚約嫁給柳衛東，這背後的故事令我浮想聯翩。

二

我當兵第二年，得到了一次出差順路回家探親的機會。不用專門打聽，柳衛東和馬秀美的戀愛故事撲面灌耳而來。大家都說，柳衛東其貌不揚，家境也一般，但他勾引女人確有高招。詳細問下去，也沒有精采情節，但事實就是，本來已經連去東北與那林業工人結婚的車票都買好了的馬秀美，突然翻悔了，任那保媒的于大嘴威脅利誘，任她的父母尋死覓活，她是鐵了心不回頭。那林業工人見煮熟的鴨子竟然飛了，惱怒至極，便開列了詳細的帳單，向馬家索賠，連某年某月某日為馬秀美買過一根冰棍的錢都算上。這一算，讓馬家幾乎傾家蕩產。馬秀美的三個哥，都是出了名的混帳角色。老大娶了媳婦，還稍微安分一點。老二老三兩個光棍子，本來就是提著拳頭找架打的主兒，這下可算逮著個理直氣壯的打人機會。他們把柳衛東弄到村東老墓田裡，拳打腳踢，逼他與妹妹斷絕關係。柳衛東寧死不屈，表現得很像條漢子。據說二馬毒打柳衛東時，村裡很多人圍著看熱鬧。剛開始人們都認為柳衛東該打，不少人添油加醋、煽風點火，二馬儼然成了正義的化身、為民除害的英雄。但看到柳衛東被打得頭破血流癱倒在地時，人們的同情心被激發出來。有人譴責二馬下手太狠；有人說柳衛東談戀愛不犯法，但打死人要償命。尤其是當馬秀美大哭著跑來，將奄奄一息的柳衛東抱在懷裡時，許多眼窩淺的人，竟然流下了同情抑或是感動的淚水。

我本來是想去柳衛東家看看的，但父親勸我不要去。父親說柳衛東結婚後就被他父母攆了出來，倆口子在村頭搭了個棚子暫住，日子過得很淒慘。我回部隊那天，在村後公路邊等公共汽車的時候，遇到了他們夫婦。

兩年沒見，柳衛東頭上竟然有了很多白髮。他的左腿瘸了，背也駝了，嘴裡還缺了兩顆牙。他穿一件掉光鈕釦的破褂子，腰上捆著一根紅色的膠皮電線。馬秀美原本是我們村裡最漂亮的姑娘，現在已經不像樣子。她已經懷了孕，看樣子快生了。她穿著一件油漬麻花的男式夾克衫，肚子挺著，臉上有一道道的灰和一片片蝴蝶斑，眼角夾著眵，目光悲涼，頭髮蓬亂，身上散發著爛菜葉子的氣味。看樣子，為了這場戀愛，兩個人都付出了沉重的代價。

三

等我再次回家探親時，已是八〇年代初期，改革開放了，農村發生了翻天覆地的變化，農民的生活也有了巨大的改善。這時候，柳衛東已經成了我們東北鄉的首富，成了一位據說經常與縣裡領導在一起喝酒的頭面人物。

王超是村裡開小賣部的，消息靈通人士，我聽說過的有關柳衛東夫婦的傳聞，多半都出自他口。

我去小賣部打醬油時他告訴我：柳總昨天去深圳了——我感到他把柳衛東稱為「柳總」帶著

明顯的諷刺意味——猜猜看，柳總如何去深圳？坐飛機！——八〇年代初，農民坐飛機還是一件新鮮事兒——柳總坐飛機可不是第一次了，聽說過些天柳總還要去日本呢！也是坐飛機去。

我去小賣部買菸時他對我說：別看你是小軍官，但你抽這種爛菸，柳總連看都不看！柳總抽英國的「555」，美國的「良友」。柳總抽菸，那派頭，不亞於電影明星——王超用右手的食指和中指夾著一枝粉筆，模仿著柳總抽菸的姿勢。

我去小賣部買酒時，主動問他：柳總肯定不會喝這種爛酒，柳總喝什麼酒呢？——他愣了一下，哈哈大笑起來。然後神祕地對我說：聽說柳總要跟他老婆離婚呢！我說這不可能吧，他們可是真正的自由戀愛，真正的患難夫妻啊！他說：此一時彼一時也，柳總現在身分變了，馬秀美帶不出門去嘛！

四

我去鄉政府東邊那條街上的理髮鋪裡理髮時，遇到了柳衛東。我進去時，理髮的姑娘正在給他吹頭。只有一張椅子，理髮姑娘讓我坐在牆邊的凳子上等候。我看到鏡子裡柳衛東容光煥發的臉。他的頭髮烏黑茂盛。我進去時他大概睡著了，等我坐下時他才睜開眼。我說：

「柳總！」

他猛地站起來，接著又坐下，大聲說：

「你這傢伙！」

「柳總！」

「呸！」他說，「罵我？你這傢伙，太不夠意思了吧?!回來也不來看我。」

「你是大忙人，一會深圳一會海南的，」我說，「我到哪去找你？」

「少找藉口，」他說，「我如果欠你一萬元，躲到耗子窩裡你也能找到我。說說吧，回來幹什麼？噢，對，聽說弟妹生孩子啦，你是回來伺候月子的吧？請了多少日子假？」

「是。」我說，「一個月。」

「官差不自由。」

「我索性轉業回來跟你幹吧。」

「諷刺我吧？」他說，「你是軍官，現在是排長，過兩年是連長，再過些年是營長、團長、師長，一級一級升上去，榮華富貴一輩子。我算什麼？搗騰點物資，賺點小錢，現在高興說你是企業家，過幾天一翻臉就是投機倒把分子。」

「應該不會再折騰了，」我說，「你就放開手腳幹吧。」

「但願如此。」

理髮姑娘放下電吹風，搬起一面鏡子，照著他的後腦勺，問：「滿意嗎？柳總？」

他抬起手輕輕按按蓬鬆的頭髮，說：「還行吧。」

「滿頭秀髮。」我說。

「又罵我，」他說，「染的嘛！在外邊混，不拾掇得體面點還真不行。沒聽人說過？我一出村頭就滿口普通話。」

「這個沒聽說，」我笑著道，「但聽說你要跟嫂子離婚。」

「誰說的？」他站起來，抖抖衣襟，說，「一定是王超那張臭嘴胡咧咧！這小子，望風捕影，他的小賣部就是一個謠言發表中心。」

「不是他說的。」我說，「你千萬別去找他。」

「其實，」他說，「背後糟蹋我的也不是王超一個。你只要混得比他們好一點，他們就巴不得你倒霉。紅眼病嘛！老子是賺了錢，但老子也沒捆著你們的手不讓你們賺啊！」

「也不光他們這樣，」我說，「天下人皆如此吧。」

「就是，可以理解，所以，隨他們說什麼，不嫌累他們就說去吧，老子就這樣，越說壞話我幹勁越大，」他指了指供銷社門前空場上那一堆綠油油的竹竿，說，「那就是我剛從江西弄來的，正宗的井岡翠竹，蓋房子當檁，一百年不爛！這批貨出了手，」他舉起左手食指對我晃了晃——我馬上想到了他那根被他爺爺咬殘的右手食指。

「一千？」我問。

他沒回答我，從衣兜裡摸出厚厚一疊錢，抽出一張，放在鏡子前，對理髮姑娘說，「甭找了，連他的。」

「這怎麼能行？」我說。

「你跟我客氣什麼？」他說，「改天我請你吃飯。」

他的牙補上了，銀光閃閃，看著提神。

五

兩天之後，有一個小丫頭出現在我家院子裡。

「你找誰呀，小姑娘？」我洗著尿布問。

「是柳衛東的大女兒，叫柳眉。」我老婆把臉貼到窗欞上說，「柳眉，來啊，嬸嬸問你話。」

「俺爸爸讓你快去，」柳眉不理睬我老婆，大眼睛盯著我說。

「好吧，你先回去吧，叔叔待會兒就去。」

「俺爸爸說讓我領你去。」她執拗地說。她的眼睛像馬秀美，嘴巴像柳衛東。

我跟隨著柳眉，翻過河堤，到了柳衛東家的新居。

這是五間新蓋的大瓦房，東西兩廂，圈了一個很大的院子，黑漆大鐵門上用紅漆寫著對聯：「忠厚傳家久，詩書繼世長。」進門是一道用磁磚鑲了邊的影壁，影壁正中是一個斗大的紅「福」。院子裡拴著一隻狼狗，對著我凶猛地叫喚。

馬秀美迎出來，手上沾著麵粉，喜笑顏開地說：「快來快來，貴客登門，衛東這幾天老念叨你呢！」

我看著她挺出來的肚子，問：「什麼時候生？」

她憂心忡忡地說：「主保佑，這一次但願是個帶把兒的。」

我看著他們家牆壁上掛著的耶穌基督像，知道她已經成了基督的信徒。

「快來！你這傢伙！」柳衛東叼著菸捲，從裡屋出來，說，「咱倆先喝幾杯，待會公社孫書記也來。」

我們坐在沙發上，欣賞著他的十四英寸彩色電視機，四喇叭立體聲收錄機，這是當時鄉村富豪家的標配。他按了一下錄音機按鈕，喇叭裡放出了他粗啞的歌聲。他說：「聽聽，著名男高音歌唱家柳衛東！」

馬秀美進來給我倒茶，撇著嘴說：「還好意思放給別人聽？驢叫似的。」

「你懂什麼？」他說，「這叫美聲唱法，從肚子裡發音！」

「從肚子裡發出的音是屁！」馬秀美說。

「你這臭娘們怎麼這麼煩人呢？」柳衛東揮著手說，「滾滾滾，別破壞我們的雅興。」

「柳總，」我說，「能不能換盤磁帶？」

「想聽誰的？」他說，「鄧麗君的，費翔的，我這裡都有。」

「不聽靡靡之音，」我說，「有茂腔嗎？」

「有啊，」他說，「《羅衫記》行嗎？」

「行。」

六

回家後我對老婆說：「王超說柳衛東要與馬秀美離婚，瞎說嘛，我看他們倆口子關係很好嘛。」

「可我聽別人說他在溫州還有一個家，那個女的，比馬秀美年輕多了。」老婆說，「男人有了錢，必定會變壞。」

「可男人沒有錢，老婆就嫌他沒本事。」我說。

七

一九八三年春天，我回鄉探親，聽很多人跟我講柳衛東失蹤的事。正月裡，我帶著孩子去供銷社買東西，看到那堆竹竿還放在那兒。數年的風吹日曬，竹竿上的綠色消失殆盡。我在集市上遇到了馬秀美，她攜著一個竹籃，裡邊盛著十幾個雞蛋。從她灰白的頭髮和破爛的衣服上，我知道她的日子又過得很艱難了。

她眼裡噙著淚花問我：「兄弟，你說，這個王八羔子怎麼這麼狠呢？難道就因為我第二胎又生了個女兒，他就撇下我們不管了嗎？」

我說：「大嫂，衛東不是那樣的人。」

「那你說他能跑到哪裡去了呢？是死是活總要給我們個信兒吧？」

「也許，他在外邊做上了大買賣……也許，他很快就會回來……」

八

現在是二〇一二年，柳衛東失蹤，已經整整三十年了。如果他還活著，已經是六十歲的老人了。三十年來，他的老婆一直等待著他。剛開始那幾年，村裡人多數認為柳衛東在外邊又找了女人成了家，但隨著時間的推移，大家都認為這個人早已不在人世。有人認為，他其實就是在縣城裡被人害死的。早已進城開超市的王超，偶然與我在縣城洗浴中心相遇時，在桑拿房裡汗流浹背的他對汗流浹背的我神祕地說：「三哥，你那個老同學，三十年前就被縣城的四大公子合伙謀害了……屍體就埋在『佳佳樂』超市底下……」但馬秀美一直堅信他還活著。據說柳衛東失蹤之前，已經欠下了巨額的債務，柳失蹤後，討債的人把他家值錢的東西都給拿走了，只給這娘兒三個留下了一口燒飯的鍋。馬秀美靠撿破爛收廢品把兩個女兒撫養成人。大女兒柳眉初中畢業後到帆布廠做工，在那裡與一個黃島來的青工談戀愛，後來結婚，隨丈夫去了黃島，現在已經是兩個孩子的母親。小女兒柳葉，學習很好，考上了山東師範大學，畢業後留在濟南工作。這兩個女兒都要將母親接去養老，但她堅決不去。她守著那個曾經很氣派，現在已經破敗不堪的房子等待著丈夫的歸來。在她家前邊，十年前就建了一座加油站，來往的汽車都在這兒加油。馬秀美每天都會夾上一摞尋人啟事，提上一小桶漿糊，往那些大貨車上貼尋人啟事。說是尋人啟事，其實是她請人寫給丈夫的一封信：衛東，孩子他爹，你在哪裡？見到這封信，你就回來吧，一轉眼你走了快三十年了，咱的外孫盼盼都上小學三年級了，可他連姥爺的面還沒見過呢。衛東，回來吧，即便你真的在外邊又成了家我也不恨你，這個家永遠是你的……我把家裡的電話和女兒的手機都寫在這裡，你不願理我，就跟女兒聯繫吧……

很多司機都聽說過這個女人的故事，所以，他們都不制止她往自己的車上貼尋人啟事。

九

現在是二〇一七年八月一日，我在蓬萊八仙賓館八〇一房間。剛從酒宴上歸來，匆匆打開電腦，找出二〇一二年五月寫於陝西戶縣的這篇一直沒有發表的小說（說是小說，其實基本上是紀實）。我之所以一直沒有發表這篇作品，是因為我總感覺到這個故事沒有結束。一個大活人，怎麼能說沒有了就沒有了？生不見人，死不見屍，這不合常理。我總覺得白髮蒼蒼的馬秀美這樣苦苦堅持著往貨車上貼尋人啟事，總有一天會有個結果。中國戲曲的大團圓結局模式符合我們的心理需求。當然從理論上說，柳衛東被人害死的可能性是存在的，他跑到一個人跡罕至的地方自殺了的可能性也是存在的，他失足掉進河裡被魚吃了的可能性也是存在的，他掉進山澗粉身碎骨的可能性也是存在的，他的失蹤成為一個死謎的可能性也是存在的，但我和馬秀美一樣期待著奇蹟的發生。也許，當馬秀美提著一棵大白菜、拄著拐棍從集市上回到家門時，會看到門檻上坐著一個人，他雙手捂著臉雙肘支在膝蓋上，只能看到他滿頭的白髮。當他聽到馬秀美的問詢抬起低垂的頭時，馬秀美一下子就猜到了而不是認出了他是誰。馬秀美手中提著的大白菜會掉在地上嗎？不會的，對一個過慣了苦日子的女人來說，即便她跌倒在地，她手中提著的東西也不會放開的。馬秀美會暈倒在地嗎？不會的，如果暈倒就不是馬秀美了。那她會怎麼樣呢？我回憶著讀過的文學作品裡的類似情節，回憶著那些當事人的表現，似乎都安不到馬秀美身上。但我必須解決這個問題，必須給出一連串的描寫，來展示這個苦難深重、苦苦期盼的女人突然看到失蹤三十多年的男人坐在自家門檻上時內心的感受和外部的表現，似乎怎麼寫都不過分，似乎怎麼寫都不能令人滿意，似乎怎麼寫都會落入俗套。

如果不是在酒宴上遇到了柳衛東的弟弟，我不會打開電腦來續寫這部作品。我早就知道柳衛東的弟弟柳向陽生意做得很大，我們村集資修建村後那座大橋時，出資最多的就是他。東北鄉的基督教徒修建教堂時，捐款最多的還是他。他的爺爺柳彼得是我們東北鄉最早的教徒，活了一百多歲無疾而終。教徒們常以柳彼得的健康長壽為榜樣，勸說群眾信教。有人皈依，也有人反唇相譏，說柳彼得在集市上吃爐包喝酒，他的孫媳婦馬秀美帶著孩子在集市上撿菜葉子，那孩子看他吃爐包，饞得流口水，他卻視而不見，只管自個兒吃。旁邊的人看不過去，說：老柳，看看你那重孫女饞成什麼樣子了，你少吃一個，給她一個吃嘛。柳彼得卻說：我不能夠，她們正在承受該她們承受的苦難，然後才能享平安。

一個人，只要能對自己違背常理的行為，給出一個冠冕堂皇的理由，別人還真不好說什麼，何況是借著上帝的名義。由此我也想到，馬秀美之所以能夠忍受著巨大的痛苦堅持到最後，是不是也是因為她的信仰？儘管她的文化水平很低，無法自己閱讀《聖經》，但對教義的理解有時候並不需要借助文字，有很多心靈感應的東西，是很難用常理解釋的。我聽我的一個信仰基督教的外甥說，東北鄉所有的教徒中，沒有比馬秀美更虔誠的了。每次做禮拜，她都熱淚橫流，失聲痛哭。她跪在耶穌基督畫像前，往胸口畫著十字，嘴唇翕動著，嘴裡念叨著：主啊，保佑他吧，保佑這個迷途的羔羊吧……而我這個外甥每次對我說起馬秀美的虔誠時，也是眼含著熱淚。

一九七五年我應徵入伍，成了原內長山要塞區蓬萊守備區三十四團新兵連的一個新兵。四十二年後舊地重遊，與幾位老戰友見面，設宴敘舊，宴席擺在八仙酒樓，喝的是「醉八仙」酒。最親不過戰友情，四十多年不見，當初血氣方剛的小伙子，如今都成了齒搖眼花的老人，撫今憶昔，感慨萬千，「何以解憂，唯有杜康」。酒酣耳熱之際，一服務小姐對我說：「先生，有您一個老鄉想見您。」我說：「讓他進來。」一會兒，只見一個彪形大漢，挺著肚子，搖搖擺擺地進來，對我說：「三哥，你一定不認識我了。」我上下打量著他，說：「看著面熟，但的確想不起來你是誰了。」他說：「我是柳衛東的弟弟柳向陽，小名叫馬太。我娘說，我沒出生時就挨了你一磚頭。」我不由自主地跳了起來，往事歷歷如到眼前。我說：「馬太！怎麼會是你呀！我當兵時你才是個小瘦孩呀！」柳向陽說：「三哥，你也不想想你當兵走了多少年了！」是啊，當兵離家四十二年，柳向陽也是五十多歲的人了。我很感慨，忙對我的戰友們介紹他。在座的戰友們，竟然多半都認識他，不認識的，也知道他。他是本地最大的房地產開發商，我的好幾個戰友就住在他開發的樓盤裡，當面誇他的樓盤質量不錯。幾個有意買房的戰友趕緊著跟他掃微信。我說向陽這都是我的親戰友，一個新兵連訓出來的，你可要給他們優惠。他說，三哥你就放心吧，我老丈人就是原守備區的副政委，我對軍人有感情。我說太好了，快坐下，喝兩杯。我說你怎麼知道我在這裡喝酒。他說三哥您這張臉，太有個性了，您一進酒店我就知道了。我說你就直接說我醜不就得了，還文縐縐地跩啥呀。他說，三哥，您不醜，您是咱高密東北鄉的美男子，我們單位有幾個小伙子想整成您這模樣呢。我說馬太，你這是跟誰學的呀，罵人不帶髒字兒。他說，三哥，我說的句句都是真話。好了，我說，坐下，罰你三杯。我還有話問你。我的一個戰友問，柳總，沒出生就挨一磚頭是咋回事兒？他說，你問我三哥。我說：好漢不提當年勇啦。

我小時淘氣在我們東北鄉是有名的。看了《水滸傳》系列連環畫中沒羽箭張清那本後，不禁心迷手癢，幻想著練出飛石神功橫行天下，於是見物即投擲，竟然練出了一點準頭。一日，放學回家，見一烏鴉蹲在路邊槐樹上叫喚，即從書包裡摸出一塊石子，揚手飛石，烏鴉應聲墜地。正逢村裡人散工回家，有目共睹，眾人齊聲喝采，令我膨脹不已。又一日，放學躥出校門，大街上正嘻嘻哈哈走著一群下工的婦女，其中就有挺著大肚子的「摩西他娘」。那大肚子裡孕著的，就是這個柳總。摩西他娘口大舌長，愛說愛笑，大老遠兒就聽到她的笑聲。我與摩西他娘無仇無恨，怎會無端飛磚打她？事情的原委是：摩西他娘從東而來時，正好有一條與我有仇的黑狗從西而來，牠對著我齜牙狂叫，我書包裡沒有現成的石子，只好彎腰從地下撿起一塊碎磚頭，對著那黑狗撇了過去。因磚頭較大，形狀又不規則，所以就偏離了我預設的軌道，斜著飛到摩西他娘肚子上。這也實在是太巧了，為什麼數十個婦女走在一起，偏偏擊中摩西他娘？而摩西他娘身高馬大，為什麼偏偏擊中她的肚子？這就叫是福不是禍，是禍躲不過。與其說是摩西他娘命中該當有這一劫，不如說她肚子裡的孩子該當有這一劫，與其說這腹中嬰兒該當有這一劫，不如說我命中該當有這一劫。當時摩西他娘慘叫了一聲就捂著肚子坐在了地上。眾婦女愣了一下，緊接著就圍了上去。立即有人飛跑著去摩西家報信，那時摩西的父親在村子裡擔任著大隊長的職務，是頭面人物。立即有人飛跑著到我家去報信，說我闖下了塌天大禍。立即有人飛跑著去衛生所叫醫生。很快，摩西的父親氣勢洶洶地跑來了。很快，我的父親臉色蠟黃地跑來了。很快，衛生所的醫生揹著藥箱子跑來了。我眼前一陣黑一陣白，一陣紅一陣黃，我沒有害怕，只是感到有一股冰冷的氣體，在身體內鑽來鑽去。我後來聽人說，我父親一腳將我踢出了三米多遠。摩西的父親嚴肅地對我父親說：老管，我想不會是你指使的吧？我父親說：兄弟，如果摩西他娘有個三長兩短，我讓這小兔崽子償命。正在我最危急的關頭，彷彿是從地下冒出來的柳衛東（那時他還沒改名字），站在我的面前，像個大人一樣對我父親說：大伯，我跟你兒子是結拜兄弟，我們雖不是同年同月同日生，但我們發誓要同年同月同日死！眾人都被柳衛東這番話給鎮住了。後來我父親說：這個摩西，人小口氣大，長大了必定是個大人物。摩西他娘站起來，摸摸肚子，說：我試著沒有什麼事，管大哥，不許你打孩子了，這是碰巧了的事兒。好了，沒事兒了。摩西他娘臨走時還拍了一下我的頭，說：今後別手賤，嘴賤討人嫌，手賤惹禍端。世界上很多金玉良言我都忘記了，但摩西他娘這兩句話，我刻在腦海裡。不久後，摩西他娘順利產下一個大胖小子，這個大胖小子就是眼前的柳總。我沒對我的戰友們詳說往事，我只是說：柳總啊，聽到你順利出生、身體健康的消息，這個世界上，最高興的人，是我。

從回憶的噩夢中解脫出來，心有餘悸，我端起一杯酒，說：「戰友們，弟兄們，我們能坐在這裡喝酒，就說明我們都是有福的人。來，為了過去的一切，為了現在的一切，為了未來的一切，乾杯！」

柳向陽說：「三哥，你出來一下，我有幾句話對你說。」

「在座的都是兄弟，有什麼話你就說吧，搞那麼神祕幹什麼？」話是這麼說，但我還是站起來，跟他到了門外，聽他說：「我哥回來了。」

我愣了一下，興奮地說：「我就知道他沒死！這傢伙，三十多年了，跑到哪裡去了？」

「問他，他支支吾吾，雲山霧罩的，一會兒說在黑龍江，一會兒說在海南，一會兒說在一個荒無人煙的小島上，一會兒說在深山老林裡，總之，沒有一句話可信，」柳向陽無奈地說，「連手機也不會用，信用卡也沒見過，思維還停留在八〇年代。」

我問：「他現在在哪裡？我要見他。」

「前天還在我這裡，要我投資他的『討還民族財富』計畫，我沒搭理他，昨天氣哄哄地走了，說是要到黃島他女兒家。」

「什麼叫『討還國家財富』計畫？」我問。

「換湯不換藥的騙局唄！什麼末代皇帝在美國花旗銀行存有三億美元的巨款，加上利息超過三百億，但需要一筆資金啟動啦，國家出面不方便，委託民間辦理……老一套，連傻瓜都不信，但他信。」

「我要見見他，你把柳眉的手機號給我，這幾天我正好要到黃島去。」

「你見他幹什麼？我覺得他的腦子出了問題。」柳向陽說著，從手機裡翻出了他姪女的手機號碼，報給了我。

「我就是想知道，他這三十五年到底躲在什麼地方？」

「你自己問去吧，問明白後別忘了告訴我一聲，」柳向陽略帶嘲諷地說，「但是我要提醒你，三哥，你可千萬別讓他給忽悠了，我已經給柳眉和柳葉打了電話，讓她們提高警惕。他手裡那些文件，製作精美，凹凸紋，水印，嵌著金屬線，簡直比真的還像真的。而且，你不知道他的口才有多麼好。」

十

黃島還叫膠南、膠南還歸昌濰地區管轄時，我曾經來過一次。那時我與柳衛東都剛學會騎自行車，我們跟著村子裡的能人方明濤去趕王台集買紅薯乾。王台鎮北有一道土嶺，一條公路翻嶺而過，坡很陡。如果從嶺頂上騎車下來，即便腳閘手閘一起制動，車速也快得驚人。那天我的自行車前後閘都壞了，又不願意推著自行車下大坡，於是斗膽騎車下嶺。車速起初還不太快，幾分鐘後便如風馳電掣。耳邊只聽到呼呼風響，路邊的樹木齊刷刷地往後倒去，路上的行人、車輛都被我甩到了後邊。為了不發生碰撞事故，我殺豬般地吆喝著：讓開啊讓開啊——我的車閘壞了——那些馬車、牛車、自行車、行人，都大老遠兒給我讓路。我目不斜視，緊緊地攥著車把，一衝到底。最快時，我感到車子載著我騰空而起，風穿透我的身體，發出尖利的嘯聲。等巨大的慣性消耗殆盡，我連人帶車，倒在路邊。過了一會兒，柳衛東和方明濤也到了。他們跳下車子，把我扶起來。柳衛東對我伸出大拇指，說：好樣的！我一向瞧不起你，把你看成一個懦夫，想不到你還有這樣的膽略！方明濤也說：真是蔫人出豹子，想不到你還有這膽量。柳衛東說：下次再來趕集，我也要撒開閘過把癮。方明濤說：那你就回不去了。

柳眉和丈夫在自己開的「漁人碼頭」酒店的最豪華包間接待我。包間裝修得金碧輝煌，土豪氣十足。雖然我不喜歡這樣的房間，但對他們夫婦在能容十幾個人的大包間裡招待我一個人，還是十分感動。我說柳眉啊，耽誤你們做生意了，其實有一個安靜的小房間我們說說話就行了。她說：叔，您是稀客，如果不是我娘的面子，我們用八人大轎去抬，您也不會來的。柳眉的丈夫剃著光頭，下巴上蓄著一撮山羊鬍子，胳膊上刺著一條青龍，脖子上掛著一條金鍊子，很像影視劇裡的黑社會人物。柳眉對我解釋道：叔，知道您看著不順眼，其實他是個大老實人，開飯店，混碼頭，不容易，留鬍子刺青龍，是自我保護。我說我明白。儘管我說我只要一碗海鮮麵就行了，但他們還是上了螃蟹、大蝦、海參、鮑魚、海膽……滿桌子海鮮，二十個人也吃不完。我說太浪費了，太浪費了。柳眉說叔你好不容易來一次，般般樣樣的都嘗嘗，吃不了也浪費不了，待會兒給服務員吃。聽說浪費不了，我心裡稍微安寧了點。我與他們夫婦碰了一下杯，說：柳眉，不說你也知道，我來這裡，主要是想見見你父親。柳眉說：他根本就沒到這裡來。他怎麼有臉到我這裡來？他來了我也不會認他。他把我們娘兒三個扔下，三十多年，我們吃了多少苦？受了多少委屈？我記得我妹妹三歲那年，發高燒，我娘也發高燒，沒錢去醫院，在家裡等死。我去求我老爺爺給我錢，老爺爺就說：主啊，饒恕他們吧。我去求我爺爺奶奶，爺爺奶奶關著大門不見我。我在大街上哭喊：好心的大爺大娘們，大叔大嬸們，我娘病了，我妹妹也病了，可憐可憐我們吧，借給我幾個錢，讓我去買點藥給我娘和我妹妹治病，我娘和我妹妹要是死了，我也就沒有活路了……柳眉抹著眼淚說，村子裡的人怕得罪我爺爺——我爺爺一直認為是俺娘勾結人把俺爹害了——只有您家俺嬸嬸，把我領回家，給我喝了一碗白糖水，送給我五塊錢，讓我趕緊給俺娘和俺妹妹買藥。那年我才六歲，我六歲就擔起了重擔，我去了鄉醫院，在那兒哭暈了，醫生護士都哭了，院長也被感動了，派人將我娘和我妹妹接到醫院，治好了她們的病……

柳眉的丈夫拍了一下桌子，紅著眼圈說：行了，叔好不容易來一趟，你嘮叨這些陳穀子爛芝麻幹什麼？叔，我敬您一杯，今後您要是來黃島，無論如何要進來坐坐。我說，好，一定。我說，柳眉，看到你們生活得很好，我感到很欣慰。我跟你父親是好朋友，聽到他還活著，我發自內心的高興。當年他悄然蒸發，定有難言之隱，所以，我希望你和你妹妹還是要接受他。

柳眉說，叔，走著看吧，感情的事勉強不得。讓我叫一個我恨之入骨的人為「爹」，我做不到。我說但他的確是你的爹呀。她說，叔，您的好意我明白，我會把您的意思跟我妹妹說說。不過，我妹妹比我的態度更堅決，她說只要這個男人到她家，她會立即報警。

那你母親是什麼態度呢？我小心翼翼地問。

柳眉嘆一口氣，道：叔，還用我說嗎？您自己想想吧。

十一

我能想像出馬秀美對拋棄了她和孩子三十五年後又突然出現的柳衛東的態度嗎？我想像不出來。想像不出來，又很想知道，那怎麼辦？很簡單，去問。

馬秀美家的，不，應該是柳衛東家的房子和院落，並沒有我想像得那樣破敗。我看到房頂上的太陽能感光板和牆壁上懸掛著的空調機，知道馬秀美在柳衛東回來之前，在兩個日子過得很好的女兒幫助下，生活水平是與村子裡最富裕的人家同等的。這讓我多少感到了欣慰。

我一進大門，馬秀美就搖搖擺擺地迎了出來。我想像中她應該腰背佝僂，骨瘦如柴，像祥林嫂那樣木訥，但眼前的這個人，身體發福，面色紅潤，新染過的頭髮黑得有點妖氣，眼睛裡閃爍著的是幸福女人的光芒。我知道我什麼都不要問了。

「主啊，您又顯靈了……」她往胸口畫了一個十字，嘴裡嘟噥著，又說：「大兄弟啊，還真被摩西說中了，他說這兩天必有貴客上門，果不其然，您就來了……」

我問她：「衛東呢？」

她悄聲說：「他已經不叫衛東了，他叫摩西。」

我問：「那麼，摩西呢？在家嗎？」

「在，正在跟幾個教友談話，你稍微等會兒，我給你通報一下。」

我站在她家院子裡，看著這個虔誠的教徒、忠誠的女人，掀開門口懸掛的花花綠綠的塑料擋蠅繩，閃身進了屋。

我看到院子裡影壁牆後那一叢翠竹枝繁葉茂，我看到壓水井旁那棵石榴樹上碩果累累，我看到房檐下燕子窩裡有燕子飛進飛出，我看到湛藍的天上有白雲飄過……一切都很正常，只有我不正常。於是，我轉身走出了摩西的家門。

二〇一七年八月十五日於高密南山續完

詩人金希普

一

每年春節前，我們縣的領導，便會帶上家鄉的土特產——前幾年是大蜜棗，這幾年是大饅頭——來北京設宴，招待在北京工作的老鄉。這活動已經成為慣例，參加招待會的人數也由十幾年前的七、八十人，逐年增加到現在的四百多人。想不到我們一個小縣，竟有這麼多人在京工作。負責召集聯絡的我縣駐京辦——現在不叫駐京辦了，叫會館——負責人老呂告訴我，這還僅僅是地方處以上、部隊團以上級別的，如果把所有在京工作的老鄉都請來，少說也有一千人。說心裡話，我對每年都這樣大張旗鼓的聚會不以為然，每次都是這些人，每年都說著同樣的話，已經沒有新鮮感。但我還是每年都去參加，因為那潔白的大饅頭，那用老麵引子不是用酵母粉發起來的大饅頭，那形狀如同一個大西瓜攔腰一分為二的大饅頭，那散發著甜絲絲的氣味的大饅頭，那家鄉土地上生長出的小麥磨粉後蒸出來的大饅頭，總是能引發我的鄉情……為了那兩個大饅頭，我也要去參加。

去年的聚會在宏都大飯店的隆運廳舉行。大廳裡排開了四十多張桌子，熙熙攘攘，歡聲笑語，握手寒暄，合影留念，十分熱鬧。

在入口登記處，我同村的一個小伙子因為級別不夠被攔住不讓進。他一見我來了，馬上迎上來，央我說情。負責登記的幾個人是縣委辦公室的工作人員，都認識我。我指著小伙子說：他是我一個村的，讓他進去吧。一個工作人員說：進去當然可以，但十分抱歉，饅頭不夠分了。我說：把我那份給他吧。小伙子說：我不要我不要，我剛回老家拉回了一麻袋饅頭呢。

他們將我引導進貴賓休息室，我看到，縣裡胡書記正與幾位退休的將軍與幾位官至副部級的老鄉談話，便悄悄地坐在一邊。因為我的進來而被打斷的談話又熱烈地進行下去。正在此時，本文的主人公，我們東北鄉著名詩人金希普風風火火地闖了進來。

金希普原名金學軍，是我們鄰村屠戶金生水的小兒子，他比我小十幾歲，與我的表弟是中學同學。我這表弟起初學習還不錯，後來參加了金希普的女神詩社，學習便一落千丈。高考落榜後，打工怕苦，幹農活怕累，整日遊手好閒，成了村裡的怪物。為此，姑父經常當著我的面罵這金希普，罵他毀了我表弟一生，我對這人的印象也很差。

他一進門，挾帶著刺鼻的菸味和酒氣，就直奔胡書記而去，與他握手，送他名片，然後又與幾位將軍和副部級老鄉握手，送他們名片。與領導們握手時，他一遍遍地重複著：「對不起，我來晚了，剛從北大那邊趕過來，北京堵車，實在令人頭疼……」

他在我身邊落座，抓起茶几上的中華牌香菸，點燃，香香地抽了一口，兩股白煙，從他的鼻孔裡洶湧地噴出來。

「三哥，好久不見！」他伸出手，與我相握，然後遞給我一張名片。我感到他的手黏黏的，很涼。

「詩人，最近忙什麼？」胡書記問他，同時向身邊的幾位退休將軍介紹，「這是我們的詩人，金希普，俄國有個普希金，中國有個金希普。」

在眾人的笑聲中，他站起來，弓著腰說：「各位領導，我簡要彙報一下，今年一年，我在全國六十所大學做了巡迴演講，出版了五本詩集，並舉辦了三場詩歌朗誦會。我要掀起一個詩歌復興高潮，讓中國的詩歌走向世界，下個月我就去東南亞五國巡迴朗讀，然後去歐洲，然後去南北美洲。」

我看到他送我的名片上赫然印著：普希金之後最偉大的詩人：金希普。下面，還有一些嚇人的頭銜。

在眾人的哄笑聲中，金希普跑到門口，對外拍了拍巴掌。

他指著一位扎著馬尾辮，端著照相機，面容清秀的姑娘說：「這是我的專職攝影師小吳，中央新聞學院的碩士。」

「這是我的專職錄像師小顧，中國電影學院攝影系畢業，曾在美國好萊塢工作過。」他指著一位留著披肩長髮，扛著攝像機的小伙子說。

二

招待會按照多年不變的程序進行，先是縣裡領導講話，然後是在京工作的老鄉代表講話。在這個冗長的過程中，金希普帶著他的專職攝影師和專職錄像師挨桌轉，握手，寒暄，交換名片，吸引了眾多的目光。

坐在我身邊的一位退休將軍悄悄地問我：「這是個什麼人呀？」

我笑而不答。

講話終於結束，酒宴開始。

舞台上蹦上去幾個身穿皮毛的姑娘，敲打著鐵皮鼓。主持人說她們是中國最好的鼓樂隊，剛從歐洲演出歸來，從機場那邊直接過來的，時差未倒，旅途勞頓。但我看她們一個個生龍活虎，活蹦亂跳，沒有絲毫疲憊相。

當主持人宣布演出結束，請大家開懷暢飲時，金希普弓著腰上了台，從主持人手裡要過話筒，說：「各位領導，各位老鄉，我即席創作了一首詩歌，獻給你們！」

有些煩，但還是為他鼓掌。

「各位領導，各位老鄉，請允許我先做個簡要的自我介紹。我叫金希普，一九七一年出生。

從小就熱愛詩歌，五歲時即能背誦三百首唐詩宋詞。小學時即開始寫詩，我小學三年級時寫的一首詩被編進新加坡國立大學教材，新加坡一位內閣部長親口對我說，正是讀了我這首詩，才發憤立志，走上了從政的道路。初中時我發起成立的女神詩社，成為全中國最有名的學生詩社。截至到目前，我已出版詩集五十八部，榮獲國際國內重要文學獎項一百零八個，我現在是國內外三十八所著名學府的客座教授，去年我去美國訪問時，曾與美國前總統柯林頓在林肯中心同台演講，受到了一萬一千多名聽眾的熱烈歡迎……儘管我取得了一些成績，但離家鄉父老對我的期望還相差甚遠。我深知，一個詩人，離不開家鄉這塊熱土，離不開縣委縣政府的正確領導，更離不開在座各位鄉親的提攜幫助……」

將軍悄悄地說：「咱們縣竟然出了這麼偉大的人物！」

「各位領導，各位老鄉，我知道有很多人以為我在吹牛，我不辯解。喜馬拉雅山有八千八百八十二米高，有人不相信，但喜馬拉雅山從不辯解，它屹立在那裡，悄悄地繼續長高。有人勸我低調些，不要張揚，但大海，浩瀚的大海，從不低調，它捲著巨浪呼嘯而來……」

宴會廳裡響起了一陣掌聲。

「有人要我修改我的詩歌，我說，閃電是不能修改的！」

「有意思，」我對將軍說，「這幾句像詩人的語言。」

「領導們，老鄉們，」他激昂地說，「現在我把即席創作的詩歌獻給你們！」

他清清喉嚨，從口袋裡摸出了一張紙，猛地揮舞了一下手中的話筒，甩了甩長髮，唸道：

「大饅頭大饅頭，潔白的大饅頭，芬芳的大饅頭，用老麵引子發起來的大饅頭，家鄉土地生長出來的大饅頭，俄羅斯總統一次吃兩個的大饅頭，作為國禮贈送給美國總統的大饅頭，凝結著愛情的大饅頭，象徵著純潔的大饅頭，形狀像十二斤重的西瓜攔腰切開的大饅頭，遠離家鄉的遊子啊，一見饅頭淚雙流……」

縣委宣傳部馬副部長站起來大喊：「各位鄉親，現在請品嘗家鄉的大饅頭！」

四十多個身穿紅衣的服務小姐，用金色的盤子，每人托著一個白生生的，喧騰騰的，散發著熱氣的大饅頭，魚貫而入，分散到各桌前，歡聲笑語一片，為詩人的朗誦畫了一個圓滿的句號。

三

大年初一，我去姑父家拜年。一進門，就看到詩人正與我的表弟坐在一起喝酒。詩人的旁邊，坐著一個漂亮的姑娘。不是那位專職攝影師。見到我進去，他們慌忙站起來。

「三哥，過年好！」詩人很謙虛地問候我，然後指著身邊的姑娘向我介紹，「這是我的女朋友小賈。」

我退了出去，看到姑父和表弟的妻子正在廂房的鍋灶旁為他們炒菜。

姑父送我到大門口，神情有些尷尬。姑姑春節前剛去世，姑父面容枯槁，人彷彿老了許多。

「怎麼又跟他混在一起了？」我不高興地說，「吃他的虧難道還不夠嗎？」

姑父用圍裙搓著手說：「他來了，也不好把他攆出去……」

「難道說他是在這裡過的年？」我問。

「他來了，也不好攆他走，」姑父說，「他也算是個有頭有臉的人物。」

「連他的親爹都不讓他進門了，你們竟然還把他待若上賓，」我生氣地對姑父說，「這個人沾上誰誰倒霉！」

「他還是有些本事的，」姑父說，「他說跟縣裡胡書記是乾兄弟，跟省裡的領導也很熟。」

「胡書記怎麼可能跟他這種人拜乾兄弟?!」我說，「完全是忽悠。」

「他給我看了與胡書記的合影，還有跟北京的很多大將軍，大幹部的合影，他們都握著他的手笑。」

「合影能說明什麼？」我說，「姑父，你不明白。」

「他還說，春節前在北京開老鄉會，是他介紹你跟胡書記認識的。」

「真是無恥，」我說，「我認識胡書記時，他還不知道在哪呢。」

「老三，」姑父說，「你對他有偏見吧？這個人，第一有才，第二社交能力很強，他不僅有跟胡書記的合影，還有和中央領導祕書的合影，還有跟周總理身邊工作人員的合影，這些難道都是假的？」

「即便都是真的，也說明不了什麼問題，」我說，「姑父，你想想，他如果真有那麼大能耐，為什麼大年夜裡跑到咱們家裡來？」

「電視上剛放了，」姑父說，「黨和國家領導人也都下去跟老百姓過年呢。」

我還能說什麼呢？

四

半年之後，二哥出差進京，順便到我家裡來坐了一會。二哥對我說：「咱姑父到底還是被普希金給騙了。」

「金希普，」我說，「別糟蹋那個光輝的名字。」

「他帶著那個女的——一看就不是好東西——在咱姑父家裡一直住到正月初八，天天好酒好菸好飯伺候，把咱姑父家吃了個底朝天。」

「咱姑父真是糊塗，」我說，「我提醒他別上當，他還替那個傢伙辯解。」

「吃點喝點也就罷了，」二哥說，「關鍵是錢！」

「什麼錢？咱姑父借錢給他了？」

「他說跟縣裡省裡的領導都是拜把子兄弟，說要幫助秋生——表弟的乳名——在市裡謀個事兒。咱姑父一聽就動了心了。」

「謀個什麼事兒？」

「說是可以安排到電視台當副台長。」

「這不是說胡話嗎？」

「咱姑父說他當場拿出手機，撥通了胡書記的電話，胡書記在那邊也答應了，說放完了假就辦。關鍵是，他對咱姑父說，胡書記罵他給他添亂，說不可能一下子就安排當副台長，起碼要跟著扛半年機子，增加點業務知識，才可以就職，起初咱姑父還半信半疑，聽他這麼一說，就徹底相信了。」

「接下來就該要錢了。」

「要錢就不是金希普了，」二哥說，「是咱姑父主動的。——他說，叔，我和寧賽葉——秋生的筆名——是割頭不換的兄弟，他如今落了難，我不能不管。我這次來你們家，就是為了考驗你們，以我這樣的身分地位，還用得著跑到一個農民家裡來過年？只要我願意去，中國所有的五星級飯店都會熱情接待我，但我哪兒都不去，跑到這裡來，睡土炕，吃農家飯，為的就是看看你們家的人能不能容人。叔，你把熱炕頭讓給我，自己去廂房裡睡破床，弟妹把家裡下蛋的老母雞都殺了燉給我吃了，我，還有小賈，深深地受了感動，我一定要報答你們，一定要把我的兄弟寧賽葉從農村解救出來。叔，他說，你大概也知道現在辦事的規矩，沒有這個——他捻了一下手指——那是萬萬不行的，別說安排一個電視台副台長，即便是安排一個普通編導，沒有這個數——他伸出三根手指——絕對辦不成。」

「嗨，」我說，「騙術高明啊！」

「他說，叔，寧賽葉，弟妹，你們不用愁，這事包在我身上了，你們千萬別跟我提錢的事，一提錢咱就遠了。年前于化龍提著半蛇皮袋子錢來找我，要我幫他在電視台當了七年編導的兒子謀這個副台長的位子，我很客氣地謝絕了。這個位置是寧賽葉的，我剛才跟胡書記說了，如果他還想再上一個台階，那就必須把這個位置給我留著。叔，他說，當著你們也不必隱瞞了，小賈，是咱省委組織部常務副部長的親外甥女，胡書記要想到市裡任職，這一關必須過的。」

「後來呢？」我問。

「咱姑父七借八湊，弄了兩萬元，悄悄地塞到金希普的提包裡。」二哥說，「秋生和咱姑父，過了年就在家等信兒，至今也沒等著。」

「去找金希普呀！」

「秋生打過兩次電話，第一次還能通，第二次就沒這個電話號碼了。」

「現在覺悟了吧？」

「秋生還是不死心，」二哥說，「昨天咱姑父找到父親，黃著臉說，八成讓普希金這個王八蛋給騙了。」

「金希普！」我說。

五

這篇小說初稿寫於二〇一二年春天，五年過去了，那一年一屆的老鄉會，已經成了歷史記憶。大饅頭已經成了家鄉的品牌產品，上午在手機上訂購，晚上便能送到家門。金希普許給我表弟的「電視台副台長」自然是個騙局，為此我姑父曾到派出所報過案，最終也沒有什麼結果。我不能說姑父是被金希普氣死的，但這件事毫無疑問是姑父心臟病發作的誘因之一。我去參加姑父的葬禮，看到秋生表弟跪在墳墓前放聲大哭，心裡感到他還是個心地比較善良的人，希望他能吸取教訓，踏踏實實過日子，老老實實做人。

前不久，我去濟南觀看根據我的小說改編的歌劇《檀香刑》，入場時遇到了金希普。他胖了不少，嘴巴裡被菸茶熏黑的牙齒貼上了晶瑩潔白的烤瓷面。他熱情地與我握手，一口一個三哥，叫得十分親熱，一時竟讓我感到那些往事似乎都是虛幻。他拿出手機，要跟我掃微信。我猶豫著，他說：「三哥，我有很多話要跟你說，我要告訴你許多事情的真相。」於是我們建立了微信聯繫。

他在微信中，毫不避諱地談到了那兩萬元的問題，他說如果不是反腐敗，這個問題根本不是問題。他說他是真心實意地想幫寧賽葉辦點事，但誰知道碰上這樣一塊形勢。他說那兩萬元儘管他沒花一分，但他遲早會還給寧賽葉，不還上這筆錢他對不起死去的老人。他對我說：

「三哥，寫到這裡時，我的眼睛裡已經盈滿了淚水……我知道您對我有很深的成見，您也許認為我就是一個騙子，混子，油子……我不解釋，就像高山從不解釋，就像大海從不解釋。但是我要說，我是個心軟得要命的人，我見到農人打牛都會痛苦，我看到母親打孩子都會流淚，我看到即將乾涸的池塘中那些不知死之將至的蝌蚪心中都會糾結良久，我看到我父親屠殺那些豬羊時心中充滿了悲涼……我同情弱者，我有一顆善良敏感的心。我必須實事求是地對您說：我是有才華的，我是會寫詩的，我不僅能寫新詩，我還能寫古詩，貼上一首我特意寫給您的古風，以證我言不虛：

當年賣唱長街行，為求憐憫扮盲童。竹竿探路步踉蹌，一曲悲歌淚千行。乞來百家剩飯千家衣，夜避寒霜橋下棲，高天如海深難測，星斗璀璨如寶石。時來運轉登高台，萬家歡樂系一身。名利雙收喜開懷，香車寶馬載美人。地下金磚鋪豪宅，天上銀鷹播彩雲。師傅從來不差錢，財大氣粗放狂言。一朝豹變龍落灘，千人唾罵萬人嫌。昨日尚嫌珍饈美味難入口，今日一塊大餅分外甜。物極必反今又見，期望否極泰還來。細思前因與後果，君子行事須謹慎。得意切莫忘形骸，失意卻要抖精神。繁華一時迷人眼，東風吹雨葬花魂。生如鮮花之燦爛，去如迅雷靜無痕。人生觀念千萬種，似是而非多矛盾。學佛看破人間夢，修道卻期千年身。春夏秋冬四時轉，富貴榮華過眼雲。明知世事皆虛幻，還將假戲做成真。人過六十土埋頸，依然為名煞費心。諸般牽掛難放下，到底還是一俗人。

二〇一七年八月二十七日改定

表弟寧賽葉

三哥，你不要自鳴得意，更不要沾沾自喜，你不要妄自尊大，也不要以為咱東北鄉裡只有你有文學才能，我的表弟秋生——筆名寧賽葉——外號怪物——借著幾分酒力，怒沖沖地對我說。我知道你瞧不起金希普，你這是犯了文人相輕的臭毛病！我認為金希普的才華遠遠超過你，他之所以沒你名氣大，是他沒趕上好時候，他如果逢上八〇年代那文學的黃金時代，哪裡輪得上你猖狂！不說金希普，就說我，三哥，你說良心話，我的才華，在你之下嗎？——表弟將酒杯往桌上一頓，嚴肅地說。

你的才華，確實不在我之下，我說，金希普更是天才，俄國有個普希金，中國有個金希普嘛！

你這是西北風刮蒺藜，連風（諷）帶刺！三哥，我沒醉，我聽得出好話壞話！金希普是我的兄弟，他騙誰也不會騙我，那兩萬元錢，算什麼？他遲早會還的。那個什麼狗屁電視台的狗屁副台長，我根本沒看在眼裡，更沒放在心上。我們，我們生不逢時啊！憶往昔崢嶸歲月，恰同學少年，書生意氣，指點江山，糞土你們這些達官貴人！我們哥倆，當年創辦神女詩社時，心比天高，氣勢如虹，恨不得將小小地球，玩弄於股掌之間，那是什麼樣的胸襟抱負！可是，這個年代，容不下黃鐘大呂，只能讓狐狸社鼠得意橫行。三哥，你放下你的臭架子，拍著胸脯想一想，你說，當年我讓你看的我的小說〈黑白驢〉是不是一篇傑作？

我的〈紅高粱〉發表那年，我的表弟，不，寧賽葉和金希普合辦了一份小報，在上邊刊登了即將連載〈黑白驢〉的廣告。我清楚地記著他們的廣告詞：本報即將連載著名作家莫言的表弟寧賽葉的小說〈黑白驢〉！這是一部超越了〈紅高粱〉一千多米的曠世傑作！每份五元，歡迎訂閱！我記得當時我還在家裡休假，姑父來找我，說秋生和他的文友讓你去一下。我去了，在姑姑家的那三間空屋裡，我第一次見到了金希普，還有幾個我忘了名字的詩人。當時他們都是中學的學生。屋子裡烏煙瘴氣，遍地菸頭。桌子上杯盤狼藉，桌子下一堆空酒瓶子。我一進門，寧賽葉就說：莫言同志，你有什麼了不起？我連忙說我沒什麼了不起，但我沒得罪你們啊！他說：你寫出了〈紅高粱〉，驕傲了吧，目中無人了吧？尾巴翹到天上去了吧？但是，我們根本瞧不起你，我們要超過你，我們要讓你黯然失色。他遞給我一張鉛印的小報，我從小報上讀到了前面已寫出的廣告。我不高興地說：我抗議，你們沒經我同意為什麼把我的名字印在了你們報上?!他說：把你名字印在我們報上，是我們瞧得起你！我們沒跟你要廣告費，已經讓你賺了便宜……

我那篇〈黑白驢〉的原稿，你是看過的，你說良心話，是不是一篇傑作？那頭驢，不白不黑，亦白亦黑；不陰不陽，亦陰亦陽。在白驢面前，牠是黑驢；在黑驢面前，牠是白驢。在公驢面前，牠是母驢；在母驢面前，牠是公驢。你說，在世界文學史上，出現過這樣的驢的形象嗎？你以為我寫的真是一條驢嗎？不，我寫的是人。在我們的前後左右，每時每刻，都有一些像黑白驢一樣的陰陽人，他們察言觀色，他們趨炎附勢，他們唯利是圖，他們見利忘義，他們沒有良心，卻揮舞著良心的大棒打人；他們沒有道德，卻始終占據著道德高地，他們在驢和人之間頻繁轉換，驢臉上擠著人的微笑，人身上長著驢的皮毛。生活在這樣的世界上，你說，我們怎麼能服氣？

他點燃一支菸，倒上一杯酒，一仰脖乾了，又倒上一杯酒，一仰脖乾了！姑父嘴哆嗦著，試圖去奪他的酒杯，他猛地格開姑父的手，雙眼通紅，凶相畢露，說：從生理上論，你是我的父親；但從心理上論，你是我的仇敵。——你聽聽，你聽聽，姑父可憐巴巴地對我說。你聽聽這些話還是人說的嗎？——這些話當然是人說的，如果我不是人，那豈不是侮辱你？是的，你們教育我，要感謝父母的養育之恩，但你們值得我感謝嗎？你們把我弄到這個黑暗的世界上，讓我痛苦而悲憤……

我說，老弟，別裝瘋賣傻了。我也喝醉過，但醉了皮肉，醉不了心。這家庭，沒有虧待你。你從小到大，嬌生慣養，我放牛的年齡裡，你在小學裡搗亂破壞，砸玻璃揭瓦，我在水利工地上汗流浹背的年齡裡，你在中學裡抽菸喝酒寫歪詩。你已經三十多歲，遊手好閒，不務正業，想入非非，眼高手低，大事幹不了，小事又不做，古言道三十而立，村裡像你這般大的人，早就當家過日子了，可你還要父母養著，不但要養著你，還要養著你的老婆孩子，你還有什麼臉面在這裡怨天尤人，你還有什麼理由在這裡借酒裝瘋？

我不服氣！他捶打著胸膛，高聲喊叫著，為什麼，為什麼那些笨蛋可以飛黃騰達？為什麼那些騙子可以錦衣玉食？為什麼才華平平者卻可以揚名立萬？為什麼我滿腹才華卻要老死在這破敗的村莊？你現在是名人，聽說最近還當上了什麼副主席？但騙子最怕老鄉親，草包最怕親兄弟。別人誇你是天才，在我心目中你是驢屎！你那些破小說，全部加起來也抵不上我那〈黑白驢〉的一行字。你浪得虛名，你欺世盜名。世無英雄遂使豎子成名，可悲嗎？不可悲，真正可悲的是遍地英雄卻使豎子成名！

我站起來，想走。但他堵住門，說：你不是歡迎別人對你提出批評嗎？為什麼我只批評了你幾句就要躲開？你可以反批評啊，你可以與我辯論啊！你經常要別人有點雅量，為什麼自己沒有一點雅量呢？是的，我是一個無業遊民，或者可以說是一個二流子，你聽聽一個二流子對你的批評不是更顯出你的雅量嗎？你是成名作家，我是文學青年——連文學青年也不是——我是一個文學瘋子，許多人以為，有你這樣一個表哥，我會跟著沾便宜，想當初，我也對你心存幻想，以為你能提攜我，幫我發表作品，但你武大郎開店，你生怕我超過你，你不但不幫我，反而壓制我，打擊我，諷刺我，挖苦我，貶低我，嘲笑我，你不敢面對真理，不敢承認我的才華，不敢面對我的〈黑白驢〉，我的〈黑白驢〉，在你那兒壓了很久，你說是找《XX文學》《XX月刊》還有什麼驢屁文學的編輯看過，當初我還以為是真的，但後來我明白你騙我，我的〈黑白驢〉，你沒給別人看，你不敢給別人看，你明白那是傑作，你明白，一旦我的〈黑白驢〉面世，你們這一茬作家，通通都要退下舞台！你嫉妒我的才華，但你不敢承認你的嫉妒，你是個小肚雞腸的小人，你生怕別人超過你，我之所以落到今天這步田地，你是要負責任的！

——我喝了一杯酒，我已經好久沒喝酒了！我怒沖沖地說：寧賽葉先生，做人要有良心，說話要有根據！你的〈黑白驢〉，我確實看過，對，我承認，我確實沒把你的這頭驢，寄給任何刊物，因為我覺得，這頭驢是頭非常一般的驢，牠沒有個性，充其量是一條雜種驢——

——雜種出好漢！他說，真正的好作品，都是雜種！你自己也承認，你是受了西方文學影響又繼承中國文學的傳統然後又從民間文學裡汲取了營養，你的文學，也是雜種！

——好好好，算我說錯了，但是，我把〈黑白驢〉還給你之後，你完全可以自己往外投寄啊！郵局是國家開的，只要你付足郵費，他們敢不給你郵寄嗎？中國這麼多文學刊物，你可以投稿啊，即便有不識貨的，但總會有識貨的，是金子總會發光的。

——我知道你會這樣說，但問題是，這麼多刊物，全都被你們的同伙把持著，他們當中，多數有眼無珠，即便有幾個識貨的，但他們能發表一個無名小輩的作品嗎？我沒錢去給他們送禮，我更不是文二代文三代——所以，我恨你，你本來是有能力幫我發表的，也只有你可以提攜我，但你嫉妒我，你生怕我露出頭角壓住你的名聲。

——你可以把你的大作貼到網上啊！

——網絡就是淨土嗎？網絡也早就被那些網霸們分疆裂土，一個個的團伙，一個個的圈子，吹捧的是他們自己的一伙，真實的社會一團漆黑，虛擬的網絡暗無天日，我對這一切都看透了。

我真想變成一頭天驢，把日吞了，把月吞了，把地球吞了，把一切吞了。

——你成不了天驢，充其量是條黑白驢，連黑白驢都成不了，你是條瘋驢！六親不認的瘋驢！你有什麼資格攻擊我？就因為你的母親是我的姑姑？就因為這麼一點血緣關係？二十多年前，你就可以像召喚一個小夥計一樣，把我叫到你們那一伙小文痞的酒桌前羞辱我？你們既要用我的名聲為你們的垃圾小報造勢，又當面把我的作品和我的人格貶得一錢不值。你高考落榜之後，不是讓我為你找工作嗎？

——你幫我找了個什麼工作？你讓我去酒廠裡涮酒瓶子，我站在水池邊，像一架機器，重複著同樣的動作，面對著一堆玻璃瓶子，我一刻不停地涮啊，涮啊，我把一個個骯髒的瓶子涮的一清二白，但我的心裡越來越髒，我怨，我恨，我悲，我憤，我恨不得變成一把火，熊熊燃燒，把這骯髒的世界，燒成一片廢墟……

——是的，我說，你感到涮酒瓶子委屈了你，是高射砲打蚊子——大材小用了。但接下來我把你介紹到供銷社，讓你去站櫃檯賣貨，這事兒比較體面吧？你知道，我當年的最大理想是當一個供銷社售貨員，風吹不到，雨淋不著，可是你幹了兩天，就讓帳面虧空了一百元！你當然不會承認是你貪污了一百元，供銷社裡我的那些朋友，也沒有明說是你貪污，但他們心裡是怎麼想的你知道嗎？我批評了你幾句，你一腳將人家的門踢破，然後不辭而別。你連自己的鋪蓋都不要了，那可是姑姑為你新絮的裡表三新的被褥，他們在家裡蓋什麼？一條千瘡百孔的破毯子！人家供銷社讓你去拿被褥，你說什麼？你說「讓他們蓋著我的被褥去死吧！」人家將你的被褥扔到大街上，狗在上邊撒尿，雞在上邊拉屎，周圍的人在旁邊議論，你讓我替你蒙受了恥辱啊！

——他們根本不是人，是一群奸商！他們往酒裡摻水，往化肥裡摻鹽，他們大秤進小秤出，他們製假販假，坑矇拐騙，我怎麼可能跟這樣一群敗類共事？那一百元錢，是他們製造的一樁冤案。他們看出我跟他們不是一路人，他們怕我壞他們的事，所以用那樣卑鄙的手段擠走了我。你不是一直標榜良心嗎？你不是一直用你的文學揭露黑暗嗎？為什麼還站在他們的立場上批評我？文人無行，你就是一個活生生的樣板！

——就算供銷社那些人陷害了你，但我後來把你介紹到鍛壓設備廠，知道你是有文化的人，讓你在政工科寫材料，守電話，這一次你是給了我面子，幹了一年，可這一年裡你幹了什麼？你談了兩場戀愛，第一次跟油漆工小宋，把人家肚子弄大了然後把人家踹了，第二次跟保管員小于，把人家搞得哭哭啼啼尋死覓活。鍛壓設備廠廠長、我的朋友老姚，如果不是看著我的面子，早把你送到派出所裡去了。老姚對我說：你那個表弟，是個大才，咱這小小鄉鎮企業，水太淺了，養不住這條真龍，是不是讓他另謀高就？我的臉像挨了一串耳光，火辣辣的。你確是天才，但我覺得你最大的才華是騙女孩子，你是這一行當的高手啊，你相貌平平，自己沒錢，家境貧窮，但能讓那麼多女孩子為你獻身，不但獻身，還獻錢，那一年你衣著光鮮，出手闊綽，花的都是小宋和小于的錢吧？

——你沒權對我的私生活說三道四！你們文藝圈裡，有一個乾淨的嗎？但我要說，老姚是個混蛋，他的鍛壓設備廠，生產的基本都是廢品，為了把這些廢品賣出去，他賄賂採購人員，手段卑劣，無所不用其極……

——好了，天下沒有一個好人，只有你一個好人。後來，你想參軍，姑父找到我，我只好厚著臉皮幫你找人，你如願以償當了兵。原本希望你能在部隊好好鍛鍊，好好學習，爭取考上軍校，提成軍官，也算一條光明大道。可你到了部隊又幹了些什麼？你大概又去勾引地方的女青年了吧？

——是她們勾引了我！他眼睛通紅，彷彿要與我拚命，是她們設局陷害了我！

——行了，老弟，復員回鄉之後你又幹了些什麼？你跟金希普到濟南辦報，鬼知道是家什麼樣的野雞報，你半夜三更打電話，讓我給你們寫「名人寄語」，我當然不寫。我也幸虧沒寫，我看過你們那張貴報，報上登載著「大力丸」廣告，家傳祕方，包治百病，金希普自封社長兼總編，封你為副總編兼首席記者。你不是還拿著記者證回家炫耀嗎？連姑父姑姑都被你蒙住了，以為你走上了正路。你拿著假記者證在家鄉坑矇拐騙，兔子還不吃窩邊草呢，你可好，專門在本縣地盤上打轉轉，你跑到陶陽鎮去訛詐人家，被人家當場扣下，大概皮肉吃了點苦吧？挨揍之後你又把我供出來了，說是我表弟，縣委宣傳部張副部長打電話問我，我只好承認，確有此人，人家看在我的面子上放了你一馬，否則完全可以以詐騙罪把你送進去！

——誣蔑，這完全不是事實！他們為了建那座高度污染的化工廠，強占農民的良田，農民聯名寫血書上訪，都被他們扣下。官辦的報紙不敢揭露真相，我們民辦的報紙為民伸冤，又受到他們誣蔑！暗無天日啊！他用手揪著自己的頭髮哀嚎著。

——你當時是怎麼說的？你說只要你們贊助十萬元，我們就把消息壓住。否則就立即見報！就算他們建化工廠不對，但你利用這種方法詐錢，又能比他們好到哪裡？

——誣蔑！完全是誣蔑！

——就算他們是誣蔑，接下來你又幹了些什麼？你要幹實業，生產什麼高科技電子滅蚊器。讓我投資，我明知你這種人靠不住，但還是希望你能浪子回頭，於是借了三萬元給你。那可是九〇年代的三萬元。你在縣城租房子，買了一輛二手麵包車，放鞭炮開張，接下來，天天請客，吃飯，甚至充大款給小學捐錢買電腦，不到兩個月，錢造光了，關門大吉。

——你那點臭錢，我遲早會還的！生不逢時，時運不濟！蒼天啊，大地啊。

——辦企業失敗之後，你在濟南跟著你哥們流浪，可能你那哥們也容不下你了，你只好回家來繼續啃爹娘。你抽菸，喝酒，都要姑父供給，為了你，姑父退休之後又給人看大門，姑姑七十多歲了，還每天去冷庫扛活。清早出發，晚上回，中午啃口窩窩頭。你看看他們二老，面如黃土啊，你還有一點人味嗎？

——我有了錢，會加倍報答他們的！

——不錯，從前年開始，你良心發現，放下天才架子，拋棄幻想，開始到鋼窗廠打工，每月可掙兩千元。幹活期間，又談戀愛，這次不錯，跟人家結了婚。不久又生了孩子。看到你的變化，我們發自內心的高興，合伙為你裝修了房子，你媳婦也去打工，姑父姑姑在家看著孩子，加上姑父的退休金，每月可收入五千元，電視換了，冰箱買了，太陽能熱水器裝上了，可以說基本上小康了。但好景不長，金希普又來了。金希普一來，你就瘋了。我對你已經仁至義盡，從今天起，我不會再說你半個不字，你也不要再來找我。

——中國人民有志氣，他說，我寧願討飯，也不會進你的家門。

——太好了，我說，太好了！

——先生，請不要隔著門縫看人，更不要得意忘形。文學是人民的文學，誰也不能壟斷。我幾十年顛沛流離，走南闖北，住過五星級賓館，也曾露宿街頭；吃過海參鮑魚，也曾從垃圾堆裡找食吃。我睡過青春少女，也曾嫖過路邊野雞……我辦過企業也打過工，我打過別人也挨過別人打，我看透了這個世界，我對人有了深刻的理解，現在，到了我拿起筆來寫作的時候了！先生們，你們的時代結束了！輪到我上場了！

——他將酒瓶摔到地上，伸出右手食指，指著姑父，痛苦地質問道：你，憑什麼偷拆我的信件？你以為你是我的父親就有權力偷拆我的信件嗎？——他嚎叫著，眼睛裡流出渾濁的淚水，然後，身體突然前傾，伏在桌子上，又嚎了幾聲，便呼呼地睡著了。

二〇一七年八月十九日改定於高密南山

地主的眼神

一

去年麥收時，我在老家，看到了老地主孫敬賢的葬禮。

現在的麥收，與我記憶中的麥收，已經大不一樣。那時候，我們在鐘聲的催促下，雞叫頭遍時便匆匆起身。滿天星斗，寒氣逼人。我們披著破棉襖，提著鐮刀，拖著沉重的步伐，打著哈欠，在隊長率領下，往田野走。我們隊裡的土地，離村莊有八里，趕到地頭時，東邊天際才剛剛顯露出魚肚白。會抽菸的男人，蹲在地頭上，抽了一鍋菸。麥田已經顯示出比較清晰的輪廓，沒有風，田野很靜。老頭們抽菸的「吧嗒」聲顯得很響，偶爾有鳥叫，似是夢中的囈語。隊長說，多歇無多力，幹吧！隊長排在第一位，第二位是村裡的貧協主任。那時我是個半勞動力，與婦女老頭們混在一起。我的後邊便是孫敬賢，他當時五十歲左右，正當壯年，按說應該排在壯勞力的行列裡努力勞動改造才是，但他說自己有病，便與我這樣的半勞力和婦女們混在一起。

生產隊的勞動，磨洋工者居多，但唯有割麥子時大家都賣力幹。因為每人兩壟，誰割到頭誰休息，這樣的勞動方式，帶有承包和競賽的性質。大家都奮勇爭先，唯恐被人落下。

鐮刀都是頭天夜裡就磨好了的。工欲善其事必先利其器。我當時覺得這句古語指的就是磨鐮刀與割麥子的關係。磨鐮刀是技術話兒，磨輕了不利，磨重了不耐用，分寸很難把握。我姊夫是磨鐮的高手，他之所以能成為我姊夫，與他幫我姊姊磨鐮有直接關係。當然光有磨鐮技術還不行，還要鐮的鋼火好。鐮好，磨得也好，還要使得好。像我這種初學割麥的雛兒，一柄剛磨出的鐮，使上半個時辰，刀口便鈍了，接下來要麼重新磨鐮，要麼憑著蠻力氣死扯硬拽。但同樣一把鐮刀，放在高手那兒，割一上午，鋒刃還是利的。我特別迷戀揮舞著新磨出的鐮刀剛剛割麥那時的感覺：左手翻腕攬過麥秸，右手將鐮揮出去，用力往回一拉，感覺如同割著空氣，毫無窒礙。但這樣的好感覺用不了多久便喪失了。接下來便是半拔半拽，拖泥帶水了。

我彎著腰，忍著腰酸腿麻，奮力往前割，原以為可以將老地主遠遠地甩在身後，但一回頭，卻發現他就在我身後，保持著一米的距離。我更加奮勇地往前割，心想這會兒總能甩開他了吧。但一回頭，他依然在我身後，保持著一米的距離。他在我身後，不時地直起腰來，不停地呻吟，打嗝，彷彿忍受著病痛。每當我回頭看他時，他總是顯出無限痛苦的樣子，呻吟著，但他的那兩隻黃色的眼珠子裡同時也會射出陰沉沉的光芒。我在小學三年級時，曾寫過一篇轟動全縣的作文，題目叫做〈地主的眼神〉，內容寫的就是這個老地主。文章中有這樣的句子：「這老地主看似低眉順眼，但只要偶爾一抬頭，就有兩道陰森森的光芒從他的黃眼珠子裡射出。」我寫這篇作文時使用了他的真實姓名孫敬賢，但我的班主任老師幫我改成了「周半頃」，老師的改動，剛開始我還很不樂意，但後來當老師把我的作文抄到學校門前的黑板報上，村裡的人都來觀看時，我才明白老師改得高明。從此之後，我就明白了，寫作文可以虛構，而且也明白了，作文中的人物與現實生活中人物的關係。

我的作文抄到黑板報上，被縣裡下來巡視的一個領導發現，他在學校的辦公室裡召見了我，問了我的家庭出身，社會關係，說了一下鼓勵的話。過了幾天，我的作文就被縣廣播站採用，我們全村的人和學校的老師，都集在高音喇叭下，聽喇叭裡朗讀我的作文。朗讀我的作文之前，先朗讀了縣革委會副主任焦森寫的按語，我至今還記得那按語裡的句子：「……同志們，眼睛是心靈的窗戶，讓我們睜大眼睛，去看一看我們身邊的那些地主、富農、反革命分子，右派分子們的眼睛，看一看他們的眼神……」

這篇作文廣播後，我一下子成了村裡的名人，但我從人們的眼神裡，看出了一些難以言傳的東西。我父親也警告我，再也不許寫這樣的作文。有一天，孫敬賢的二兒子孫雙亮在河邊攔住我，提著我的乳名說：「你寫作文糟蹋我爹，真是喪了良心。我爹說，我們家那半頃地，是偏遠荒地，三畝也頂不上你們家一畝值錢。但我們家劃成地主，你們家劃成中農。我爹勞動改造，你爹當上會計。我們是地主子女，連學都不讓上，你們可以上學，還寫作文糟蹋我們……我辯解道：你爹叫孫敬賢，我寫的是『周半頃』！他說：傻瓜也能看出來你寫的就是我爹！他一拳把我打到河裡。

當我們終於割到地頭時，太陽已經爬出了地平線，田野裡一片血紅。送飯的人還沒到，眾人都在抓緊時間磨鐮。貧協主任挨個兒檢查割麥的質量。他訓斥我留下的麥茬太高，割下的麥捆子太亂，落下的麥穗太多。老地主割下的麥捆，麥穗整齊，麥茬兒緊貼地面。地下幾乎沒有落下的麥穗。他簡直就是出我的醜。我看到他的黃眼珠子裡露出一閃而過的得意。儘管他的活幹得好，但貧協主任並沒誇獎他。貧協主任三十多歲，精明強悍，村裡的地主富農，見了他都點頭哈腰。孫敬賢，你割得不錯，但這也說明你的病是裝的！你不要跟婦女兒童混在一起，你要幹壯勞力的活兒！孫敬賢哈著腰，臉色灰黃，低聲說：「主任，我真的有病。」「什麼病?!」「胃潰瘍，我有醫院的證明。」「呸！胃潰瘍也能算病？」貧協主任怒道：「十人九胃病，你不用再裝了。」「主任，我真的有病，前些天還吐過血！」「吐血？」貧協主任冷笑著說，「吐血那是因為你過去喝我們貧下中農的血太多了！」「主任，您總要講理吧？」「哈！你竟然敢說我不講理?!」貧協主任一個箭步跳上去，對準孫敬賢的胸膛捅了一拳。我聽到孫敬賢怪叫一聲，看到他捂著胸膛蹲在地上。他臉色灰白，呻吟不止。「老老實實接受改造，少耍花招！」貧協主任憤憤地說著，然後又瞅我一眼，「你好好看看，他是怎麼割的？」

我看著貧協主任噴射著黃色火苗的眼睛，看看老地主噴射著藍色火苗的眼睛，心中彷彿塞進一團亂麻。我承認，我對這個具有高超割麥技藝的老地主沒有絲毫好感，但我對他無端挨打又充滿同情，我對專橫跋扈的貧協主任充滿反感，但又對他懲治老地主感到幾分快意。

我本能地感到，老地主是在裝病。我父親說：「他是五分病，五分裝吧。」

我那篇作文裡，當然沒寫我這種複雜的心情。在我的作文裡，那個老地主周半頃就是一個陰險的壞蛋，他裝病逃避改造，他偽裝可憐，但心裡充滿仇恨，時刻夢想變天，他的眼神，洩露了他內心的祕密。我至今也認為孫敬賢不是個心地良善的人，但我那篇以他為原型的作文確實也寫得過分，尤其是因為我那篇作文，讓他受了很多苦，這是我至今內疚的。

我父親說，孫敬賢被劃成地主，確有幾分冤。吃虧就吃在他的好勝上。他置地不求質量，只求數量。這一點，我爺爺遠比他聰明。我爺爺置買的都是靠村靠水近便的地。既方便耕作，又能灌溉，我家的地，雖然畝數不如孫家多，但糧食產量不比孫家少。我父親還說，孫敬賢割麥技術全村無人可比。他用鐮分三段兒，所以他的鐮一天磨一次就夠了。我當初竟想與他比賽割麥，確實讓跟在我身後的他見笑了。

二

去年麥收時，我坐在孫敬賢的孫子孫來雨的金牛牌收割機的駕駛室裡體驗生活。這是個身體高大、濃眉大眼的中年人。我望著眼前滾滾的麥浪，問他：「這片麥田有多少畝？」

「一百二十來畝吧。」

西南風熱烘烘地刮過來，陽光燦爛，麥芒上閃爍著刺眼的光芒。收割機轟轟地前進著，絞刀在前邊飛快旋轉，將麥穗吞進肚腹，麥草從機器後吐出，褐色的麥粒嘩嘩地流進麥倉裡。我用衣袖沾著臉上的汗水，感慨地說：「太棒了，人民公社時期天天盼望機械化，但總是盼不來，想不到分田單幹後反倒實現了。」

「地塊還是太小了，」他說，「來回調頭，如果土地都能整成上千畝的大塊，那效率就更高了。」

「你現在種了多少畝地？」

「二百多畝。」

「咱們村的土地，你一個人種了差不多五分之一。」

「叔，你離家這麼多年了，還記得咱村裡有多少畝地？」

「別的忘了，這個忘不了。」我說，「再說，我不是每年都回來好幾次嗎？」

「叔，你能不能跟縣裡的領導說說，膠河農場那閒置的八百畝土地能不能讓我種？」

「年輕人都往城裡擠，現在各村種地的都是老頭婦女，」我說，「你怎麼這麼愛種地啊？」

「我爺爺就是地主，外號孫半頃嘛。」

他的話引起了我的回憶，使我心中略感內疚，我決定，一定要幫助這個年輕人。

「農場那八百畝地是怎麼回事？」

「聽說是被市裡一個領導的小舅子，十年前用每畝四百元的價格買走了。原說是要建什麼電子工廠，但一直荒著，現在野草都長得半人高了，裡邊有很多野兔子，還有狐狸。」

「你要那八百畝地幹什麼？」

「種莊稼啊，閒著多可惜！」他說，「叔，你跟縣裡領導說一聲，你的話他們肯定聽。我接手那片地，一年種兩季，春天小麥，秋天玉米，每年最少可以生產一百六十萬萬斤糧食。」

不時有雲雀被收割機驚起，牠們衝上雲天，在空中鳴囀。收割機拐了一個彎，迎著陽光前行，他摘下墨鏡，遞給我，說：「叔，戴上墨鏡。」

我說：「你自己戴，你在工作。」

「沒事，我習慣了。」

「你對自己的將來，對這個社會，對農村，有什麼想法？」我問。

「叔，你是不是想把我寫進小說裡去？」他笑著說，「俺爹說讓我跟你少說話，說萬一被你寫進小說裡可就倒了霉了。」

「別聽你爹瞎說，」我說，「即便我把你寫到小說裡，你也未必會倒霉，也許還會走運呢。」

「俺爹說你當年把俺爺爺寫進了作文，結果，讓他天天挨批挨鬥，差點把命搭上。」

「這是個歷史的誤會。」我說，「如果我早知道能惹出那麼多事來，打死我也不會寫那篇作文。」

「我很想學學那篇作文呢，」他說，「我上小學時，作文挺好。老師們號召我們向你學習。」

「你們老師是在誤導你們，」我說，「你看你現在多豪邁！將來你把村裡的土地都集中起來，你就成了農場主了。」

「什麼農場主，」他說，「我好搗弄機器，喜歡一眼望不到邊的土地，俺爺爺就愛土地，這大概也是遺傳吧。」他又說，「俺娘也經常說你光著脊梁拾棉花的事兒，說你特別抗凍，別人穿著夾襖都打哆嗦，可你卻光著脊梁唱歌。」

「我為什麼光著脊梁拾棉花？那是為了節約衣裳，」我說，「我為什麼唱歌？那是凍的，唱歌可以禦寒。」

三

我十六歲時，村子裡的長舌婦就造謠說我跟孫來雨的娘于紅霞有不正當關係。這樣的謠言是可以殺人的。剛開始我只是感到那些老娘們看我的眼神不大對頭，鬼鬼祟祟，閃閃爍爍，後來我聽說了她們的謠言，只感到血液嗡的一聲都集中到腦袋上去了。說實話我連死的念頭都有了。幸虧我母親在確認我清白之後勸我說：不要怕，乾屎抹不到人身上。這才使我度過了這一劫。

這樣的謠言之所以能造到我頭上，是因為那一年，我承包了一個份額的採摘棉花的任務。本來採摘棉花是婦女的事，但那年我們生產隊種棉花特別多，棉花的長勢又特別好，隊長就讓我這樣的不滿十八週歲的半勞力，每人也承包了一個份額的棉花地。

從中秋節後，第一茬棉花開放，一直到初冬霜雪遍地，幾乎每天都在棉花地裡彎著腰採摘。為了提高效率，節約時間，早晨下地時就帶一個玉米麵餅子一塊鹹菜，中午飯都不回家吃。面對著白茫茫的棉花，我真是發愁。一個人，一整天，彎著腰，重複著最單調的勞動，我感到絕望而痛苦。我承包的份額，與于紅霞緊挨著。她採摘棉花時左右開弓，速度很快。我只會用一隻手採摘。她嘲笑我：「青年，這是老娘們幹的活兒，你來幹什麼？真是胡屌鬧！」她的話讓我臉上發燒，她嘻嘻笑著說：「喲，還臉紅了！」

于紅霞的兒子孫來雨那時還不滿週歲，剛開始時，每天上午十點多鐘和下午三點多鐘她的婆婆會抱著孩子來餵奶，後來，聽說孫敬賢把于紅霞兩口子給攆了出來，他們只好借住在生產隊的場院屋子裡，她婆婆也不給她看孩子了。從此，于紅霞來摘棉花時，就只好揹著孩子。這一下，她摘棉花的速度慢多了。我看她可憐，有時候就幫她一些忙。有一天。她坐在棉花包上，一邊奶著孩子，一邊哭。我心裡很難過，就勸她：「嫂子，別哭了。」其實我也不知道該如何勸她。她哭著說：「兄弟，我真是命苦，竟然嫁給這樣一戶人家。我娘家是貧農，俺爹還是老黨員。我真是鮮花栽到豬圈裡……」我多少知道一點她與孫敬賢的大兒子孫雙庫的戀愛史。孫雙庫盲流到長白山林場當伐木工，于紅霞的姊夫也是這個林場的工人。于紅霞到她姊姊家去探親，認識了孫雙庫。孫雙庫一表人才，能說會道，一來二去，兩人就成了。當然，問起家庭出身時，孫雙庫撒了謊，說自家是雇農。後來林場清理外來人口，就把孫雙庫連同于紅霞給清理回來了。回來後才知道自己嫁給了地主的兒子，于紅霞又哭又鬧，但最後也只好認了。

于紅霞問我：「兄弟，聽說你寫過一篇〈地主的眼神〉？怎麼寫的？你能不能背給我聽聽？」我說：「那還是上三年級的時候，記不清了。」她說：「自己寫的文章，一百年也忘不了，快背。」

於是我就大概地把這篇文章背了一遍。她感慨地說：「你寫得太好了。孫敬賢這個惡霸地主，眼珠子閃著綠光，那根本不是人的眼睛，而是狼的眼睛！你知道他為什麼把我們攆出來嗎？這個老畜生，竟然打我的主意。我的奶水多，孩子吃不完，他竟然讓我把奶水給他喝，說能治好他的胃病。你說世界上有這樣的公公嗎？他還是個人嗎？惡霸地主劉文彩才喝人奶呢，他竟然也想喝，劉文彩喝的是奶媽的奶，他竟然要喝兒媳婦的奶！喝我的奶，白日做夢，我的尿也不給他喝……」

自從于紅霞把家裡的事說給我之後，我感到與她的關係親近了一些。她餵孩子吃奶時根本不避諱我，這在農村也是很正常的事。我在小說〈白狗鞦韆架〉裡就引用過農村的俗語：「沒結婚是金奶子，結了婚是銀奶子，生了孩子是狗奶子」，這意思不用解釋，大家都懂。她對我說過好幾次：「我這人也真是奇了怪了，吃的是地瓜蘿蔔，但奶水足得唉，我上輩子一定是頭奶牛……」後來她跟我商量：「兄弟，你看我，後邊揹著個孩子，前邊還要幹活，真是不方便，你呢，天生也不是個幹這活的材料，咱倆能不能合作一下？你幫我抱著孩子，我騰出雙手摘棉花，我連你那份也摘了，你看怎麼樣？」我猶豫著，她又說：「好兄弟唉，求求你了，你幫嫂子這個忙，等嫂子回娘家時，把俺妹妹說給你……」就這樣，我抱著于紅霞的孩子，于紅霞幫我拾棉花。就這樣，關於我跟于紅霞關係不正常的謠言產生了。

四

葬禮隊伍的最前面，是四個手裡揣著銀槍的開路先鋒。他們身上都穿著部隊淘汰下來的軍裝，腰裡扎著皮帶，腳上穿著皮靴。在他們後邊，又有八個保安，也都是制服整齊，手提著棍棒，訓練有素的樣子。再往後，是十二個禮兵——當然也是山寨的——抬著一具紅色的棺材。棺材裡只盛著一個骨灰盒，骨灰盒裡盛著孫敬賢的骨灰。因為棺材不重，所以禮兵們都走得很瀟灑。再往後，是抬著紙紮的轎車、電視、洗衣機、空調機等家用電器的人們。再往後是山寨的軍樂隊，也是樂器閃光，服裝燦爛，看上去很像那麼回事兒。再往後，就是孫敬賢的後代和親戚朋友們。我從這支隊伍裡認出了孫雙庫和孫雙亮。這哥倆雖然披麻戴孝，但臉上非但沒有痛苦的表情，反而有些洋洋得意。我早就聽父親說過，孫雙庫揚言要給他爹辦一個高密東北鄉最豪華的葬禮，要用這種方式狠狠地打那些當年曾經欺負過他父親的人的臉。送葬的隊伍裡沒有于紅霞，這讓我感到了稍稍的安慰。我知道很多地主不是壞人，但我也知道，這個孫敬賢的確不是一個好人。這其實跟他的地主身分沒有關係。

在雄壯的軍樂聲中，老地主孫敬賢的葬禮儀仗緩慢向前，退回去幾十年，這是做夢也想不到的事情。村子裡的人都出來觀看。因為年輕人多數不在村裡，所以看客們基本上都是老人，其中就有那位揍過孫敬賢的貧協主任。他張著嘴，嘴裡已經沒有牙，流著哈拉子，臉上掛著傻傻的笑。老人們看著這個地主的耀武揚威的葬禮，心裡怎麼想？——其實沒人去關心這件事的政治意味，大家只是感到很熱鬧，很荒誕，很好玩。而不惜重金為他爹出大殯的的孫雙庫，也感到了揚眉吐氣的幸福。但孫來雨認為自己的父親很糊塗，花這麼多錢辦一場類似戲說歷史的葬禮，就像對著仇人的墳墓揮舞拳頭一樣，其實毫無意義。他對我說：

「叔，我爹與我爺爺一樣，就喜歡打腫臉充胖子。」

二〇一二年五月初稿於陝西戶縣。

二〇一七年八月十六日定稿於高密南山。

澡堂・紅床

一、澡堂

我將衣物櫃鎖好，鑰匙套在左腕上。

有人猛拍了一下我的右肩。

夥計，你一定不認識我了！

禿頂，渾濁的目光，紅鼻頭，兩顆磨損嚴重的假牙，脖子上的皮耷拉著，將軍肚，垂頭喪氣的生殖器，細而羅圈的雙腿。

你一定不認識我了，夥計，混好了嘛！

我想盯著他的臉，但目光總是下移。

用浴巾遮著點，我說，否則我認不出來。

他笑了，旁邊陪我來洗澡的小廖也笑了。

他用浴巾遮住下邊，笑道：現在認識了吧？

我盯著他的臉，一個三十多年前的年輕人的面孔，從老臉深處浮現出來。

董家晉！

老夥計，三十八年沒見面了！

董家晉是我在棉花加工廠工作時的工友。當時，他是正式工人，我是臨時工，身分相差懸殊，但他不以貴欺賤，放下身架，與我結交。他與一李姓女工在棉花垛裡幽會，被我無意看到。他送我一盒香菸。我明白他的意思，從沒對人提這事。我當兵離開棉花加工廠時，他又送我一盒菸，並祝我前程萬里。

大浴巾脫落，他用左手拖著浴巾一角，右手緊攥著我的手腕，向蒸汽升騰的大水池走去。

夥計們，看看誰來了?!

水池子的面積有些駭人。池子中央水花翻騰著。我想到濟南的趵突泉。又想起圓明園裡的大水法。噴水的大水法與大清朝一起滅亡了。古羅馬氣勢宏大的浴池廢墟讓人想像當年的盛況。池子的邊沿露出十幾顆頭顱，這會兒都抬起來。

作家啊！

夥計們！

下來下來！

我站在池水中。水溫略高，燙得皮痛。忍著。看過我的散文〈洗熱水澡〉的朋友們一定還記得我對三十多年前縣城澡堂的描寫，一定還記得我們是如何地能夠忍耐熱水的燙泡。

我輪流與他們握手，在水池中，攪得呼隆隆水響，一個個呼喚著他們的名字。竟然一個都沒叫錯。都是棉花加工廠的工友。基本上都胖了一圈，基本上都是大肚皮。我忍不住笑，他們當然不知道我為什麼笑。

這麼多年沒見了，還記得我們！

而且一個都沒記錯！

天才就是天才！

狗屁，我說。

然後都坐在水池子台階上，用毛巾往身上撩著水說話。

想不到咱這小縣城裡竟然也有如此豪華的澡堂。我說。

還有一家更好的呢！

「在水一方」。

「羅馬溫泉」也不錯。

但那地方不正經，聽說剛被封了。

我們不去不正經的地方。

我想去，但沒錢。

我們都到這裡來洗。

家家都有太陽能熱水器嗎，我問。

那玩藝兒洗著不過癮！洗澡還得在大池子裡泡。

夥計們真會享受，我說。

都退休了，董家晉說，該享受享受了。

差不多半個月來一次，老董用短信約。

洗完澡，吃頓飯，喝點酒，敘敘舊。老董說，聚一次少一次啦。

老董是我們的領導。

領導著你們洗澡。

夥計你怎麼這麼白呢？細皮嫩肉的，像個娘們兒。花白鬍子羅仁貴說。

他原來就白。

要不小蔡也不會看上他。

但我聽說你先追侯波兒，讓小蔡傳送情書，結果，侯波兒沒追上，倒把送信的給拾掇了。

純屬胡說。我說。

上個月我還碰到侯波兒，推著外孫在南湖公園。

還是那樣子嗎？我問。

腰都弓了，腿也瘸了。

她後來嫁給誰了？

蔣莊供銷社一個副主任，腿有點跛。現在也退休進城了。

聽說她男的不是個東西，侯波兒的腿就是他打瘸的。

怎麼有這樣的男人！我說，真可惜。

那天她還說呢，命苦啊，當初只看到劉跛子是個正式職工，大小還是個幹部，竟把塊大肥肉讓給小蔡吃了。

夥計們，別胡說了，大肥肉，誰吃啊。

可那時候都愛吃大肥肉，你給他瘦肉他還不高興呢。當時在食堂當炊事員的蔣大田說，老孫和老郭這兩個當頭的來了，我淨往他們碗裡盛肥肉。

你一直會舔腚！當時負責軋花車間的花建說。

放你姥姥的騷氣！

舔領導的腚，正大光明嘛，有什麼不好意思的。

閉嘴！當心我把你按到水裡灌死！

你敢！如果你動手，那屁眼朝天的一定是你。

兩個人都站了起來，眼睛瞪著。先是蔣大田用手掌撩起一股熱水濺到花建臉上。

你還真敢啊！花建說著，用雙手撩水往江大田臉上潑。

兩個人閉著眼，歪著頭，撩著水。然後便摟抱在一起。勢均力敵，一會兒花把蔣按到水裡，一會兒蔣把花按到水裡。

眾人先是笑，後來不笑了。

我欲上前拉開他們。

別理他們，董家晉說，這是保留節目。

都這把年紀了，我說。

有些人是永遠長不大的。

赤身裸體打水仗，是男孩子的把戲，兩個大男人打水仗總是不像話。

他們是表演給你看呢！董家晉說，把他們寫到小說裡去。

我說：好，寫進去。

一個只穿短褲的小伙子跑過來，喊：大叔，別打了。

快把他們拉開！我說。

大叔，別鬧了，被經理看到要扣我們獎金的！

花建抹著蔣大田的脖子，將他的頭按到水裡。我讓你舔腚，讓你舔！蔣大田的頭猛地從水裡衝上來，胡亂揮手，連聲咳嗽。花建笑問：這烏雞蘑菇湯味道如何？蔣大田揮臂掄拳，打到花建鼻子上。花建鬆開手，捂住鼻子，血從指縫中流出，滴到池水中。

大叔，你們將一池子水污染了。小伙子對衣帽間的服務生喊：快去叫經理！

眾人紛紛從池水中站起來。

兩人又要開打，我衝到他倆中間，說：二位兄弟，多年不見，給我個面子，晚上我請客！

花建道：不是看在小關的面子上，我讓你命喪黃泉！

蔣大田道：怎麼說來著？兩滴狗血，壞了一池鮮湯！

行了吧！演出到此結束！董家晉說。

一位手持對講機穿制服的中年男人帶著兩位手持警棍的保安匆匆跑進來。

怎麼回事?!

沒事，鬧著玩兒的！

如果再鬧，我要宣布你們為不受歡迎的客人！

什麼話?!董家晉說，睜開眼睛瞧瞧，我們是誰！

無論是誰也不能在水池裡打架啊，要是灌死，嗆死，跌斷胳膊跌破頭，責任算誰的？

你這個年輕人怎能這樣說話？董家晉惱怒地說，論年紀你該叫我們大爺，有這麼對著大爺說話的嗎？你們的老闆，石連成，想當年我當廠長時，他才是個機修工。他值夜班時違章抽菸，差點把棉花加工廠一把火燒了，本該判他的刑，是他娘跑到我家下了跪，我心一軟，才瞞了真相放了他一馬！他姥娘家是我們村，他娘也姓董，算我一個出了五服的姊姊吧。你不信，不信去把他叫來，他要是敢不叫我舅，我用大耳刮子抽他！

經理帶著保安悄悄地溜了。

現在這時代，董家晉站在水池子邊上，揮舞著胳膊說，整個兒是小人得志，君子受氣。你們說石連成算個什麼東西？讓他看柴油機他往柴油機油箱裡撒尿，弄得柴油機噴煙放炮，他還說是要為國家節約燃料。讓他去打包，他將一隻貓打進棉花件裡，擠得血水橫流，嚇得女工們鬼哭狼嚎。我一看那情景——現在也顧不上羞恥了——就嚇尿了褲子！這是有過先例的，第二棉花加工廠，一個打包工在箱裡睡著了，來接班的不知道，一按電閘，機器隆隆地轉，血水從箱縫裡流出來。我尿了褲子，老于，于明亮，你認識的，他給我做副廠長，他口吐白沫，牙關緊咬，犯了羊角瘋了。但石連成這小子在一旁捂著嘴笑。我知道真相後，基本上氣瘋了，我蹦著高罵，石連成，我操你親娘！他說什麼？他說，舅舅，俺娘是你姊！媽的，這小子做的壞事，那可真叫罄竹難書！就這麼個熊玩意兒，改革開放之後，辭職下了海，先是承包了城關供銷社，後來又開飯店，開歌舞廳，折騰了幾年就成了億萬富翁，現在，全市的超市，洗浴中心，歌舞廳，都是他的，南湖公園旁邊那家新開業的雲都國際大酒店也是他的，五星級，聽說裡邊有兩個總統包間，衛生間的水龍頭都是鍍金的。我二嫂的女婿在那裡當大廚，專管鮑翅席。

弄了半天你沒執行獨生子女政策啊！

我們都沒你那麼傻！董家晉說，生出來，先藏在親戚家養著，形勢一緩，就名正言順了。我兩個嫚，老蔣一嫚一小，老花最膽大，兩嫚一小，超生兩個！

別說我！花建鼻孔裡堵上一塊紙，囔聲囔氣地說。

小廖提醒我，該去桑拿了。

我連日寫作，肩頸酸麻，頭暈眼花，腳跟痛疼，在縣城為官的老友讓他的祕書小廖帶我洗澡、桑拿。

我鑽進桑拿室，董家晉帶著當年的工友們也跟著進來。

小廖往灼熱的石頭上澆水。在滋啦啦的響聲中水變成蒸汽。

董家晉看了一下木牆上的溫度計，說：才四十二度。不夠，加水！

蒸汽瀰漫，呼吸有點困難。

汗從毛孔裡滲出來！

花建捂著鼻子竄出去。

一定要出透汗……董家晉說，把體內的廢物排出來！……石連成這小子，還是敬我三分的，畢竟我是他舅，畢竟我當過他的廠長，畢竟我對他有恩。他對我說，舅，棉花加工廠是我的傷心之地，我要把這個廠子買下來。我說你買下來幹什麼？他說，準備在這兒建個世界上最大的澡堂子！媽的，聽著像夢話一樣，但一眨眼就變成了現實。

也未必是世界上最大的澡堂子。

你才見了多大一點世面？是不是世界第一，董家晉說，這要問小關。

其實，我說，我也不知道。我在北京，早先是去單位的澡堂裡洗澡，現在是在家裡洗，這麼富麗堂皇的澡堂，真還是第一次進。

謙虛吧，董家晉說，如此謙虛，你一定還能進步！

我也很謙虛，但一直進不了步。當時在棉花加工廠保衛科當過警衛的吳科說。

快了，快青雲直上了，你，從這裡往西走，十里路之外，有一個高聳入雲的大煙囪，你就從那裡爬上去，然後就步步登高了！董家晉說。

眾笑。

讓我去火葬場？吳科笑道，那也得您先啊。

你先我先，那要看老天爺的安排，董家晉說，想當年我們盛名遠揚的第一棉花加工廠，竟然成了一個大澡堂子，作為廠長，我是百感交集啊！

老董，你就裝吧！

我沒裝，我是真難過！當年，我們廠每年加工皮棉十萬擔，朝鮮需要棉花，國務院把任務下達給我們廠，我們日夜加班，圓滿完成任務，受到周恩來總理表揚。

這件事，我已經寫進小說裡去了。

你那篇破小說，〈白棉花〉，基本上是胡編亂造，芝麻粒兒大小的事被你寫得比瓜還大！不過，你畢竟還是手下留了情。

可他把我寫成了一個流氓！吳科道，如果不是老董攔著，我要告你誹謗呢。

他們都對你有意見呢，董家晉說，你的筆下，除了你自己，基本上沒一個好人。

各位兄弟，實在抱歉！我拱手道，那是小說，大家不要對號入座，自尋煩惱。

不是我們對號入座，你連我下巴上這撮毛都寫了進去。

沒把你的小腸疝氣寫進去就不錯了。

女的寫得還不錯，尤其是侯波兒，簡直是賽貂蟬！

晚上請大家吃飯！我衝出桑拿室，腳下一滑，一屁股墩在地上。

他們追出來，關切地問訊著。

走吧，去三樓，那裡有自助餐。天上飛的，水裡游的，地下跑的，應有盡有，董家晉說。

好，我請客。

哪裡用你請？我有鑽石卡，董家晉說，石連成給了我這麼一點照顧。

豈止是這麼一點照顧，蔣大田道，這裡有你的股份吧？

他讓我去他公司收發室工作，一個月給三千元，我一口回絕。我再怎麼沒出息，也是個正科級退休老幹部，給他去當看門狗？呸！我說，石連成，你小子把我堂堂第一棉花加工廠弄成了澡堂子，你這德缺大了！他說，老舅，我沒把這兒改成個養豬場就不錯了。我送你一張鑽石卡，所有消費，一律三折！你想帶幾個人來就帶幾個人來！

怪不得呢，我看著眾人說。

都跟著老董沾光呢。

其實也沒沾他的光，我們原本就是這廠裡的人，王八蛋把廠子賣了。花建嘟囔著。

在三樓自助大餐廳裡，我與董家晉坐著抽菸，我昔日的工友們，一趟一趟地，將形形色色的食物運載到我們面前。大家放開胃口狂吃，直吃到肚皮膨脹，飽嗝連連。

二、紅床

我右腳後跟痛。痛了有一年多了。去醫院拍片子。我只想拍右腳，但拍片人說拍一隻和拍兩隻錢一樣，於是兩隻都拍。醫生判讀片子，輕描淡寫地說：骨質增生。我問在哪兒增生？醫生用筆桿指點著增生的部位。我說哪隻是右腳？醫生指了指。我問左腳也有增生嗎？醫生說有，而且比右腳還嚴重。我問為什麼右腳痛左腳一點也不痛？醫生說：這種病，沒有什麼道理可講。我說有什麼辦法治？醫生說：有，但沒用。我說那怎麼辦？醫生說多用熱水泡泡，滿大街都是洗腳房，讓她們給捏捏。我問捏捏就會好嗎？醫生說：不捏也會好。

我跟著小廖沿著一條鋪著紅色化纖地毯的甬道，拐了好幾個彎，進入洗腳、按摩的大廳。大廳裡有兩個胖子躺著抽菸，有兩個穿短裙的女子為他們洗腳。有一位黑臉胖子，下巴上生著一個瘊子，大聲叫喚：輕點，你想捏死我?!話剛說完就放了一個響屁。

小廖皺皺眉，問引領我們前來的小姐：有沒有包間？

有吧，小姐充滿歉意地說，但我們的包間不許關門。

小廖道：你什麼意思？

包間裡有兩張床，一台電視機。洗腳的小姐還沒到，我坐在床邊揉腳跟。小廖用遙控器折騰那台電視機。有圖像時沒有聲音，有聲音時沒圖像。小廖說要換房間，我說算了。

洗腳的小姐——稱呼她們小姐似乎不妥當——洗腳的女孩？姑娘？女人？都莫名奇那個妙，也就隨其自那個然吧。在成語裡邊摻雜上一個「那個」在我故鄉官場人群裡大行其那個道。如此能產生幽默效果。但語言學教授聽了會被氣死，翻譯家聽了會被愁死。

給小廖洗腳那個小姐個頭很高，臉龐紅彤彤的，牙慘白，一看就知是本地人。本地水含氟，牙都是黃的。黃牙漂白後就是這般慘白。她問小廖：要不要先鬆鬆肩？

問什麼，小廖道，怕我們沒錢嗎？

哪裡敢？那白牙姑娘道，您一看就像個老闆。

小廖瘦得可憐，我實在看不出他哪兒像個老闆。

這麼硬！白牙姑娘拿捏著小廖肩膀說。

該硬的地方不硬，不該硬的地方倒硬。小廖道。

一進洗腳房小廖就像變了個人似的，閒言碎語很多。

放心，白牙道，我會讓你該硬的地方硬起來，不該硬的地方軟起來。

你呢，老闆？為我洗腳的這位小姐頭髮蓬鬆，皮膚白皙，牙齒整齊，閃著磁光。

我說，一樣。

她的小手很有力量地捏著我肩膀上的肌肉，說：領導長期伏案，肩周發炎吧？

怎麼又成了領導了？

老闆油嘴滑舌，領導沉默寡言。

一股奶腥味，吃奶嬰兒身上的氣味，非常好聞。
她給我洗腳時，我看到她烏黑茂密的頭髮中有一撮暗紅色的。眼神很熱烈。
水夠不夠熱？
不夠。
現在呢？她往洗腳盆裡倒了些熱水，問。
可以了。
你們每月多少工資？小廖問那白牙姑娘。
我們沒有工資。
做一個提成多少。
三十吧。
一天能做多少個？
那要看季節。
現在是旺季嗎？
現在不旺還有什麼時候旺呢？要過年了。
今天做了幾個？
你是第九個。
那你今天已經掙了二百七十元了。小廖道，這樣算下來，一個月能掙七、八千。

也就是過年這個月，平常日子連三千都掙不到的。
你今天已經做了幾個？我問面前的小姐。
你是第八個。
《第八個是銅像》。
什麼銅像？噢，她笑道，想起來了，我還真看過這部老電影，阿爾巴尼亞的。
你，你才多大啊！
你甭管我多大，反正我看過。
在什麼地方看的？
北戴河。她報了一所療養院的名字。
我去過那療養院。
你？
是啊！
那我該叫你首長了。
我算什麼首長。
不是首長怎能去哪兒。
我是放電影的，給首長放電影。
真的嗎，怪不得你一進來我就感到面熟呢。

你就順桿爬吧，我去那兒放電影時，你大概還沒出生吧。

我可不小嘍。

你在那兒幹什麼？護士？

我要在那兒當過護士還用跑這兒來給你洗腳？

那你幹什麼？

服務員，打掃衛生，端茶倒水。

能在那兒端茶倒水也不簡單。

那倒也是，俺們全縣一百多報名的，就選了我們兩個。

百裡挑二。

她開始捏我的腳。

我右腳後跟痛。

是這兒嗎？

內側。

這兒？

是，哎喲，輕點！

裡面有個珠兒似的滾動呢！

怎麼回事？

筋膜炎。

你怎麼知道？

好多客人腳後跟痛。

不是骨刺？

筋膜炎，我看過書。

喲，你也看過書。

我是高中畢業呢。

能捏好嗎？

待會可以在這個地方刮痧拔罐，把裡邊的瘀血拔出來就好了。

那太感謝你了。

我現在就給你刮。

哎喲，好痛！

忍著點，虧你還當過兵！

你怎麼知道我當過兵！

你自己說的嘛！

你怎麼能跑到我們這裡？

犯錯誤了唄！

什麼錯誤？

作風錯誤！

噢，這可是個嚴重的錯誤。

小人物是作風錯誤，大首長是聯繫群眾。

你還挺幽默！

我還表演過相聲呢！

女相聲？

沒聽過吧！我是文藝骨幹，要不是犯了錯誤，早就被文工團招走了。

可惜。

我也覺得可惜，你知道我的嗓門有多高嗎？我能唱「青藏高原」。

那是夠高的。

你到底犯了什麼樣的作風錯誤？能講具體點嗎？小廖問。

我們這邊說話，你在那邊不許插嘴！

我們是學法律的，沒准能幫你平反冤假錯案呢。

我這也算不上冤假錯案，都是我自找的。

嘿，還挺豁達的。

那是，俺們可是礦工的女兒，骨頭硬。

你怎麼會到高密這個小縣呢，又偏僻又落後。

首長，您這話不對！高密東靠青島，西靠濰坊，交通便利。一點都不落後。

你老公是幹什麼的？

沒事幹，在家看孩子。

你有孩子了？

有了，一歲半了。

你們怎麼認識的？

他在那兒當兵。

我明白了，你們是違規戀愛。

對，她說，戰士不准與駐地女青年戀愛。

你老公在那兒幹什麼？

炊事員。

給首長做飯的。

他沒那麼高手藝，給我們這些工作人員做飯的，炒大鍋菜。

勺子有眼，是不是淨把肉往你碗裡盛？

哪兒啊，現在誰還喜吃肉？

那你怎麼會看上一個小當兵的呢？

長得帥唄！

有多帥？

有點像張國榮。

噢，跳樓那個。

我老公心理很健康。

你長得那麼漂亮，又能歌善舞，沒被首長看上？小廖問。

你怎麼又插話呢？

隨便問問嘛。哎喲，你想捏死我?!

白牙姑娘道：誰讓你吃著碗裡看著碗外。

哎喲，還吃醋呢。終於被女人吃了一次醋，也不枉了為男人一生。但我還是想知道，難道就沒個首長看上你。

他們看上我，我還看不上他們呢。

想不到你還挺有氣節。

不是跟你說了嗎？俺們是礦工的女兒。

礦工的女兒也有巴結權貴的。

我真看過《第八個是銅像》，那年夏天，那位首長——她點了一個我很熟悉的名字——不知哪根筋抽了，點著名看老電影，什麼《多瑙河之波》、《地下游擊隊》……瞧瞧，瘀血出來了。

你的手很有勁。

靠手掙飯吃，沒勁不行。要不要我再給你拔上一個罐？

要吧。是不是可以用針扎上幾個眼，拔罐時可以將瘀血拔出來。

不用，下次你來，我給你用鹽水泡腳，鹽消炎。

「鹽是屬於人民的。」

「因為海是屬於人民的。」

「消滅法西斯！」

「自由屬於人民！」

你們說什麼呢？白牙姑娘問。

我們對暗號呢！她笑著回答。在之後的一個月裡，我先後七次找她洗腳。我知道了她的名字、年齡、籍貫。我還見到了她的丈夫，果然是個很帥氣的小伙子，兩隻憂鬱的眼睛，高高的鼻梁，自來捲的頭髮，有點像《第八個是銅像》裡的主人公易卜拉欣。尤其是當她給孩子餵奶，他站在一旁抽菸的時候，更像。他抽那種不帶過濾嘴的香菸。易卜拉欣抽的也是不帶過濾嘴的香菸。易卜拉欣猛吸一口菸，將煙霧從口裡噴出來，接著又將噴出來的煙霧吸進去，就像一條蛇從洞裡伸出頭又縮回頭一樣，他也這樣。她的兒子非常漂亮，非常健康，身上散發著酸甜的奶味兒。每天下午，三點到四點之間，她都不接活兒，這段時間是屬於兒子的。她說，這是我兒子的下午茶時間。我說你老公跟張國榮毫無相似之處。她說，不像嗎？我看著像。她的老公姓汪，名叫海洋。我說你這個名字裡水可真多，汪洋大海啊！他說：那又有什麼用？我現在是吃軟飯的，靠老婆養活。我說你太貶低自己了，在家看孩子，也是很重要的工作嘛！他苦笑著說：您說話的口吻挺像個政委。她在一旁說，他就是政委，甚至比政委還大。我說，小汪，你妻子真能幹，你們將來會過上好日子的。他將菸蒂扔到樹叢中，有氣無力地說：將來，將來在哪裡？

我第二次來找她洗腳時，給小廖洗腳的那位沒來，換了一位瘦長臉兒的。

我問她：白牙呢？

她說：到紅床那邊去了。

為什麼？

你說為什麼？那邊掙錢多唄。

這邊掙得也不少啊。

比那邊少多了。

紅床是幹什麼用的？小廖問。

你就裝純潔吧。

我沒裝，我是真純潔。

待會兒，你們自己看看去。從這裡出門，沿著紅地毯走，拐兩個彎就到了。

你為什麼不到「紅床」那邊去？
我去了誰給你治腳？
對，別去，千萬別去。

天下太平

一

小奧，大名馬迎奧，但除了學校裡的老師叫他的大名，村子裡的人都叫他小奧。

星期天上午，因為下雨，沒法放羊，爺爺讓小奧在家學習。他趴在炕沿上，翻了幾頁課本，心中感到厭煩。又看了一遍那幾本看過很多遍的兒童繪本，更煩。他的目光盯著牆上一隻壁虎看，看……突然，那壁虎向一隻蚊子撲去。蚊子到嘴時，壁虎的尾巴一聲微響，斷裂了。另一隻壁虎從黑暗中躥出來，把那條在炕席上跳動著的小尾巴吞了下去。小奧大吃一驚，蹦了起來。他很想把奇蹟告訴爺爺，卻聽到了爺爺響亮的鼾聲。原本坐在灶旁用柳條編筐的爺爺手裡攥著柳條睡著了。他悄悄地從爺爺身邊繞過去，順手從門後抓起一個破斗笠扣在頭上，然後輕輕地穿過院子，躥出大門。兩隻拴在柿子樹下的山羊咩咩地叫著，他沒理睬牠們。

雨下得不大不小，頭上的破斗笠發出劈劈啪啪的響聲。新用水泥鋪成的大街上汪著明晃晃的雨水。他一邊跳踩著水汪，聽著咕嘰咕嘰的水聲，一邊念叨著同學們篡改過的詩句：「小鱉他老姊，最愛把氣生。哭了一整夜，天明不住聲。圈裡母豬黑，窗上玻璃明。養豬發大財，全家進了城。」

大街上沒有人，一條狗夾著尾巴，匆匆地跑過。一隻麻雀叼著一隻知了從很高的空中飛過。那知了尖厲地鳴叫，拚命地掙扎。小奧聽出了知了的憤怒和不服氣，這麼大的知了被小麻雀兒擒住，牠怎麼能夠服氣？果然，那知了掙脫了麻雀的嘴，尖叫著鑽到天上去了。小奧從來沒有想到知了能飛得這樣高。那隻失去了獵物的麻雀，筋疲力盡地落在張二昆家的門樓上，半天才發出了一聲叫，彷彿老人嘆氣。

張二昆家的大門是村子裡最氣派的大門。在張二昆家大門兩側白色的牆上，右邊寫著「改建新式廁所」，左邊寫著「享受文明生活」。張二昆是村子裡最大的官。村裡人都不樂意把改建廁所的宣傳口號寫到自家牆上，二昆說那就寫到我家牆上。張二昆當官兩年就把這個亂得出名的村子治理得服服貼貼。張二昆讓村子裡的人都坐上了馬桶。張二昆說農民坐著拉屎是小康社會的重要標誌。小奧想到剛開始爺爺蹲到馬桶上罵二昆，過了幾天爺爺坐到馬桶上誇二昆。張二昆當官前是村子裡最大的刺兒頭。他曾經將他的前任拖到村西頭那個大灣裡。小奧記得那天的場面，真像過節一樣。那個官不會游泳，在灣裡掙扎，喝灣水把肚子都喝大了。那個官剛爬到灣沿上就被張二昆踢下去。爬上來又踢下去。爬上來又踢下去。後來那個官哭著說：「二昆，爺爺，我承認了還不行？」張二昆說：「你大點聲說，讓大傢伙都聽到，你承認了什麼？」那個官說：「鄉親們，我承認，我將黑青鐵路占咱們村的公留地的賠償款挪用了一點點。」張二昆說：「大傢伙兒都把手機拿出來錄視頻，你大點聲，當著大家的面說清，說你貪污了多少，怎麼貪污的。說不說？不說你今天就在灣裡泡著吧……」小奧記得那是前年二月裡的事兒，灣裡的冰剛剛融化，水很涼，小北風一吹，站在灣邊的人都忍不住打哆嗦。大家都開了手機錄視頻，那個官站在灣沿，渾身流著水，嘴唇發青，哆嗦著交代罪行。小奧爺爺不會用手機錄像，急得跳腳。小奧把爺爺的手機奪過來，點了幾下。爺爺說：「小東西，你跟誰學的？」張二昆說：「鄉親們，把證據保存好，千萬別刪了。我去投案了。」鄉親們說：「二昆，我們聯名保你。」

小奧路過張二昆家大門口時，看到路邊停著一輛黑色的奧迪，車後黏著一個銀色大壁虎。他畏畏縮縮地靠近那壁虎，想用手指戳戳牠。就在他剛剛伸出手指時，一扇大門嘎嘎響著打開了。張二昆跟隨著一個五大三粗的黑漢子走出來。那黑漢子腆著肚子，腰帶扎在肚臍下邊。張二昆與那黑漢子握手，臉上掛著笑，嘴裡連聲說：「您儘管放心，袁武的工作我去做。」小奧不認識黑漢子，但他知道袁武是他的同學袁小鱉的爹。袁小鱉大名叫袁曉傑，小鱉是他的外號。黑漢子距離奧迪車還有七、八步時，司機從車裡猛然鑽出來，把小奧嚇了一跳。司機小快步繞到車右，拉開後邊的車門。黑漢子對著張二昆雙手抱拳晃了晃，彎腰鑽進車裡，車體猛地落下去一截，車輪也癟了一些。司機不輕不重地推上車門，然後疾步回到駕駛座上。車輕快地往前跑去，排氣管裡冒出白色的霧氣。張二昆對著車招手，目送著車沿著灣邊的公路右拐北去。這時，他才像突然發現了似的，驚訝地問：「小奧，你在這裡幹什麼？」小奧指一指門樓上的麻雀，悄悄地說：「知了飛了。」張二昆冷笑一聲，道：「什麼知了飛了，回家寫作業去。」

小奧站得筆直，盯著張二昆看。他看到張二昆穿著一件壁虎牌T恤衫，胳膊上刺著一條青色的壁虎，與T恤衫上那條壁虎上下呼應。張二昆虎著臉說：「看什麼？鱉羔子，回家讓你爺爺給你爹娘打電話，讓他們趕快滾回來，我們太平村要幹大事，不用出去打工了。」張二昆轉身進門，大門哐噹一聲關上。這時，小奧發現那隻麻雀大概是死了，因為牠蹲在瓦楞上一動不動。牠一定是氣死的，小奧想，麻雀氣性真大。

二

溜達到村西大灣，他看到灣邊有兩個男人在打魚。兩個男人一高一矮，高的年輕，矮的年老。他聽到那個高的叫了一聲爹，才知道這是爺兒倆。現在的兒子都比爹高，他記得張二昆站在大街上說，兒子為什麼都比爹高？是人種進化了嗎？非也，非也，是生活水平提高了！他們身上都披著那種帶連帽的紅色塑料雨衣，手裡都提著一張旋網。灣水灰白，疏密不定的雨點兒將水面敲打得千瘡百孔，細密的乳白色霧氣升起來。紅色的打魚人站在水邊顯得格外醒目。灣邊有十幾顆粗大的垂柳，樹幹因雨濕而發黑，柔軟的綠色枝條，直探到水裡。有幾隻燕子貼著水面飛翔。最北邊那棵柳樹下倒扣著一條鏽得發紅的鐵皮船，這是前任村官購置的。他異想天開，想吸引城裡人到灣裡來划船。小奧不記得有人坐過這條船，從他記事起這條船就這樣倒扣在柳樹下。那兩個打魚人赤著腳，輓著褲子，裸露著小腿。老打魚人枯樹幹一樣的小腿上，沾著褐色的泥。年輕打魚人的小腿很白，豐滿的腿肚子上沾著黑泥。他們的面目模糊不清，但口中不時齜出的白牙齒，讓小奧感到他們是在按捺不住地竊笑。他們手中提著的旋網，底下拴著鉛製的沉重的網腳，散開口比碾盤還大。他們在撒網前，總是先站穩腳跟，卯足了勁兒，掂掂量量，唰地一聲，就撒出去了。網在空中短暫飛行，接觸到水面的那一霎那，網腳已經散開，像一張圓形的大嘴，帶著吞噬水中萬物的霸氣，把一片水域罩住。稍停片刻，打魚的人開始往上拉網，緩緩地，試探著，小心翼翼。網的上端是細的，越往下越粗大。拖上來的部分，淅淅瀝瀝地滴著水，一環一環地輓在臂彎裡。水底的淤泥被網腳拖動，灣裡的水渾濁起來，漾起了怪臭的氣味。到了最後，整個的網脫離了水面，打魚人將身體彎下去，用胳膊輓著網，猛地提起來。這時的網分明重了許多。可以看到網裡糾纏著黑色的水草，還有活的東西在水草裡掙扎。打魚人把網提到灣邊較為平坦的地方散開，將網中兜住的東西抖出來，有水草，有淤泥，有漚爛了的雞毛撣子，有破塑料盆，有磚頭瓦塊，還有各種顏色的塑料袋子。但每一網總有幾條魚，大都是鯽魚，明晃晃的，像犁鏵一樣，好大的鯽魚啊。小奧興奮地想著，看著。黑色的蛤蟆，在那些被網拖上來的淤泥和水草中，笨拙地爬動著。打魚的人把蹦跳著的鯽魚按住，抓起來，塞進腰間的蒲草包子裡。與那些大鯽魚相比，蒲包的口兒似乎小了。有幾網，除了鯽魚，還有黃鱔，還有泥鰍。

最為奇特的一網，是兒子撒出的。兒子比老子高出半個頭，胳膊也長出一截，力氣也顯然比老子大得多。小奧看到那兒子在水邊站成一個馬步，有條不紊地將網理好，輓在胳膊上，然後身體前探，猛地撒了出去，嘴巴裡發出「唉嗨」一聲，那網直飛到大灣深水處，無一折疊地打開，成一個優美大圓。這一網連小奧也覺得精采，嘴巴裡發出讚嘆之聲。老頭子更是欣賞，眼睛裡放射出光彩。網沉水中，稍候片刻，兒子便慢慢收網。一截一截地，輓到胳膊上。下邊越來越粗，網眼兒越來越大，網眼上形成的水膜兒嗶嗶響著破裂。網猛烈地抖動了一下，灣水中泛起灰綠的浪花。似乎網住了大傢伙。小奧看過很多次打魚，知道網住大魚一定不能急，如果拉急了，大魚暴躁起來，一挺身子，那鋒利的鰭尾，就把網給豁了。兒子的臉色頓時凝重起來，老頭子也不再撒網，看兒子收網，低聲提醒著：「穩著點，穩住……」那網收到五分之四的樣子，網裡又有一次大動，兒子和老子的臉色都成了鐵。老子將自己手中的漁網放下，低聲說：「不要拉了，穩住。」老子小心翼翼地下了水。兒子說：「爹，你來攏著網，我下去。」老子不回答，慢慢往水中走。水淹到了他的肚子。他彎下腰，摸著網口的鉛墜，慢慢往裡攏。小奧雖然看不到，但他知道那網口已經在水下合攏。老子給兒子使了一個眼色，兒子手上又使了勁兒。老子在水裡幾乎把網攬在懷裡，慢慢地往前推，終於靠近了水邊。爺兩個配合默契，將臭烘烘的網抬出水面，沿著傾斜而滑溜的灣涯，水淋淋地到了灣邊的水泥路上。

他們竟然網上來一隻鱉。一隻淺黃色的大鱉，比芭蕉扇子還要大一圈兒。那鱉一出網就飛快地往灣裡爬，兒子用雙手按著鱉蓋子，才制止了牠的爬行。老打魚人從腰裡摸出一根白色的尼龍繩子，拴住大鱉的後腿。他看看兒子的腰間，又看看自己的身上。爺兒倆腰間的蒲包都塞得鼓鼓脹脹。小奧知道他是想把這隻大鱉掛在兒子或是自己腰間，然後繼續打魚。但這隻鱉實在是太大了，無法掛。這時，老打魚人看了小奧一眼。

小奧忽然意識到，這個大灣子，是屬於自己村的，灣裡的魚，應該是村子裡的財產，這兩個不知哪裡來的打魚人，打走了這麼多魚，還有一隻價值不菲的大鱉，這是明目張膽的偷盜。他正猶豫著是不是應該去向張二昆報告時，聽到那個年輕的打魚人說：

「爹啊，這個大鱉足有十斤重，蒲包子也滿了，我們該回去了吧？」

「急什麼？」老打魚人壓低了嗓門說，「今日該咱們爺倆發利市了……」

「沒地方盛魚了啊！」年輕的打魚人大聲說。

「小點聲音，怕村子裡人不出來是不是？」老打魚人不滿地責備著兒子，然後說，「把褲子脫下來。」

「幹什麼？」兒子疑問著，但還是摘下腰間的蒲包，將褲子脫了下來。

老打魚人看了小奧一眼，將拴鱉的繩子遞給兒子，自己也彎腰脫下褲子。老打魚人的內褲破了一個窟窿，幸虧有塑料雨衣遮蓋著。老打魚人先將自己的褲子兩條腿扎起來，撐開褲腰，讓兒子用腳踩住拴鱉的繩子，騰出手，把蒲包裡的魚，撲稜撲稜地倒了進去。然後他又將兒子的褲子腿兒扎起來，將自己蒲包裡的魚倒進去。他從褲腰上抽出發黑的牛皮腰帶，扎在紅色塑料雨衣外，顯得很是精幹。兒子學著老子的樣子，把棕色的人造皮腰帶抽下來，扎在紅色塑料雨衣外，顯得很是俐落。最後，老打魚人折了幾根柔軟的柳條，將褲腰扎起來。老打魚人黑色的褲子和他兒子的灰色的褲子，就像兩條分岔的口袋，鼓鼓囊囊地躺在路上。雨點兒落到褲子上，魚在褲子裡撲稜著。小奧知道，如果是鰱魚，離水片刻就死，但鯽魚命大，離水許久，還能撲稜。

老打魚人扯著拴鱉的繩子，看看小奧，笑著說：「小夥計你好啊！」

小奧點點頭，沒有搭腔。但老打魚人臉上的微笑，消解了他心中的敵意。老打魚人將那兩褲子魚放在那棵裸根如龍的大柳樹下，又把那隻大鱉，拴在了柳樹凸出地面的根上。他做好了這些，低聲對小奧說：「小夥計，幫我們看著，別吭聲，我們走時，會送給你兩條魚，兩條最大的魚。」

小奧看著那兩褲子魚和那隻大鱉，依然沒有吭氣。

那隻大鱉錯以為得到了解放，急匆匆地往灣裡爬，但拴住牠後腿的細繩很快就拽住了牠，牠一掙扎，就被繩子扽住，一條後腿被長長地拉出來。再一用力，牠翻了跟斗，肚皮朝天，四條腿蹬歪著，好不容易翻過身來，繼續往前爬，隨即又被扽翻，肚皮朝了天，再翻過來，再掙扎。折騰了幾次，牠不動了，似乎在生悶氣，兩隻綠豆小眼裡放射出陰森森的光芒。

小打魚人蹲下身，臉上流露出孩子般的頑皮神情，伸出一根手指，去戳鱉甲。他得意地說，「爹，其實咱有這隻老鱉就夠了，野生大鱉，賤賣也要給咱們兩千……」

老打魚人瞪了兒子一眼，低聲呵斥：「閉嘴吧你！」

小打魚人繼續用手指戳鱉甲，甚至去戳鱉頭，臉上的喜色掩蓋不住地洋溢出來。

「你找死啊？」老打魚人訓斥道，「被這樣的野生老鱉咬住手指，牠是死活不會鬆口的。」

「說得怪嚇人的……」小打魚人不屑地嘟噥著，但那根剛觸到鱉頭的食指，機敏地縮了回來。

「不被鱉咬你就不知道鱉的厲害！」老打魚人說著，突然打了幾個噴嚏，低聲嘟噥了幾句什麼後，對小奧說：「小夥計，怎麼樣？今天算你好運氣，既看了熱鬧，又白得兩條大魚。」

「我不要魚，」小奧盯著老打魚人眼睛，低聲說，「我不要魚。」

「你不要魚？」老打魚人皺了皺眉頭，問，「你竟然不要魚，那你想要什麼？」

「我要這隻鱉。」

「你要這隻鱉？」老打魚人冷笑一聲，說，「你可真敢開牙！」

「我不要魚，我就要這隻鱉。」小奧堅定地說。

「你知道這隻鱉值多少錢嗎？」小打魚人提高了嗓門，說，「這兩褲子魚，也賣不過這隻鱉。」

「我不管，你們如果要讓我看魚，我就要這隻鱉。」小奧說。

「我們憑什麼要給你這隻鱉？」小打魚人頂了小奧一句，看著他的爹，不滿地說，「我們為什麼要他看？魚裝在褲子裡，鱉拴在樹根上，跑不了的。」

小奧傲慢地說：「我根本就沒要給你們看魚，是你們讓我給你們看魚，是你們要給我兩條大魚。」

「那麼，」小打魚人說，「我們現在不要你給我們看魚了，我們也不要送你魚了。」

雨不大不小地下著，魚在灣裡翻著花兒，發出豁朗豁朗的聲音，灣裡散發著腥臭的氣味。

老打魚人看了一眼灣裡的水，說：「小夥計，你先幫我們看著，至於這隻鱉，等我們要走的時候，再跟你商量，也許，我們高了興，還真的把牠送給你，但如果你搗蛋，惹我們不高興了，那我們不但不會送你鱉，我們連一片魚鱗也不會送給你。」

「你們去打魚吧，反正我要這隻鱉。」

「反正你要這隻鱉?!」小打魚人輕蔑地說，「反正個屁，我們什麼也不會給你，你能怎麼樣？」

「我能怎麼樣？」小奧冷冷地說，「我能跑到村子裡去，到張二昆家，告訴他，來了兩個打魚的，把灣子裡的魚快要打光了，還打了一隻鱉，一隻大鱉。他們已經打了滿滿兩褲子魚，他們還在打。」

「這魚是野生的，鱉也是野生的，我們為什麼不能打？」小打魚人說。

「這個大灣子是我們村子裡的，」小奧說，「這灣子裡的魚，自然也是我們村子裡的。」

「屁，你們村子裡的，你叫叫牠們，牠們答應嗎？如果你叫牠們，牠們答應，那就算是你們的。」小打魚人說。

「我叫牠們，牠們不會答應，」小奧毫不示弱地說，「但張二昆叫牠們，牠們就會答應。張二昆家裡養著一條狼狗，像小牛一樣高大，每次可以吃五斤肉。張二昆家還有一面大銅鑼，他一敲鑼，全村的人都會跑來，把你們圍起來，沒收你們的魚，沒收你們的鱉，沒收你們的網。如果你們不老實，就把你們扔到灣子裡去，哼！」

「嚇唬誰啊？我們是吃著糧食長大的，不是被人嚇唬著長大的。」小打魚人說。

「你這個小夥計，年紀不大，口氣不小啊！」老打魚人看看灣子裡被雨點打得麻麻皴皴的水面和大魚不斷翻起的浪花，抬手擦了一把臉上的水珠，說，「小夥計，你也不用嚇唬我們，我和張二昆，早就認識，我們兩家，還是瓜蔓子親戚，論道起來，他該叫我表叔。你叫來他，他就會請我們去他家喝酒。我不願意驚動他，是怕給他添麻煩呢。」

小奧冷笑著，不說話。

「其實，不就是一隻鱉嗎？」老打魚人說，「等我們把這兩個蒲包打滿，我們就把這隻鱉送給你。但你必須幫我們看著這些魚。」

「好吧，我幫你們看著魚。」小奧說。

「爹，你真是慷慨！」小打魚人氣哄哄地說，「我們憑什麼給他？」

「行了，你就少說兩句吧。趕快，趁著雨天魚兒往上翻騰，多打幾網。」老打魚對兒子使了一個眼色，轉回頭對小奧說，「小夥計，你可千萬別戳弄牠，被牠咬住就麻煩了。」

兩個打魚人急匆匆地沿著斜坡下到水邊，他們不時地回頭看樹下，顯然是對小奧不放心。他們對著灣中大魚翻花的地方將網撒下去，豐盛的收穫，使他們暫時忘記了往這邊張望。

小奧看看空無一人的街道和寂靜的村子，心中又感到無聊。他看到有幾戶人家的煙筒裡冒出了白色的炊煙，知道做午飯的時候到了。他有點記掛爺爺了，但既然答應了給人看魚，而且那個老打魚人已經答應了會將這隻大鱉給自己，他不能離開。他想，這隻老鱉到手後，是拎到集市上賣了呢，還是燉湯給爺爺補身體？自從去年奶奶去世後，他發現爺爺的身體越來越不好了。爺爺過去編筐時從不睏覺，現在爺爺編筐時經常打呼嚕。爺爺是編筐的高手，張二昆說要幫爺爺把筐賣給外國人。

褲子裡的魚漸漸地安靜下來，那隻大鱉也認了命似的一動不動。小奧仔細地觀察著這隻鱉，只見牠背甲綠裡泛黃，甲殼上布滿花紋。甲邊的肉裙又肥又厚。脖子周圍，臃著黑色的疙瘩皮，頭是黑的，但鼻子是白的。小奧知道這是隻上了歲數的老鱉，心中生出幾絲敬畏。小奧看到鱉頭上那兩隻晶亮的綠豆眼兒放射著仇恨的光芒，忽然感到身上發冷，很多從爺爺和奶奶嘴裡聽過的鱉精故事湧上心頭。小奧覺得眼前這隻被拴住後腿的鱉，就是一隻鱉精，只要牠一施展法術，就會水勢滔天，決堤毀岸。只要牠搖身一變，就會變成一個白鬍子老頭，站在自己面前，講述前朝舊事。那老鱉似乎看出了他的膽怯，猜到了他的心思，兩隻小眼的光芒愈發地明亮凶狠起來。

一時間小奧不敢與鱉眼對視，他用求助的目光去尋找打魚人，卻發現他們已經轉到大灣的對面去了。他們的面目已經模糊不清，身上的紅色雨衣在雨中漶化成兩大團顏色，他們的旋網像一道道明亮的閃電，不時地在水面上顫抖著展開。他想喊叫他們，但突然感到他們行跡詭異，也許他們也是鱉洞裡的老鱉，幻化成人形，來考驗他的意志和忠誠。於是就努力地回憶他們的模樣，越想越覺得他們的容貌怪異，彷彿帶著假面的妖精。他抬頭往遠處看，正好看到那條從大灣南面斜著穿過的黑青鐵路上，有一列綠色的只有四節車廂的火車無聲地滑過。車上似乎也沒有乘客，一閃而過的車窗上似乎都掛著潔白的窗簾。他記起村裡人關於這條鐵路和這列神祕列車的議論。人們實在想不明白為什麼要占數萬畝的良田，花數十億的資金，修這樣一條斜劣霸道的鐵路，每天只有這樣一列似乎什麼也沒拉的火車從這裡滑過去，列車時刻表上查不到這列火車的任何信息。他於是感到這條鐵路、這列火車都與這個大灣裡的老鱉有關係。鱉洞是不是像那些繪本上所畫的那樣，連通著另外一個世界？而另外那個世界裡的人，長得是否跟老鱉一樣？

越想越怕，低頭看老鱉，似乎覺醒了似地，又開始了掙扎，重複著向前爬行、繩扽後腿、四肢朝天、困難翻轉、再爬再翻的遊戲。小奧下定決心，要放了這個老鱉。他想，既然兩個打魚人也是老鱉變的，那放了同類不正是牠們期待的嗎？也許這就是應對牠們考驗的最好的舉動。放了老鱉，讓鱉精知道我的善良，然後牠們就會保佑我的爹娘多掙錢，保佑我的爺爺身體好，保佑我考試得高分。……於是小奧解開了樹根上的繩子，低聲說：「你走吧。」但那老鱉竟然一動不動了，剛才還瘋狂掙扎呢。小奧看著老鱉，老鱉也瞪著兩隻小眼看小奧。老鱉尖尖的嘴巴，晶亮陰森的小眼，讓小奧感到似曾相識，似乎是在什麼地方見過的一個男人的臉。小奧又重複了一聲，說：「你走吧。」但老鱉依然不動。小奧終於明白，老鱉是不願意拖著一根尼龍繩子下灣的，那將給牠帶來諸多的不便，也會讓水族們嗤笑。小奧說：「老鱉，老鱉，我明白你的意思了。我幫你把繩子解開就是。」小奧彎下腰，試圖去解拴在鱉後腿上的繩子時，那老鱉，卻以閃電般的速度，咬住了他的右手食指。

三

小奧慘叫一聲。與其說是因痛苦而喊叫不如說是因恐懼而喊叫。他猛地站起來，但不得不隨即蹲了下去。因為老鱉咬住了他二分之一的食指，他的站起，只是把老鱉的脖子抻出腔殼，牠的四個爪子牢牢地扒著地面，身體沒有動彈。深刻到骨頭裡的痛疼讓小奧不得不乖乖地蹲在了老鱉面前。他感到老鱉的咬勁很大，似乎尖利的牙齒已經刺進了自己的指骨，只要掙扎，半截食指就會斷在老鱉的嘴巴裡。小奧一屁股坐在地上，大聲哭喊起來。

小奧喊叫那兩個打魚人，但他們已經轉到了大灣的南邊，那兩團紅色的瀍影更加模糊，而那一道道閃電般的網影也更加明亮而夢幻。小奧又往外掙了幾下手指，但似乎每掙一下，老鱉嘴巴上的力道就越足。他哭著訴說：「老鱉啊老鱉，我是想放你的生啊，我是善良的孩子，我奶奶信佛，不殺生。我剛才想把你殺了給我爺爺燉湯喝是我錯了，我一時糊塗了，我只記得行孝，忘了我奶奶對我的教導，老鱉，老鱉，老鱉，你饒了我吧……」

「小奧，小奧！」絕望中他聽到了爺爺的喊聲，同時也看到了爺爺的身影。他不敢大聲回應，生怕因此惹老鱉生氣而加大咬勁兒。他低聲哭泣著說：「爺爺……爺爺……快來救我……」

爺爺終於看到了小奧，並盡著一個老人的最大的力量，跌跌撞撞地來到大柳樹下。氣喘吁吁地看清楚了孫子和老鱉的關係後，爺爺抬起拐棍就在鱉殼上搗了一下子。小奧隨即發出一聲哀嚎，彷彿那拐棍不是搗在鱉殼上，而是搗在了他的背上。爺爺不明就裡，抬起拐棍又要搗，小奧哭著哀求：「爺爺，別搗了，您越搗，牠咬得越緊……」

爺爺焦急地轉著圈子，叨叨著：「這是咋整的，我還以為你在學習呢，你怎麼跑到這裡來了，這是咋回事，誰的鱉，怎麼能咬著你呢，真是的，這是咋回事呢……」爺爺前言不搭後語地念叨著，圍著老鱉和小奧轉著圈，時刻想抬起腳踢那老鱉的樣子，小奧哀求著：「爺爺，爺爺，您千萬別踢牠，您踢牠，牠就把我的指頭咬斷了……」

「這怎麼辦？」爺爺望著灣對面那兩個打魚人，吼道，「這是你們的鱉嗎？你們的鱉把我孫子的手指咬了，你們要負責……」

兩個打魚人沒聽到爺爺的喊叫，只顧一網接一網地打魚。不斷有銀光閃閃的大魚被他們從網中抓起，塞到腰間懸掛的蒲包裡。

「爺爺，您快去叫我星雲姑姑吧，她一定會有辦法救我。」

星雲是小奧姑奶奶家的女兒，是村子裡的醫生。小奧相信，星雲姑姑一定有辦法讓這老鱉鬆口。

爺爺拄著拐棍一瘸一顛地走後，那兩個打魚人過來了。他們腰間懸掛的蒲包已經塞滿了，幾條大魚的半截身子露在蒲包外擺動著，隨時都可能蹦出來。他們托著沉重的、散發著臭氣、滴瀝著污水的旋網，雖然看上去步履踉蹌、筋疲力盡，但臉上洋溢著喜氣。小奧哭著喊：「救救我……」

老打魚人是大為吃驚的樣子，小打魚人卻是滿不在乎甚至幸災樂禍的表情。

「你這小夥計，我不是跟你說了，不要戳弄牠嗎？」老打魚人懊惱地抱怨著，放下漁網，摘下蒲包，蹲下觀察情況。

「小子，」小打魚人輕佻地問，「被鱉咬著什麼滋味？」

老打魚人白了兒子一眼，道：「趕快，想辦法讓老鱉鬆開口。」

「那還不簡單嗎，我一隻腳踏在牠的背上，還怕牠不鬆口嗎？」小打魚人說著，就要將泥濘的大腳踏到鱉背上。

小奧用哀嚎制止了他。

老打魚人也說：「不行，鱉這東西邪性，你越踩牠，牠越用勁，那這小夥計的指頭就要斷在鱉嘴裡了。」

小打魚人說：「斷了就斷了唄，不就是根指頭嘛！」

老打魚人看看從村街上匆匆跑過來的幾個人，低聲道：「他的指頭斷了，我們還走得了嗎？」

「怎麼就走不了了？」小打魚人嘟噥著，「又不是我把他的指頭咬了下來。」

老打魚人壓低了嗓門說：「你就閉嘴吧。」

小奧看到了爺爺和揹著藥箱子的星雲姑姑，還有一個大個子，是星雲姑姑的丈夫，縣畜牧獸醫局的侯科長。他激動得鼻子發酸，眼淚溢出了眼眶。

「怎麼回事？」星雲姑姑彎下腰，觀察著情況。

侯科長嚴肅地質問打魚人：「這是你們的鱉嗎？」

老打魚人搶著回答：「這鱉確實是我們從灣裡打上來的，但我們已經把牠送給了這個小夥計。」

侯科長搖搖頭，說：「這麼貴的東西，你們怎麼會送給他？」

「是這樣，領導，」老打魚人看出了戴著眼鏡、鑲著烤瓷牙的侯科長的官員身分，謙恭地說，「我們讓這個小夥計幫著看魚，我們把這隻大鱉送給他。」

「剛開始我們只是要送給他兩條魚，但他一定要這隻鱉！」小打魚人說，「我沒有答應，但我爹答應了。我們打到的魚加起來，也不值這隻老鱉的錢。」

「君子一言，駟馬難追！」老打魚人說，「從我答應了那一霎起，這隻大鱉就是這個小夥計的了。」

「是這樣的嗎？」侯科長問小奧。

小奧點點頭。

侯科長道：「你們真夠大方的。」

星雲姑姑打開藥箱，拿出一把鑷子，戳了戳鱉頭。那鱉的頭猛地往後擩了一下，小奧發出一聲哀嚎。

侯科長急忙道：「你不要亂動！鱉這東西，是有性格的。」

「什麼性格？」星雲道，「不就是一隻鱉嗎？低級動物。」

「別這麼說，別這麼說，」爺爺目光哀怨地看看眾人，然後低頭對老鱉祈告，「大帥，大帥，原諒他小孩子無知，您鬆口吧……」

小奧不明白爺爺為什麼將老鱉稱為大帥，他知道這名稱後定有好聽的故事，但他現在顧不上了。

星雲姑姑試試小奧的額頭，又摸摸他的脈搏。抬頭問侯科長：「要不要給他輸點液？」

「不用吧？」侯科長想了一下又說，「不過輸點也沒有壞處，加點抗生素，防止傷口感染。」

星雲姑姑說：「那我回去取藥。」

侯科長道：「你順便喊一下二昆。」

老打魚人跟兒子使了一個眼色，說：「領導，那我們走了。」

他彎腰抓著一褲子魚，將褲襠叉在脖子上，兩條盛滿魚的褲腿順到胸前，腥臭的污水也順著褲腳流下來。侯科長一把抓住他的胳膊，說：「您別急著走，這個村的書記馬上就到了，等他來了，說清楚了你們再走也不晚。」

「憑什麼不讓我們走？」小打魚人怒氣沖沖地說，「這隻老鱉值好幾千塊呢，我們不要了還不讓走？你們限制我們的人身自由，是犯法的。」

「年輕人，火氣別這麼大。」侯科長笑著說，「看，我們的村官來了。」

二昆叼著菸捲，打著飽嗝，懶洋洋地走過來。

「怎麼回事？爺們？」他低頭看了一下，噗嗤一聲笑了，「太好玩了，爺們，你真是會玩，我活了大半輩子，還是第一次看到鱉咬人。什麼感覺？」

小奧咧咧嘴，哭著說：「大叔，救救我吧……」

「哭什麼？」二昆道，「這還不好辦？看我的，」他將菸頭放在嘴邊吹了吹，將火頭猛地按在鱉頭上。

小奧又是一聲哀鳴。一股暗褐色的腥臭液體從鱉尾巴下竄出來。

「不能這樣！」侯科長道，「你這傢伙，實在魯莽！」

「奶奶的，這問題還真有點嚴重了。」二昆摸出手機，撥打了一一〇，他安慰小奧，「爺們，不要急，一一〇馬上就到，他們有辦法。」

侯科長道：「你這傢伙，虧你想的出。」

上下打量著兩個打魚人，二昆指指老鱉，問：「這個鱉玩意兒，是你們弄上來的？」

老打魚人從腰裡摸出一個塑料紙包，揭開，顯出一盒皺巴巴的香菸，用濕漉漉的手笨拙地抽出一支，遞給二昆，道：「書記，請抽菸。」

二昆道：「老爺子，少來這一套，我不抽你的菸。」

老打魚人尷尬地笑笑，說：「您是嫌咱的菸不好呢，窮打魚的，能抽上這個就不錯了。」

「別說這些沒用的，我問你話呢。」二昆道。

「要說這鱉，確實是我們打上來的，不過，這小夥計要，我們就送給他了。」老打魚人道。

「這麼慷慨？」二昆道，「這鱉玩意兒最少也有十斤！我這輩子沒見過這麼大的鱉，大叔，」他轉臉問小奧的爺爺，「大叔您經多見廣，您見過這麼大的鱉嗎？」

小奧的爺爺搖搖頭。

「你呢，畜牧局的專家，」二昆問侯科長，「您見過這麼大個的鱉嗎？」

「前幾年龜鱉協會在市裡搞過一次評比，魚灘養鱉場參展的一隻鱉跟這隻個頭差不多。」侯科長說，「不過，那是人工養殖的，用配方飼料和激素催起來的。」

「我們這大灣也被袁武這個狗日的給污染了，滿灣激素。」二昆恨恨地說，「所以，這也是一隻激素鱉，變態鱉！」

「這次市裡下了大決心整頓不合格畜禽養殖場，」侯科長說，「袁武這個場問題很多，必須關閉。」

「你們這次可要狠起來，不能虎頭蛇尾！」二昆道，「你老婆一家也是受害者呢。」

「壯士斷腕，毫不留情！」侯科長斬釘截鐵地說。

星雲姑姑拿著鹽水瓶子和掛吊瓶的器械來了。村子裡很多人也跟著來了。

不知何時，雨停了，東南天上出現了一道彩虹。小奧看到彩虹，馬上想到去年奶奶死時，天上也出現過彩虹。想到奶奶他感到悲從中來，便抽抽搭搭地哭起來。

「哭什麼啊爺們？」二昆大大咧咧地說，「男子漢大丈夫，挺起來，就算把這根指頭餵了老鱉，那又怎麼樣？閉嘴，不許哭！」他摸出手機看看時間，道，「一一〇這些傢伙，怎麼還不到呢？」

星雲姑姑將吊瓶支架豎起來，柔聲說：「小奧，沒事啊，姑姑給你輸上液，咱們跟老鱉較上勁兒，看看誰能熬過誰。」

星雲在小奧的左手背上扎上了針頭，可能是被鱉咬處的疼痛分散了注意力，往常打針都會吱哇亂叫的小奧，竟然一點都沒感到針頭扎進血管的痛楚。

老打魚人對小打魚人使了一個眼色，說：「二昆書記，還有各位鄉鄰，這隻價值三千元的大鱉，自然是這個小夥計的。除了鱉之外，我們再奉獻出一褲子魚，給各位嚐嚐新鮮。」老打魚人將自己褲子裡的魚倒在柳樹下，說，「如果沒有事，我們就走了。」

那些生命力頑強的鯽魚，在柳樹下蹦跳著，一片銀光閃爍。二昆飛起一腳，將一隻蹦到他腳邊的肥大鯽魚踢到大灣裡。小奧似乎聽到那鯽魚落到水面時發出了一聲慘叫，很像小孩子的哭聲。他聽到二昆冷笑著說：「怎麼會沒有事呢？事多著呢。等一一〇來了後，如果他們讓你們走——這些傢伙，怎麼還不來呢？」

「來了！」一個清脆的童音喊叫，「我聽到警車的聲音了。」

喊叫者是小奧的同學袁曉傑，這個外號「小鱉」的男孩，濃眉大眼，唇紅齒白，十分英俊。

「這才是真正的小鮮肉呢，」二昆看了一眼星雲，彷彿要讓星雲同意自己的說法，但星雲低著頭觀察小奧被鱉咬住的手指，沒理他。他又說，「小鱉——小鱉，誰給咱這傻孩子起了這麼一個外號——小鱉，去，把你爹叫來，就說我找他。」

「我叫曉傑，袁曉傑！」「小鱉」怒沖沖地說，「你的外號我也知道的。」

二昆笑道：「曉傑曉傑，袁曉傑，去把你父親袁武叫來，就說我張二棍子或者是張二混子有要事找他。」

一輛警車鳴著警笛，呼嘯而至。車蓋子上泥漿斑駁，彷彿從一萬里外趕來。車門打開，跳下兩個警察。一個是瘦高個，面孔黑黢黢的，鷹鉤鼻，目光犀利。另一個體態壯碩，紅臉膛，蒜頭鼻，眼睛發紅。還有一位白淨面皮的，手把著方向盤，穩坐在駕駛座上。壯碩的警察掏出一塊紙巾沾沾流淚的眼睛，問：「什麼事兒？」瘦警察則麻利地分撥開眾人，站在小奧與老鱉的旁邊，彎下腰，仔細地觀察著。壯碩警察也走近前來，看了一眼，渾身立刻鬆弛了，打了一個哈欠，問，「誰報的警？」

「我。」二昆道。

「你是什麼人？」

「中華人民共和國公民啊。」

「我問你的職務！」

「報警還要有職務？」

「我不是這個意思！」

「那你是什麼意思？」

「故意的是不是？」壯碩警察煩躁地說，「驢踢著鱉咬著都報警，接下來是不是連老母雞不下蛋、圈裡的豬不吃食都要報警？把我們當成什麼了？」他清清嗓子，吐了一口痰，低聲嘟囔著，「奶奶的……」

「你罵誰？」二昆冷冷地問。

「咦，」壯碩警察道，「我罵人了？你聽到我罵人了？」

「我不但聽到了，而且還錄了下來。」二昆晃晃手機，說。

「我是罵你嗎？我怎麼敢罵你！」壯碩警察道，「我是罵我自己，罵我的嗓子，罵我不爭氣的身體，昨天夜裡也不過出了三次警，就咳嗽，發燒，流淚……」

「少來這一套，」二昆道，「驢踢著鱉咬著不能報警嗎？人民警察為人民，人民被鱉咬著，鱉不鬆口，醫生無計可施，你說，不找警察找誰？」

瘦警察來到二昆身邊，道：「老鄉老鄉，消消氣，人民警察為人民，別說被鱉咬著，就是被蚊子咬著，也可以找我們。」

「這話說的，有水平！您一定是隊長！」二昆道，「本來，我是想給你們個出頭露面的機會。」二昆晃晃手機，說，「我們村子裡的人，在我的培訓下，都有強烈的新聞意識，都能熟練地使用手機的錄像功能，上到百歲老人，下到五歲兒童。」二昆指指舉著手機的村民，繼續說，「你們想，人民警察，頂風冒雨，前來解救一個被鱉咬住手指的留守兒童。這樣的視頻，在網上發布後，你們馬上就是網紅。你們成了正能量滿滿的網紅，你們領導也會高興，你們領導一高興，等待你們的，不是立功就是提升！可是，你們竟然發牢騷，罵人，這個視頻要是在網上一發布，那是什麼後果，你們自己想想吧！」

瘦警察掏出菸，遞給二昆。二昆不接，瘦警察再送。二昆接了菸，瘦警察給他點上火。瘦警察自己也點上菸，低聲說：「我是副隊長，您一定是這個村子的書記，一把手。」二昆點點頭。瘦警察說：「我們這個同志，帶病堅持工作，心情不好，請多多諒解。」二昆道：「您這樣說，咱們自然理解。警察也是人嗎。」「謝謝謝謝，」瘦警察道，「那段錄像……千萬……他也不容易，老婆剛跟他離了，自己帶著個三歲的孩子……」「兄弟，人民群眾是通情達理的，」二昆高聲道，「大傢伙兒注意，今兒個的視頻，誰都不許發，都給我刪了，待會兒我發一個正能量滿滿的版本，你們死勁兒給我轉。」

瘦警察抓住二昆的手，使勁兒握了握。

壯碩警察大聲地吆喝著：「讓開點，讓開點！大家保持安靜，請相信我們，我們一定能盡快地把這個孩子的手指從老鱉的嘴巴裡解放出來！」

四

瘦警察抽著菸，皺著眉頭思索著。壯碩警察像一頭大熊，轉來轉去。他拍拍槍套，說：「陳隊，乾脆，我對準這王八蓋子上放一槍，然後讓醫生慢慢收拾。」

小奧帶著哭音喊叫：「不要開槍……不要打死牠……」

「那就用電棍搞牠一傢伙！」壯碩警察提著警棍比劃著說。

「不要……」小奧哭著說。

「你是醫生？」瘦警察問星雲。

星雲點點頭。

「能將老鱉麻醉嗎？」瘦警察說，「讓牠喪失意識，肌肉完全鬆弛。」

星雲搖搖頭。

「要叫救護車嗎陳隊？」壯碩警察問。

瘦警察搖搖頭，又蹲下身，先看小奧，再看老鱉。看小奧時他面帶微笑，看老鱉時他滿面嚴肅。小奧感到老鱉也斜著眼睛盯著警察，眼神裡充滿了仇視與不屑。小奧甚至猜到了老鱉的心思：我就是不鬆口，看你有什麼辦法。警察的表情突然轉換了：看小奧時嚴肅，看老鱉時微笑。彷彿成竹在胸似的，他站起來問二昆：「能找到豬鬃嗎？」

「豬鬃？太能找到了，」二昆道，「你看，我們的作惡多端的太平養豬場的場長來了。」

袁武在兒子的引領下，來到眾人面前。他是個大個子，背有點駝，瘦長臉，大眼，頭髮花白，胡茬子很硬，下巴上有道血口子，看樣子是刮鬍子刮破的。他看到了警車和警察，眼神裡似乎有幾分不安。他問：「書記，您找我？」

「你趕快回去，弄幾根豬鬃來。」二昆道。

「豬都殺光了，哪裡還有豬鬃？」袁武道。

「你少給我裝蒜，」二昆道，「不是還有兩頭老母豬一頭大公豬嗎？」

「老百姓總還是要吃肉的嗎。」袁武嘟噥著。

「袁曉傑，你腿快，你去拔，」二昆又對村子裡的文書說，「孫奎，你跟曉傑去，拔那大公豬的，小心別讓豬咬著。」

「找我就這點事？」袁武問。

「找你的事多著呢。」二昆道：「袁武，你還記得咱們小時候，這個大灣裡的水，是什麼樣子的嗎？」

袁武低聲嘟噥著，聽不清他說了什麼。

「那時候，水清見底，灣裡生長著蘆葦和蒲草，我們在這灣裡游泳洗澡，那時候，灣邊有口水井，咱全村人都吃這口井裡的水。可自打你建了這個太平養豬場，大灣漸漸地成了一個污水坑，井裡的水，也散發著刺鼻的臭氣，不能吃了。」二昆說，「你自己倒是發了財，聽說在青島、威海都買了房子，隨時都準備遷走。你說說，你缺德不缺德？」

袁武道：「二昆，話不能這樣說，我辦養豬場，是得到了當時的領導支持的，縣裡和鎮上獎給我的牌子都在家裡掛著呢。再說，村子裡修路、建廟，我是捐款最多的。村裡人遇到難處，我也是慷慨相助的。何況，十幾年來，我為人民群眾提供了大量的優質豬肉，這也是有功勞的。」

「呸，你還好意思說你的豬肉！你的豬，是用十幾種藥物催起來的。過去，我們養頭豬，一年半才能長到一百五十斤，可你的豬，四個月長四百斤。你生產的豬肉，是百分百的毒藥。」

「大家都是這樣養，這是科學的進步。」袁武辯解著，看一眼侯科長，說，「我們用的配方飼料，添加劑，都是從畜牧局下屬的公司購買的。侯科長，您是專家，您給評評理。」

侯科長不置可否地搖搖頭，說：「對任何事物的認識，是需要一個過程的。」

「我想不明白，不久前還給我披紅戴花，一轉眼就成了罪人。」袁武道。

「你還挺委屈？我問你，你的養豬場裡，是不是有一條暗道通到這個大灣裡？你污染了一灣清水，還污染了我們村的地下水源。」二昆道，「省環保巡視組的人已經到了縣裡，你看著辦吧。」

「你們看著辦吧，」袁武說，「大不了我把公豬和母豬也殺了，養豬場徹底關門。如果還不行，你們就把我抓進去唄。」

「嗨，你還挺硬氣的。」二昆道，「公豬和母豬，你可以賣給符合環保條件的大養豬場。你這種往大灣裡排污的養豬場關門，那是必須的。但抓您是不行的。即便公安局來抓你，我們也要把你留住，等你把這個大灣的污水變成清水，把井裡的臭水變成甜水，才能放你走。」

「二棍子，」袁武怒沖沖地說，「你不用跟我玩花樣了，不就是有人看上了養豬場這塊地兒嗎？要在這裡建什麼養老別墅吧？我讓出來還不行嗎？」

「你可以不讓，你就在這裡挺著。但你害得全村人買水吃，害得村裡三十多人得了怪病，害得全村的年輕人都不敢回鄉，這事你得負責。」二昆道。

「什麼都怪我？年輕人不回鄉也怪我？欺人太甚了吧？」袁武說，「灣裡有魚有鱉，就說明水質很好。」

「不怪你？你看看這些魚，看看這隻鱉。」二昆指指柳樹下那些還在蹦躂的大鯽魚，說，「你看看，這是魚嗎？身上都是瘤子，你看看，」二昆用腳踢著魚，說，「連腿都長出來了，你見過長腿的魚嗎？」二昆指指那隻大鱉，「還有這隻鱉，你看看牠的頭，看看牠的脖子，看看牠的眼神，對著牠的眼睛看，你不感到害怕嗎？世界上哪裡有這樣的鱉？咬著人死不鬆口，小奧，咬著你有兩個小時了吧？這都是你的養豬場污水餵養出來的怪物，」二昆看看兩個打魚人，道，「你們以為我們是想扣留你們的魚？白給我們也不要。當然我們也不允許你們把這樣的魚拿到集市上去賣。」

老打魚人點頭哈腰地說，「這些魚，我們全部扔回灣裡去，然後我們就可以走了吧？」

「那不行，這些魚多半死了，扔到灣裡去不是讓灣水更臭嗎？你們要將這些魚做無害化處理，焚燒掩埋。」

「你這書記，總要講理吧，」小打魚人氣哄哄地說，「魚本來就在你們灣裡，我們扔回灣裡，這叫物歸原主。」

「那你問問警察同志，他們讓你們走，你們就走。」

「不行，」壯碩警察嚴肅地說，「這個小孩被鱉咬的事還沒處理完呢。」

老打魚人垂頭喪氣地說：「他娘的，今日真是被鱉咬著了。」

五

在眾人鬧哄哄地說話聲中，小奧似乎睡了一小覺。他睡著的證明是夢見了爹和娘。爹在一家小飯店裡當廚師，娘給他打下手。他夢到爹在廚房裡剁下了一條眼鏡蛇的腦袋，而那個落在地上的蛇頭又突然飛了起來，咬住了爹的手指……他慘叫一聲，渾身是汗。星雲捏著他的耳朵，說，「小奧，小奧，不要睡，馬上就有辦法了，警察同志想出好辦法了。」

小奧睜開眼，看到周圍的人臉上的表情都怪怪的，一股股濃重的腥味令人作嘔。他看到自己的同學袁曉傑右手舉著一撮閃閃發光的豬鬃跑過來，後邊跟著跑的是村子裡的文書孫奎。而最讓他感興趣的是袁曉傑低垂的左手裡提著的一個貼著紅色商標的塑料瓶子，他知道那是可口可樂。

當袁曉傑將可樂瓶口送到小奧嘴邊時，小奧的眼睛裡流出了熱淚。他暗自發誓今後不再叫袁曉傑的外號，也不再傳唱編排袁家是非的歌謠，同學情誼高於一切。他咕嘟咕嘟地喝了半瓶可樂，感到身上有了力氣，精神也不恍惚了。他甚至試探著從老鱉的嘴巴裡往外拽了拽食指，但鑽心的痛疼讓他立即停止了動作。他不得不面對著嚴酷的現實：老鱉咬人，是下定了與被咬者同歸於盡的決心的。小奧甚至考慮到，請星雲姑姑索性將自己的手指割斷，就算自己送給老鱉一份禮物。他同時還在祈求，祈求夢中所見的情景，永遠不會變成現實。他也似乎明白了，自己被鱉咬，並不是無緣無故的，因為他的父母打工的那家餐館，是家野味餐館，父親除了每天殺蛇外，還要殺死很多鱉。

瘦警察跪在地上，將豬鬃的尖兒，小心翼翼地捅到老鱉的鼻孔裡。小奧發現這個鱉的鼻孔特別大，特別圓，小小的鼻尖亮晶晶的，像鑽石一樣放射著光芒。瘦警察又將一根豬鬃插進老鱉的另一個鼻孔裡。眾人都屏住呼吸，目不轉睛地盯著瘦警察的手指。十幾個手機，盯著鱉頭拍攝。那個開車的白臉警察也下了車，舉著一個小型錄像機錄像。他很專業的樣子，既錄全景，也錄局部。瘦警察那幾根被香菸薰黃了的手指，靈巧地捻動著豬鬃。老鱉的眼睛似乎眨巴了一下，眾人的心都提了起來。老鱉突然閉緊眼睛，尖尖的鼻子裡打出了一個響亮的噴嚏，與此同時，瘦警察抓住小奧的手腕，猛往後一扯，在鱉口裡受苦多時的小奧的食指，終於獲得了解放。

眾人齊聲叫好。

袁曉傑跳躍著歡呼。

爺爺淚流滿面。

星雲姑姑匆匆地用碘酊給小奧受傷的食指消毒。

「發視頻，發視頻！」二昆興奮地說，「滿滿的正能量！大家都發朋友圈！」

「陳隊，真有你的！」壯碩警察大聲說，「沒有我們人民警察解決不了的問題。」

瘦警察看看小奧的手，問星雲：「需要去醫院嗎？」

「不需要吧？」星雲問小奧，「你感到有什麼不舒服嗎？」

小奧搖搖頭。

星雲給小奧的手裹上紗布，順便拔掉了他手背上的針頭。

此時，那隻老鱉，悄悄地向灣邊爬行。小奧看到了老鱉的行動，但他不想吭聲。他期望著老鱉回到灣裡去，回到那個深不可測的鱉的宮殿。就在老鱉猛然加速時，縣畜牧局的侯科長一腳踩住了鱉後腿上拖著的繩子。老鱉往前掙扎著，嘴巴裡發出了憤怒而絕望的叫聲。聽到鱉的叫聲，人們的臉都變了顏色。這是一種尖利的聲音，就像鐵皮哨子發出的聲音。世界上聽過蛤蟆叫的人比比皆是，但聽過鱉叫的人寥寥無幾。

小奧祈求地望著侯科長，低聲道：「放了牠吧。」

侯科長看看眾人，眾人的眼色都很曖昧。

「二昆，」侯科長神祕地說，「你仔細看一下，鱉蓋上有什麼？」

二昆低頭看了一下，抬頭說：「沒有什麼呀？」

「鱉蓋上有字。」侯科長指點著說。

「有字嗎？我怎麼沒看出來呢？」二昆道。

「你看，」侯科長比劃著說，「這是天，這是下，這是太，這是平。天下太平。」

「太棒了！」二昆道：「咱們村叫太平村，這個灣叫太平灣，抓了個鱉叫太平鱉。」

十幾個手機近距離拍攝著鱉的背殼。

小奧眼含著淚水，望著二昆，低聲說：「放了牠吧。」

「這個老鱉是小奧的，小奧要放了，那就放了。」二昆盯著老打魚人說，「但是，不能讓

『天下太平』拖著一條尼龍繩子下灣吧？是不是啊小奧？」

小奧點點頭。

「解繩還需繫繩人。」二昆盯著老打魚人，說，「二位，請吧。」

老打魚人抓住繩子，猛地將老鱉提起來。小打魚人趁勢抓住了老鱉的那條沒拴繩子的後腿。老打魚人將繩子解了下來。小打魚人將老鱉放在灣邊。

老鱉靜靜地臥著，彷彿死了一樣。眾人的手機盯著鱉拍。二昆跺著腳喊：「走吧走吧，『天下太平』，放你的生了。你看，我們村子裡的人多麼善良！」

老鱉將脖子從鱉蓋裡慢慢抻出來，腦袋轉動著，似乎在探測周圍的環境。突然，牠的身體立起來，像一個鍋蓋，沿著斜坡，向大灣滾去。眾人還沒反應過來，大鱉已經消逝在灣水中。

二昆鼓掌，眾人和之。

「天下太平！」二昆大聲喊。

眾人跟著喊：

「天下太平！」

二〇一七年九月十九日

紅唇綠嘴

一

乙亥歲尾，老父病重，我由京返鄉陪護。一日下午，忽聽窗外大街上，傳來一女子的嚎啕，眾人皆愕然。少頃，嚎啕聲從衚衕裡轉過來，逼近我家院子，更加響亮駭人。我大姊驚道：「『高參』來了！」

只見一個女人，仰著紅彤彤的大臉，張著大嘴，哭嚎著進入我家院子，「大舅啊……俺的個親舅啊……你怎麼狠心撇下俺走了啊……」

我大姊惱怒地衝出去。父親舉起一隻顫抖的手，斷斷續續地說：「別……別……別惹她啊……」

我大姊惱怒地說：「『高參』，你這是唱的哪一齣？」

「高參」滿臉的悲痛表情就像落在燒得通紅的爐蓋上的一滴水，欻的一聲便消逝了，隨即換上了一副驚愕的表情，說：「不是說俺大舅『老』了嗎？」

「俺大好好的呢！」我大姊說。

「您看看您看看，這些該死的造謠分子，」她一邊說著，一邊闖進了我父親的居室，看到我後，她的臉上出現了喜洋洋的表情，道，「表哥，您啥時回來的？」然後伸出手來——其實我們老家人見面，尤其是男女之間，並無握手的習慣，但把她的手晾在那兒也不妥當——我感到她的手又大又硬，力氣很足，心中便莫名的對她生出一絲敬意。然後她又與我堂弟等人一一握手，這派頭既不像個女人，也不像個農民，倒很像一位市裡來的幹部。最後，她俯身問躺在床上的我老父：「大舅，你還認識我嗎？」我老父搖搖頭。她提高嗓門說：「大舅，我是覃家莊上覃桂英啊！」我父親還是搖頭。她又說：「大舅，我是二梅啊，我姊姊叫大梅啊！」我父親直著眼不吭聲。我姊姊大聲說：「覃家莊俺姑的姪女，『高參』！」

我父親笑了，用微弱的聲音說：「『高參』……知道，太有名了……了不起……」父親的臉上好久沒見到笑容了，也好久沒說這麼多話了，我的心裡感到欣慰，因「高參」嚎啕而來帶給我們的不快也隨之消散。

「俺大舅真幽默。」「高參」道。

「坐下吧。」我父親說。

坐在我對面的堂弟慌忙站起來，把凳子讓給「高參」。我也恭恭敬敬地為她倒了一杯茶。她呷了一口茶，摸出一盒細支中華菸，問：「不介意我抽菸吧？」我大姊道：「『高參』，你還是別抽了，俺大咳嗽。」她將菸裝到口袋裡，道：「也是，儘管抽菸是人權的一部分，但我的人權要建立在不侵犯別人人權的基礎上才可以實施。」我詫異地看著這位出語不凡的胖大婦人，一時找不到要說的話，想說句「士別三日當刮目相看」，又覺得不妥當，便生生地咽了下去。我姊姊看出了我的尷尬，便道：「你可不知道『高參』有多厲害，膠東半島都有名的人物。」

我堂弟道：「豈止是膠東半島，全中國都有名呢！」

「姊，弟，你們就別諷刺我了。」「高參」嘴裡這樣說，但她的神情卻是一副很享受的樣子，「跟表哥這樣的大作家比，我算什麼？草民一枚！」

「您老人家可不是『草民一枚』」，堂弟說，「您是著名『公知』，策畫大師！」

「什麼『公雞』『母雞』『大師』『小師』」，她說，「我不過是一個為弱小者爭利益，為受迫害者鳴不平，為創造和諧、公正、民主的鄉村社會而不計報酬，不遺餘力的鄉村知識分子。」

她的話讓我震驚。她是我小學的同班同學，從一年級下學期到二年級上學期，我與她共同使用一張桌子。因為她是我姑的姪女，也算是沾親帶故，所以我們倆相處的還算友好，我記得她愛好畫小孩，無論是上語文課還是算術課，她都在偷偷地畫小孩。她的所有課本的空白處都畫著大大小小的小孩，她畫的小孩都是大頭細脖招風耳，看上去很有趣。她小學之後又混過兩年農業中學，我之所以說「混」，是因為那時的農業中學沒有什麼文化課，基本上以幹活為主。這樣的學歷在當時也不算低，但放在眼下，那就跟文盲差不多了。最近幾年我有很多時間待在故鄉，發現我當初那些小學同學，一個個都變得妙語連珠，分析起問題來頭頭是道，其見識與境界都不遜於大學教授。而當年我所熟悉的那種見了公社幹部就嚇得不敢大聲說話的農民，已經不存在了。在一次關於新農村文學的研討會上，我說新農村之所以新，當然包括新房子，新街道，新家具，新食品，新品種，新的耕作方式等等，但更重要的是新人，二十歲三十歲的農村青年是新人，像我們這些五〇後，經歷過人民公社大集體勞動的一代人，實際上也與時俱進地發生了巨大的變化。尤其是在互聯網時代，大部分農民也都成了智能手機的使用者，他們幾乎是無師自通地成了網絡大海裡的游魚。他們使用著網絡，也創造著網絡，他們在網絡上扮演著與自己的身分大相徑庭的角色，他們像魚蝦一樣在網絡海洋裡尋找著自己的食物，有時候也能撲騰出大大小小的浪花……

「高參」的手機響了一聲，她迅速地將一款老舊的「華為」從寬大的黑色半大衣口袋裡摸出來，點開，手機裡傳出一個男人的聲音：「覃姊，晚上有空嗎？一起吃個飯，平度有一個客戶想見你，有空的話就去趙志餐館，我訂個包間。」她按著手機留言，罵道：「去你娘的，我正要找你算帳呢，你說俺大舅『老』了，我現在就在俺大舅身邊，俺大舅精神好著呢，剛剛吃了半隻燒雞還喝了二兩茅台！你這個造謠分子，我饒不了你！」她將手機裝進口袋，說：「這個『花脖子』，睜著眼說瞎話，他給我發微信說，您大舅『老』了，您快去看看吧——我一聽，腦袋裡『轟』的一聲，眼睛裡冒了一陣金花，急急忙忙地就趕來了……」她探身問我父親，「大舅，你不生我的氣吧？都是『花脖子』這個雜種造謠！」我父親閉著眼睛，彷彿睡著了。

「誰是『花脖子』？」我問。

「『花脖子』是你小說《紅高粱》裡的土匪啊，表哥，」她說，「被『別光腚』那小子註冊成了他的微信名。」

「誰是『別光腚』？」我又問。

「別叔寶的三兒子，別廣庭。」我堂弟說。

「小名叫『鐵柱』那個，」我大姊道，「你當兵那年六月生的，他大哥叫金柱，他二哥叫銀柱。」

我算了一下，感嘆道：「怪不得老了，我當兵走那年生的小孩都四十五歲了。」

我堂弟道：「『別光腚』當爺爺都當了三年了。」

這時，「高參」口袋裡的兩個手機同時響了。她摸出了剛才摸出過的那款舊「華為」，又摸出一款新「蘋果」。她看了一眼蘋果機，嘟噥了一句，又看華為機，揿響，還是那位「花脖子」的聲音：「覃姊，你可別怨我，我是聽『九兒他爹』說的。他說你大舅可能『老』了，因為他從村委的監控器上看到莫言回來了……」「您看看，您看看，表哥，這年頭……」

我吃了一驚，道：「村子裡還有攝像頭？」

堂弟道：「村頭上，每個衚衕頭上都有。村委有一台監控器，鄉上有一個總監控室。」

「太厲害了！」我說。

「表哥，厲害的還在後邊呢，」「高參」道，「等明年5G網覆蓋後，從理論上講，你在北京打個噴嚏，我們在老家都知道。所以，表哥，得網絡者得天下，失網絡者失天下；得網絡者得民心，失網絡者失民心；我們要做網絡的主人，不做網絡的奴隸；所以，網絡是天堂，網絡也是地獄；所以，可以利用網絡伸張正義，也可以利用網絡冤殺好人；可以利用網絡消費，也可以利用網絡賺錢……總之，網絡能把人變成鬼，也能把鬼變成人，當然也可以把人變成神……叫喊了幾十年的『縮小三大差別』，通過互聯網實現了。剛興起互聯網時那句『在網上沒人知道你是一條狗』，這話現在基本上還適用。總之，表哥，自從有了互聯網，我覺得自己才真正地過上了人的生活……」

「佩服，覃桂英，不，『高參』，」我說，「我枉在北京待著，但實際上孤陋寡聞，感謝你給我上了一課。」

「表哥，我和我的網友們，都是你的鐵桿粉絲，你可以去你的『吧』裡看看，看看我們是怎樣挺著你，護著你，為你與那些噴子們打架的。」

「謝謝，老同學，我真的落伍了，謝謝你給我上了一課。」

「你與你朋友新近開那個『兩塊磚』公號我已關注了。太保守了，表哥，你們根本不熟悉網絡的運作規律，折騰了大半年，才幾千個粉絲，如果交給我給你們經營，三個月，我不給你順來一百萬粉，我就不姓覃了。」

「你早就不姓覃了，」我堂弟說，「你姓高叫『高參』。」

「姓高也沒什麼不好，俺姥娘家不也姓高嗎？」

「我很想知道你用什麼方法能給我們吸來一百萬粉絲。」我說。

「哎喲表哥，這事可不是一句半句能說清的，這麼著，」她摸出兩塊手機，道，「加個微信，過幾天咱們坐下來細聊。」

「你掃我吧。」我說。

「我把自己推給你好幾次請你加我，你都不理我，」她白了我一眼，然後用兩塊手機先後掃了我的二維碼，說，「你得確認我，『高參』，『豬大自肥』。」

「『豬大自肥』，這名字真好！」我說。

「我還有三個名字呢，一個是『孩子哭了給他娘』，一個是『奶胖不算胖』，還有一個是『梅開二度』。」

「你有五個手機？」我驚訝地問。

「平度的『老丈人的青魚』有十二塊手機呢。」她說，「我還有兩個公眾號，一個叫『紅唇』，一個叫『綠嘴』，表哥你得空關注一下。」她俯身向我父親，說，「大舅，我先走了，過幾天再來看你。俗諺道『一個謠言，增壽十年』，大舅，你要樹立信心，不要老覺得自己老了，該死了，沒那事，這美好的生活，大好的時光，怎麼能捨得死？現在咱們縣的平均壽命已經到了八十四歲，百歲老人有一百多個，就您這身板，一定能活到一百二十歲，六世同堂！」

她走後，我父親悄聲對我說：「千萬小心她啊……」

我說：「大，您放心，我心裡有數！」

二

上世紀六〇年代初，每到夏末秋初，高密東北鄉便陰雨連綿，有時連續半個月不見太陽。我當年初讀拉美作家的作品，感覺到他們小說中描寫的陰雨天氣與我記憶中的故鄉十分相似。那麼多的雨，大雨，中雨，小雨，雷陣雨，夾帶冰雹的雨，有時候還有夾帶著魚蝦的雨，下個不停，不停地下，莊稼地裡積水數尺，河道中洪水滔滔，經常決堤，危及人命和畜命。那時候我們每年只有一季收成，那就是在深秋洪水消退時，拿著木棍在淤滿黃泥的土地上點種小麥。牲畜下不了地，犁耙都沒有用，只能用這樣原始的方法點種。只要能夠點種上，第二年初夏便會有小麥的豐收。可惜的是，總有很多的土地在播種小麥的季節裡還汪著深深的水，只能等待第二年開春後種高粱。高粱是高稈作物，一般情況是澇不死的，但在洪水最大的那幾年裡，高粱也被漚爛了。當時，人們不知道氣候有週期，以為這地方永遠就這樣了，據說縣裡有人曾向上級報過提案，希望能將高密東北鄉幾十個村莊的人，移到高密西南部丘陵地帶。但人是奇怪的動物，明知這地方無法生存，也不願意離開，還說什麼「生處不嫌地面苦，窮死餓死不離鄉」。這時，我們公社一位在江南當過兵的副書記突發奇想，向公社書記提議：地裡有這麼多水，為什麼不種水稻呢？如果種上了水稻，水害不就變成水利了嗎？公社書記也感到，這是個好得不得了的建議，便往縣裡彙報，縣裡領導也覺得好，於是，就報到省裡，然後由省裡有關部門協調，從福建省調來了十幾個技術人員，指導我們高密東北鄉人民種植水稻。要改變一個地區的耕作習慣，幾乎就是一場革命，年紀越大的越反對，年紀越小的越贊同。那時候，我與覃桂英正讀著三年級，學校為配合這場旱田改水田的種植革命，組織我們排演節目，到集市上去表演宣傳。我們戴著班主任李聖潔老師為我們製作的莊稼面具，我扮演地瓜，王昌扮演玉米，杜茂扮演高粱，覃桂英扮演水稻。我們用地方戲茂腔調唱著沈慶豐老師為我們編的詞兒，我唱：我是一個大地瓜，泡水變成豆腐渣。王昌唱：我是一棵老玉米，沱在水裡爛成泥。杜茂唱：我是一棵紅高粱，泡在水裡哭親娘。覃桂英唱：我是一棵金水稻，泡在水裡哈哈笑，我在水裡笑，我在水裡長，我在水裡開花，我在水裡結籽。我在水裡長成大米，老人愛吃，小孩更愛吃。我們一起唱：最好吃的菜是白菜，最好吃的肉是豬肉，最好吃的米是大米……

為了搶季節，四月下旬，我們小學停了課，幫助農民去插秧。村裡給我們一方水田，任我們鬧騰。幾位社員為我們運來秧苗，並幫我們均勻地投擲到水田裡。南方的四月已經很暖和，北方的四月其實還很冷。風颳過來，水田裡泛起寒意，大家都猶豫著，不願脫鞋襪下水。我們的班主任李聖潔老師率先脫掉鞋襪，輓起褲腿，跳進水田。她扎著兩根長及臀尖的大辮子，兩條腿白得刺眼，這個細節雖然過去了半個多世紀，我還記憶猶新。老師率先垂了範，班幹部們也都不甘落後，紛紛地脫鞋脫襪，噗噗通通地跳下水田。儘管那個時代貧富差別不大，但家境還是有別。家境好的同學已經換下棉褲，穿上了夾褲和單褲。家境差的同學都還穿著棉褲。單褲輓到膝蓋處不費勁，但棉褲輓不到這個高度。那時候三年級的小男孩，沒有穿短褲的，如果脫掉棉褲就直接光了屁股。那時的孩子受英雄主義教育，都積極追求進步，都幻想著能有表現自己英雄氣概的機會，譬如我們班的勞動委員王順就曾先把生產隊的草垛點著火，然後又奮不顧身去撲救，結果燒成輕傷，英雄沒當成，還差點被開除了學籍。既然褲腿輓不到膝蓋之上，脫了棉褲又傷風化，於是我們這些穿棉褲的就只能把棉褲輓到什麼程度算什麼程度，然後噗噗通通地跳下水田。最後，田埂上只剩下扮演過水稻的覃桂英，她上穿花棉襖，下穿一條藍夾褲，這說明她的家境還是比較好的。我聽姑姑說過，覃桂英的父親——也就是我姑姑的堂小叔子，是一個神槍手，他手持一桿土槍，帶著一條獵狗，每年冬天都能打到數百隻野兔，當時，每隻野兔能賣一塊錢，數百隻野兔就是數百元，這在當時可是一筆不小的收入。他除了打兔子，還擅長用鐵夾剪，他的鐵夾剪每年冬天能夾住數十隻黃鼠狼，每張黃鼠狼的皮能賣好幾塊錢，這又是一筆很大的收入——她穿著一雙肥大的條絨布面的自家縫製的鞋子，孤零零地站在田埂上。李聖潔老師喊道：「覃桂英，下來啊！」覃桂英學習很好，家庭出身也好——她爹能夠在冬閒時節持槍打兔子就因為她家是雇農。地、富、反、壞、右分子和他們的後代如敢持槍打獵早被抓進班房了——是少先隊中隊長，學校裡掛號的好學生，她平時在各項活動中表現都是最積極的，按說她應該第一個跳進水田才對啊——她滿臉通紅，局促不安地站在田埂上。「下來啊，覃桂英！」李聖潔老師大聲喊。李聖潔老師的大聲喊叫把我們的目光都集中到覃桂英身上，更準確地說是集中到覃桂英腳上。我們第一次發現她的鞋子怎麼那麼寬大啊，當時，大多數孩子都穿著從供銷社買來的膠鞋，因為母親們都要下地勞動，根本無空一針一線地做鞋子，於是我們就回憶起來，覃桂英從來沒穿過膠鞋，她一直穿著自家縫製的鞋子，而且那鞋子的前端是那麼樣的肥大。她的黑條絨鞋面的前端，還對稱地繡著兩個紅色的蝙蝠圖案。這圖案更誇張了那鞋子前端的肥大。在老師的催逼和全班同學的注視下，她慢吞吞地將褲腿輓至膝蓋，顯露出那兩條又細又高的土黃色的腿。褲腿輓起更顯出了鞋子的肥大。「脫下你那雙繡花鞋，下來！」李聖潔老師不無譏諷地說。在那年代裡，「繡花鞋」可不是一個好詞，這個詞幾乎是與地主資本家的小姐少奶奶聯繫在一起的。於是我們都不懷好意地笑起來。但最終，覃桂英也沒脫下她的「繡花鞋」，她哭著，高高地輓著褲腿，裸露著兩條土黃色的麻桿腿，穿著肥大的繡花鞋，跳進了水田。當時我的腦袋懵了，我相信我們班的年齡小的同學都懵了，也許那幾個年齡大的同學猜出了是怎麼一回事。我們的老師李聖潔，這個當時在村民們眼裡如同天仙一樣的大辮子姑娘其實也沒猜出其中的原因，而且她還以為這是覃桂英對她的反抗。她此前已跟福建來的技術員學會了插秧的技術，現在她以身示範，教我們這項陌生的勞動。

田裡的水冰涼徹骨，淤泥大概有半尺深，淹沒了我們這些穿著棉褲下水的褲腳，於是我們在水田的行動就成了真正的拖泥帶水。李聖潔老師左手握著一把秧苗，右手捏著兩棵秧苗，彎下腰去。她一彎腰，那兩條大辮子便垂到水裡，彷彿濕漉漉的牛尾巴。她一甩頭，那兩條大辮子飛起來，落到她的背上，但接著滑到了另一邊。飛起的水星泥點落到我們身上臉上。那大辮子又從那邊滑下去，像兩條黑蛇吸水。甩了幾個回合後，她無奈地放下手中的秧苗，用濕漉漉的手把濕漉漉的辮子輓盤在頭上，這使得她的腦袋像一大坨腸胃健康的牛屙出的糞。她舉起右手的秧苗，說：每穴三至五棵，用食指、中指和拇指捏住，手指先入泥，勿傷秧苗根部……其實她的動作也很笨拙。一群三年級的頑皮孩童，在一個從沒插過秧的大辮子老師指導率領下的插秧很快便成了一場混亂的鬧劇，水田裡泥水四濺。插下的秧苗大半漂浮在水面。有一個女同學大聲哭叫起來，因為有一隻螞蝗鑽進了她的腿肚子。對，這個哭叫的同學還是覃桂英。這種偶然性並不是敘事者的刻意安排，而是歷史事實如此。「你又怎麼啦？」李聖潔老師問。「螞蝗，螞蝗鑽到腿裡去了。」覃桂英哭著說。我們圍上來看，果然看到一隻螞蝗將半截身體鑽到覃桂英左邊腿肚子裡。李老師是城裡人，沒見過螞蝗鑽人的事，她伸手欲扯那螞蟥，我們班年齡最大的谷文雨大叫道：「別拔，一拔就斷，拔斷後，留在肉裡那半截就進了血管，然後便鑽到腦子裡去了。」聽他這麼一吆喝，覃桂英更像殺小豬般嚎叫起來。李老師急問：「那怎麼辦？」谷文雨道：「最好的辦法是用熱尿泚，或者用鞋底搧。」用熱尿泚顯然不妥，用鞋底搧比較妥當。谷文雨幾步跳出水田，從田埂上那一堆鞋子裡撈過一隻，又下田來，對準覃桂英的腿肚子搧了一鞋底。啪的一聲響，噭的一聲叫，螞蝗沒出來。啪啪幾聲響，噭噭幾聲叫，螞蝗掉下來。覃桂英的腿肚子上出現了一個綠豆粒般大的洞，一股黑紅的血湧出來。一見血，覃桂英哭得更凶了，好像小命即將報銷一樣。谷文雨跑到田埂上撕了一把刺兒菜，放到手心裡揉爛，然後糊到覃桂英腿上。刺兒菜又名小薊，是止血良藥，我們都知道，但李聖潔老師不知道。她訓斥谷文雨：「你弄了些什麼？中了毒怎麼辦？」谷文雨說：「這是中藥，《本草綱目》上都寫著的！」谷文雨的爺爺是醫生，他的話有根據，李老師便不再吭聲。此時，覃桂英也嚎累了，腿上的血也止住了。李老師就說：「行了，你上去吧，洗洗腳回家吧。」覃桂英掙扎著往田埂上走，但剛走了兩步就又嚎起來，李老師問她又嚎什麼，她說鞋子被吸在泥裡了。李老師說你也是奇怪了，為什麼要穿著鞋子下水田，難道你的腳是三寸金蓮？李老師這句譏諷之言，我們這些野孩子似懂非懂，但對覃桂英來說卻是字字穿心，李老師將要為此付出沉重代價，暫且不提。且說李老師發動谷文雨等人幫著覃桂英從淤泥中摳出鞋子，又將覃桂英扶到田埂上，這時覃桂英沾滿了黑泥的雙腳猶如兩隻胖頭大黑魚，那兩只斷了襻的鞋子，像兩隻漚爛了的死貓。李老師說谷文雨你幫覃桂英到水渠那邊洗洗腳洗洗鞋子，然後送她回家去。但覃桂英殺死也不讓谷文雨陪她去水渠邊洗腳洗鞋，她自己也不洗腳洗鞋，她就那樣帶著兩腳泥，提著兩只沉重的大泥鞋哭哭啼啼地走了。走出幾百米後，我們看到她坐在了水渠邊。李老師還不放心，就吩咐谷文雨去看一下，免得她滑到水渠中發生意外。谷文雨很不情願地走過去，但我們隨即聽到了覃桂英的哭聲和罵聲，是那樣激烈，只有貓被踩了尾巴才可能發出那樣的聲音。我們看到覃桂英挖著泥巴投擲谷文雨，我們看到谷文雨倒退著、躲閃著，然後大步流星地跑回來。我們看到覃桂英趿拉著鞋子走遠，我們看到谷文雨紅脹著臉回來，我們聽到李聖潔老師責問谷文雨：「你怎麼惹了她?!」我們聽到谷文雨大聲說：

「她兩隻腳都是六指！」

三

我就不詳說水田插秧之後第二天，喝得醉醺醺的覃桂英之父扛著土槍來學校找李聖潔老師算帳的事了。我也不打算細說幾年之後覃桂英當了紅衛兵的頭頭，用一把鏽鈍的破剪刀鉸下李老師的雙辮子然後擰成一條鞭子抽打李老師面頰的事了。但我永遠忘不了覃桂英之父覃老九對著我們學校院子裡那棵鑽天白楊樹開那一槍。覃老九與我姑父是堂兄弟，大排行第九，故人稱覃老九。他那一槍震動了我們學校，校長嚇得臉色乾黃，李老師嚇得臉色蒼白。覃老九彎腰撿起從白楊樹上掉下來的一隻血呼呼的麻雀，扔到李聖潔老師面前，高聲大嗓地喊道：「你們到覃家莊訪訪，我家上溯八輩子都是貧農，沒有貧農就沒有革命，欺負貧農女兒就是欺負革命！」說完他便揚長而去。我儘管可以不說，但我也永遠忘不了覃桂英抽打李老師時那凶狠的表情。當時她只有十一歲。一個十一歲的小女孩為什麼會那樣地毒辣？這事兒至今我還是感到困惑。面對著谷文雨與覃桂英毒打李老師，我們還跟著喊口號，儘管我們都知道插秧那天李老師根本不知道覃桂英腳上有贅指，如果知道，以她的知識和教養，她絕不會讓覃桂英下水。儘管我們都知道在覃老九持槍鬧學校後的那個暑假裡，李老師出錢出力，帶覃桂英去縣人民醫院做了矯形手術——李老師的父母都是上海下放來的高級大夫——手術非常成功，手術成功的標誌是覃桂英穿著當時女孩子都喜歡穿的那種白球鞋在操場上跳繩。按說李老師已經很好地彌補了她無意中帶給覃桂英的心理傷害，甚至她都可以算作覃桂英的恩人，但面對著暴行，我們無人敢言，不敢言也不完全是膽小怕事，而是基於一種巨大的困惑。現在回想起來，谷文雨從覃桂英手裡奪過那根辮子扭成的鞭子，抽打著李老師翹起的屁股時，有明顯的性侵意識，是十足的流氓行為，而當時學校裡那位眼珠泛黃的造反派總頭目周玄黃老師，不但不制止，反而領我們喊口號：打倒反動學術權威的狗崽子李聖潔！打倒資本家的臭小姐李聖潔！——許多年後，當我質問谷文雨為什麼要那樣侮辱李老師時，他紅著臉說：都是周玄黃教唆的。許多事可以不寫，但李聖潔老師之死必寫。就在那次剪辮批鬥後不久，李聖潔老師跳進了學校伙房院中的水井。當人們幾天後將她從井中撈上來時，她的屍身已泡得發了脹。面對著她的屍身，學校的實際負責人周玄黃也手足無措。這些造反派大多數不具備處理複雜問題的能力，他們的特徵是瘋狂，他們的特長是破壞。最終還是被打倒的校長給周玄黃提了三個建議，一是建議他向上級報告請公安人員來檢驗屍體確定死亡性質，二是建議他派人去通知死者的父母。但當時正是黨委政府和公檢法被砸爛，革命委員會又沒成立的混亂時期，周玄黃派一個老師去公社彙報，那老師回來說找不到人彙報。而去縣醫院找李聖潔父母的那位老師回來說李聖潔的父親死了，母親瘋了。校長又向周玄黃建議，跟村子裡協商一下，把屍首埋了吧。當時村子裡的幹部也全被打倒，村子裡的紅衛兵頭頭是周玄黃的小舅子，姊夫給小舅子下令，小舅子就安排了村子裡的地主、富農、反革命分子和被打倒的支部書記、大隊長等人用葦席將李聖潔老師的屍體捲起來，抬到兩縣交界處的一塊荒地裡，挖了一個坑埋掉了。這幫人按照習慣，還給李聖潔老師堆了一個墳頭，也許是有意也許是無意，他們在墳頭前保留了一顆野生的杏樹苗，十幾年後，那棵杏樹已長得有四米多高，由於無遮無攔，枝杈便自由地向四處伸展，生成了一個龐大的樹冠，成了一道引人注目的風景。這棵杏樹從第三年便開始開花，結杏子，花開得十分美麗，但杏子又澀又酸，無法入口。

我上到五年級便輟學回家務農，當時中學已停止招生，覃桂英、谷文雨等人上完六年級也都回了家。後來在小學校旁邊建了兩排瓦房，成立了一個農業中學，學制兩年，谷文雨覃桂英等人又回來上中學，我也很想去上，但當時學校已由貧下中農管理，而管理中學的貧農代表就是覃桂英的父親覃老九。覃老九當時與他的堂哥也就是我姑父不知為了什麼原因鬧矛盾，城門起火殃及池魚，我上中學的權利就被剝奪了。剝奪我上中學的理由是我嬸嬸的娘家是富農，而我父親和我叔叔還沒有分家。

覃老九雖然是個文盲，但他卻成了管理學校的模範。他的階級覺悟高，看問題能看到根本。縣革委曾請他給全縣的管理學校的貧農代表們講話。他說：

「其實也沒什麼經驗，就幾句話，那就是，絕不能讓那些地、富、反、壞、右的後代們讀書識字，不但不讓他們的兒子孫子讀，他們的孫子的孫子也不讓讀，這樣就能保證我們的江山不變顏色。」

當時，我每天趕著牛羊從農業中學的窗戶外經過，看到我那些昔日的同學在教室裡打鬧，有時也會看到他們在操場上打籃球打排球，心裡感到很失落。我姊姊安慰我說這樣的學上不上都一樣，但我心裡還是難以排解失學的痛苦。有時候我會牽著牛久久地佇立在操場邊上，看著他們追逐打鬧。我看到，以學生身分被結合到學校革委會擔任副主任的覃桂英手拿著一疊稿子在操場邊上，邊走邊背誦。很快她便成了名聞全縣的演說家，她的高亢的嗓門，豐富的面部表情，變化多端的手勢和肢體動作，贏得了無數的讚譽和掌聲，也為她走上政壇鋪平了道路。

我牽著牛羊在操場邊上還看到谷文雨在籃球場上的傑出表演，他在中學生裡邊依然是年齡最大個頭最高。我看過中學與鄰縣中學的一場比賽，谷文雨是主要得分手，他的帶球三步上籃瀟灑而漂亮，引得女生們一陣歡呼。尤其他的鼻子被對方的後衛一掌搧破後，他表現出的風度和輕傷不下火線的精神更讓觀眾讚掌四起。

後來，覃桂英又到公社駐地的高中去上學，中學畢業後就到公社革委當了勤務員，負責給公社的領導端茶倒水之類的工作，公社成立宣傳隊後她又成了宣傳隊的報幕員，谷文雨高中畢業後回了家。我知道他的理想是當兵，但體檢時發現他的心臟長在右邊。儘管他又蹦又跳又喊又叫來證明他的身體很好而且比那滿院子參加體檢的青年都好，但最終他還是被淘汰了。徵兵的名額太少，而想當兵的身體合格政審合格青年太多，心在左邊的已經足夠挑揀，何必選一個心在右邊的呢？據說這些都不是他落選的主要原因，主要原因是負責徵兵工作的公社武裝部部長，把這件事當做一件奇事向前來檢查徵兵工作的縣武裝部政委呂森彙報時，那呂森竟然說：心臟生在右邊？這不天生是個右派嗎？——也許呂森政委只是開了一個玩笑，但下邊的人聽了可就是如雷貫耳，所以在許多年後，谷文雨酒後還會大聲叫罵：

「呂森啊，你這個老王八蛋，毀了我的前程。」

谷文雨沒當成兵，心情十分低落，這時，大隊黨支部在黨組織的吐故納新運動中發展他入了黨，並隨即讓他擔任了黨支部副書記，這顯然是把他當成了支部書記的接班人來培養的，當農村幹部雖然比不上當國家幹部風光，但也比當社員要好很多。有一次在通往公社那條大路上我騎著一輛破自行車與騎著一輛嶄新的大金鹿自行車的谷文雨迎面相遇時，我跳下車想與他敘敘同學之情，他卻僅僅是含義不明地嗷叫了一聲便飛馳而去。這讓我的自尊心受到了極大的傷害，以至於十多年後他為了女兒找工作的事求到我時，儘管我礙於面子沒拒絕，但心裡感到很彆扭。

我堂姊小學時與我同班，後來上農中又與谷文雨、覃桂英同班。到公社駐地上高中時，她又與覃桂英同班，她了解這兩個人的所有情況。我堂姊說谷文雨回鄉當了支部副書記後曾向在公社當服務員的覃桂英求婚，但遭到了拒絕。我堂姊說覃桂英對她說這事時十分鄙夷地說谷文雨是癩蛤蟆想吃天鵝肉。我說他們兩個在小學時就合伙把李聖潔老師欺負得跳了井，他們應該算革命戰友啊。我堂姊說公社陳書記看好覃桂英了，早晚會把她轉成吃國庫糧的幹部，一旦轉成幹部就會讓她做自己的兒媳婦。你想想，我堂姊說，人家覃桂英有這麼好的前程怎麼能看上谷文雨？

我當兵前最後一次見到覃桂英是在公社衛生院的病房裡。那是一九七五年的中秋節前，此時我已經在縣第五棉花加工廠當合同工。我回家揹口糧時見母親躺在炕上痛苦呻吟。我在自行車後座上綁了一根木棍，把母親用繩子攬在木棍上防止她掉下來。我馱著母親到了公社衛生院，正好遇到了在衛生院當副院長的我同學楊忠義的哥哥楊忠仁。楊忠仁替我母親診斷了一下，說是急性膽囊炎，需要住院。當時公社衛生院裡只有四間病房，三間是普通病房。每個病房裡四張病床，一個房間是幹部病房，裡邊有三張病床。普通病房沒床位，幹部病房暫時無人住。楊忠仁就把我母親安排在幹部病房裡，他對我母親說：

「大嬸子，你先在這裡住著，如果有幹部來住院再想辦法。」

我母親雖然病得沉重，但還是對楊忠仁千恩萬謝，並囑咐我永遠不要忘記楊大哥的恩德。

我工作的棉花加工廠距醫院只有一牆之隔，我向廠裡請了假，便過來照顧母親。一個名叫王寅之的男護士，頗不耐煩地給我母親掛上吊針，然後怒氣沖沖地問：

「誰安排你們住進來的？」

我恭恭敬敬地說是楊副院長。他蔑視地哼了一聲，嚇得我心驚肉跳。

下午又有一個病號住進了這間病房，生病的人是縣農業學大寨工作隊的隊員，一個胖乎乎的知青，聽口音是青島人，侍候他的就是覃桂英，這時我才知道她已經是學大寨工作隊的隊員。由縣一級組織向社村派駐學大寨工作隊，是一個全國性的、持續了四年之久的運動。工作隊成員由機關幹部、工廠工人、知識青年和少數農村戶口的青年積極分子組成。他們的任務就是督促農民走社會主義道路，割資本主義尾巴。那些人白天巡迴檢查——有時也幫社員幹點農活——晚上開會演講。演講的內容基本上是套話、假話、空話，許多的豪言壯語，許多的四六字排比句，許多的順口溜。一個社會的敗壞總是與文風的敗壞相輔相成，浮誇、暴戾的語言必定會演變成弄虛作假、好勇鬥狠的社會現實，反過來說也成立。我沒有聽過覃桂英在學大寨工作隊時期的演講，但她的鐵嘴大名在當時的高密縣流傳甚廣。她所在的那個工作隊駐紮在窩鋪村，窩鋪村中有一位在棉花加工廠當合同工的張師傅與我很好。當他知道我與覃桂英的同學關係後說：「你這位同學絕對是個人才！她講起話來高聲大嗓，滔滔不絕，一口氣講三個小時不重樣。演講時她嘴角上掛著泡沫，一手扠著腰，一手揮舞著，剛一看感覺她有點裝模作樣，聽一會兒就覺得她是自然形態。張師傅說儘管聽她講一晚上也記不住她講了什麼，但大家都願意去聽，不，應該是去看她演講。」

覃桂英陪同著那青島口音的工作隊員進入病房，我有點自慚形穢。因為在棉花加工廠工作，我身上沾滿了棉絨球兒，頭髮糾結成團，在原本的其貌不揚基礎上又加上了衣衫襤褸。她上下打量了我幾眼，問：

「你怎麼在這裡？」

「俺娘病了。」我說。

她似乎是很不情願地看了我母親一眼，然後問：

「怎麼啦？」

「急性膽囊炎。」我說。

我母親睜開眼，問我：

「誰？」

「覃家莊俺姑的姪女。」

「大外甥啊，越長越俊了。」我母親說。

聽我母親誇她俊，她顯然很高興，便俯身對我母親說：

「大妗子，您好好養著，打打吊針就好了。」

我坐在母親病床前那個搖搖晃晃的小方凳上，看著那位紫紅面皮、粗重眉毛的男護士王寅之用近乎諂媚的好態度為那工作隊員掛上了吊瓶，然後指著那張空床對覃桂英說：

「覃副組長，晚上您可以睡這張床。」

這時我才知道，覃桂英不但參加了學大寨工作隊，而且還當上副組長。

這位男護士臨走時又惡狠狠地盯了我一眼，我心中只有怕，不敢恨。我怕他給我母親打針時使用沒消毒的針管，我害怕他在我母親吊瓶的液體裡注入酒精，我怕他把我母親趕出病房，所以他在惡狠狠地瞪我時，我慌忙地站起來，就差為他下跪鞠躬了。

像我母親這種生了病多半是拖著熬著靠自身的免疫力而痊癒的人，偶爾用一次抗生素，那效果就格外地顯著，只輸了兩瓶藥，她就說好多了，並說肚子有點餓了。我回到棉花加工廠，拿著我那個破瓷碗，想去食堂給我母親打點飯。我翻了一下口袋，只有兩斤粗糧票和一毛五分錢菜票。我向同宿舍的人借細糧票，他們都說沒有。他們是與我一樣從家裡揹糧來換飯票的農民工，沒有細糧票是正常的，有細糧票是不正常的。有細糧票的是那十幾個吃國庫糧的正式工人，我實在不好意思去向他們借細糧票。無奈何，我只好打了三個窩窩頭，一毛錢的炒豆角。我往醫院走，心中羞愧無比，為我每月一次花兩毛錢去理髮，為我與工友湊錢喝酒，為我花兩塊多錢買一雙尼龍襪子，總之，我痛恨自己無能而奢侈，讓重病的母親跟我一起啃窩頭。

等我進入病房時，更大的尷尬和羞辱正在等著我。那位工作隊的男隊員與覃桂英正在吃飯。窗台上擺著一盆雞湯，床頭櫃上擺著一盤黃瓜拌燒肉，一盤韭菜炒雞蛋，還有一盤辣椒炒豬肝，還有四個冒著熱氣的雪白的饅頭。覃桂英坐在床邊，正在專注地給那男隊員餵雞湯。她目不斜視，不看我們。我從內心感謝她這種漠視，因為她的任何一個眼神都會讓端著三個冷窩頭的我無地自容。後來我才知道，這個男工作隊員是青島自行車廠供銷科長的兒子，他父親幫我們公社黨委搞了六張大金鹿自行車票，這在當時可是了不起的大事。所以他住院後，醫院領導另眼相看，安排食堂燉隻老母雞，炒幾個菜是順理成章之事。據說他後來又給醫院的領導要了兩張自行車票，他給沒給侍候他的覃桂英弄張自行車票不得而知。

我母親見我端來了這樣的飯，嘆息一聲，令我無地自容。母親看出了我的尷尬，說：

「你們廠裡這窩頭聞起來香噴噴的。」

這時，在附近磚廠當炊事員的我舅家表哥一步闖進來——他是醫院楊忠仁副院長的妹夫——一看我母親手裡的窩頭，他斥責我道：

「表弟，你怎麼能讓俺大姑吃這個？大姑，您先別吃，等一會兒，我回去給你弄點熱乎的。」

我把表弟送到門外，看著他騎著自行車向磚廠飛馳而去。我回去安慰了幾句母親，便走到醫院門口等表哥。大約半個小時，表哥一手扶車把，一手提著個飯盒疾馳而來。

吃完了表哥送來的一碗熱麵條和兩個荷包蛋，母親滿臉都是滿足的表情。她提著我的乳名叮囑我，這輩子千萬別忘了你表哥。我說：

「永遠忘不了。」

這一夜月光很好，病房裡沒有窗簾，月光照耀得房子裡一片通明。母親時睡時醒，我坐在凳子上，趴伏在床邊裝睡。那男工作隊員原本就是個普通感冒，打完吊針，吃了那麼多美食，月光照進屋時，他已經精神抖擻，騷動不安。我越是不想聽他說話，他的話聲愈是往我耳朵裡鑽。開始時他還有所顧忌，他低聲地炫耀著他父親的權勢，他諸多的在青島的要害部門掌握大權的親戚，他還有一個姨夫是中國駐南美洲某國大使館的武官，她的小姨從南美給他家寄來了龍舌蘭酒還有魔鬼辣椒，他說那種辣椒之辣無法想像，他說他曾把一顆辣椒悄悄地扔進棧橋下的海水中，第二天早晨海面上就浮起了一層肚皮朝天的魚，人們把這些魚撈回去煎著吃，吃一口鼻子就往外竄血……只是他一個人說，覃桂英一聲不吭，彷彿病房裡沒有她的存在，彷彿病房裡只有一個滔滔不絕的、雲山霧罩的吹牛者。我盡量使自己閉目不見、充耳不聞，但這青年的吹牛具有強烈的吸引力，講到他用魔鬼辣椒抹了一下野狗的鼻子，那野狗被辣得像野貓一樣爬上了十幾米高的大樹時，我差點笑出聲來。後來，那青年好像說累了，聲音低了下來，後來又發出了一些奇怪的聲音，我實在抵御不了那聲音的誘惑，歪頭看了一眼，發現他們倆已經摞在了一張床上……

第二天上午，王寅之橫眉立目地對我說：

「上午公社領導的家屬要來住院，你們馬上把病床騰出來！」

「吊針不是還沒打完嗎？」我問。

「那我不管，反正你們必須馬上把床騰出來。」他說。

我去辦公室找楊忠仁，希望他能說說情容許我母親把吊針打完，但楊忠仁低聲對我說：

「兄弟，我剛挨了書記一頓批，嫌我違反規定把大嬸子安排進幹部病房。」

「真是對不起大哥了，我們馬上走，能把那些還沒用完的藥讓我們帶回去嗎？」我說。

「我跟王護士求求情吧。」他說。

我從楊忠仁辦公室回到病房，扶著我母親，提著一個網兜（兜裡裝著我的破瓷碗和半塊窩窩頭）走出病房。我母親跟覃桂英說：

「大外甥，再見了。」

覃桂英紅著臉，嘴裡嗚嚕了一句我沒聽清內容的話。

二十多年後，我在電視上看到過那位男工作隊員，此時他已是某市的副市長，正在某縣的辣椒地裡視察，準確地說，我是通過聲音辨認出了他，因為他此時的堂堂威儀無法與那個病房尋歡的傢伙建立聯繫。

昨天，我就農業學大寨工作隊的問題，專門諮詢了一位當年擔任過工作隊員的老朋友，他說那些從農村抽調上來的農業戶口的工作隊員絕大多數都轉成了吃國庫糧的幹部或者被推薦保送上了大學或中專，而且這批人中還出了幾個高官（他報出了幾個我熟悉的名字），然後他又說你們公社那位覃桂英本來是要提拔她擔任共青團縣委副書記的，但工作隊收到了一封檢舉信，檢舉她在文革初期打死了一位女教師。縣委派人下去進行了調查，儘管事實與那信上所說的有出入，但她剪老師的辮子，抽打老師的臉，辱罵老師都是事實，老師之死與她的侮辱有直接關係，儘管她那時只是個小孩子，但畢竟也是不光彩的歷史，將這樣的人提拔成幹部顯然不妥，於是，她就灰溜溜地回了家。起初她不明就裡，還來縣委鬧過幾次，後來縣裡乾脆把這事對她挑明，她哭著為自己辯解，說自己那時是小孩子什麼也不懂。縣裡領導就跟她說：如果你不是小孩子，就該進監獄了！一聽這話，她就乖乖地走了。

四

母親出院後四個多月，我就當兵離開了家鄉。在部隊我吃苦耐勞，勤學苦練，表現突出，引人注目，雖然學歷偏低，年齡偏大，但最終還是被破格提拔成軍官。我之所以能這樣努力，與陪母親住院時所受歧視與侮辱有直接關係。每當我在訓練中勞動中學習時身感疲乏遇到困難或障礙時，我就想起王寅之護士那張冷酷的臉，還有那男工作隊員滔滔不絕的吹牛話語以及蔑視的眼神，當然也有覃桂英那種不想承認認識我們，但又不得不承認認識我們的曖昧眼神。當然我也忘不了那三個乾巴裂紋的窩窩頭與香噴噴的雞湯和雪白的饅頭的對比。我一直懷疑王寅之所說有公社領導的家屬要來住院是句謊言，根本的原因是那男工作隊員嫌我與母親住在病房裡，讓他與覃桂英的麻扯之事不能盡興。儘管他基本上做到了肆無忌憚，但事實上還是有所顧忌，所以他悄悄地跟王寅之遞了話，那王寅之正愁巴結不上這位貴公子，編一個謊言驅逐我們就成了順理成章之事。許多年之後我向退休在家的楊忠仁提起此事時，他說：

「兄弟，王寅之死了都快二十年了，還提這事幹什麼？」

我驚訝地問：

「王寅之死了？他那麼年輕怎麼會死了呢？」

「兄弟，黃泉路上無老少啊，你想想看，你在棉花加工廠時那些工友有多少人死了？」他一連數出了二十幾個名字——說，「這些人，都年紀輕輕的就走了。所以，過去的事，能忘了的就盡量的忘了，尤其是那些不愉快的事，你說我說的對不對啊？兄弟。」

「你說的太對了，但有些事是忘不了的，而忘不了的事之所以忘不了是因為它有被記住的價值，所謂『前事不忘，後事之師』就是這個意思吧。」我說。

與楊忠仁見面後，很長一段時間我都沉浸在對那段往事的回憶中不能自拔。王寅之死了，棉花加工廠裡那些與我年齡相仿的工友竟然死了二十多名，而且他們多是暴死，以至於有一段時間人們謠傳棉花加工廠建立在當年的一個老墓田上，而且棉花加工廠所有建築包括圍牆使用的都是墳磚。毗鄰棉花加工廠的醫院也是墳磚建成的，而醫院的門窗所用木材竟是從墳墓裡扒出來的棺材板子。這說法其實並不可靠，因為不可能有那麼多的墳磚，更不可能有那麼多的棺材板子。我認真地回憶了當時的棉花加工廠、醫院，包括附近的磚廠周圍的情況，我覺得這麼多中年人暴病而死很可能與飲水有關，那時沒有自來水，地下水又因含氟量太高不能飲用，所以，這幾家工廠和醫院的飲用水都是從河中汲取。棉花收購加工旺季時，棉花加工廠有四百多人，為保證食堂用水和職工飲水，廠裡特意安排了兩個人專司挑水之職。我曾經當過兩個月挑水員，磨破了一件新褂子，肩膀上也磨出了老繭。後來廠裡書記看我幹活賣力，不偷懶磨滑，便讓我當了司磅員。司磅員活兒輕鬆工資又高，多少人求之不得，但我還是懷念挑水時的飄逸與瀟灑。棉花加工廠與我一起挑水的那個小伙姓于名錚，是我的啟蒙老師的兒子，他的父親曾經擔任過國軍的空軍機械師，操膠東口音，寫得一手好字。「文革」初期有牆必寫主席語錄，學校的老師拿著尺子，起上格子，寫著塗塗了寫，于錚的父親在紅衛兵的監督下提筆就寫，一字不脫一筆不苟，端莊穩重的顏體大字躍然牆上，觀者無不欽佩。于錚的媽媽于老師從拼音字母開始教我，一直教我到二年級，我與于錚個頭差不多高，模樣也長得有幾分相似，我們挑著兩桶水從河堤上飛步而下時，有飄飄欲飛之感。凡事熟能生巧，挑水也不例外。剛開始我們挑水上下河堤時歪歪斜斜，滿滿兩桶水從河中挑到廠裡，一路顛簸潑灑，到廠裡時只剩下大半桶。後來，于錚發明了用高粱稈做成的防濺器與「之」字形上下堤法，使我們的工作效率大大提高。當時，在磚廠挑水的是我那位只比我大半歲的表哥，他們廠人少距河近，所以他半天挑水就夠一天之用，空餘時間還得在伙房裡洗菜燒火。醫院裡的挑水工是谷文雨，他因為心臟右位當兵不成，回村當了一年黨支部副書記感到無趣，便想到公社找一個既能掙工分又能掙點零花錢的活兒幹。但這樣的位置，早已滿員，如無後門，根本不行。谷文雨年紀又大，長相又凶悍，主要是無有後門可走，最終他因為右心位認識了醫院的院長，便謀得了這個挑水的差事。醫院每天需水量二十擔，從醫院到河堤距離五百米，二十個來回二十里，空載十里，滿載十里。這點勞動量對當時的農民來說是很輕鬆的，每天一元三角錢，交生產隊一半，自己剩十九元五角，這在當時不是一筆小錢，所以這是個美差。谷文雨很懂事，他每月都會從這筆錢裡拿出一部分，買菸買酒，打點醫院的領導和村裡的書記。我們四個挑水人，有時候坐在河堤上小憩，抽一支菸，身後是膠河的汩汩清流，面前是工廠、醫院、公社黨委機關的灰色建築以及建築牆壁上的紅色大字。于錚道：

「造紅漆的真發了財了。」

谷文雨感慨道：

「比前幾年文革剛起時用量少多了，那時候，幾乎所有的牆上，不管是磚牆還是泥巴牆，都刷上了紅漆。不僅牆上刷紅漆，還有紅旗，紅袖標，睜眼是紅，閉眼也是紅，多喜慶，多熱鬧，天天過節，月月過年……那時候真令人懷念啊……」

「老谷，按說你也算是咱們公社最早的紅衛兵，革命元老，您第一個帶頭砸了娘娘廟，第一個給校長戴上高帽子，脖子上拴上繩子，牽著他遊街，像牽著一條狗，煞了他的囂張氣燄。你又是第一個，帶領我們去青島串聯，讓我們不花錢坐了火車，見了樓房。你牽頭成立了牛虻造反小隊，出版了油印的《牛虻小報》。你們那些一起挑頭造反的都安排了好事，有的上了大學，有的招了工，最不濟的如覃桂英也安排當了學大寨工作隊員，轉成幹部也是早天晚天的事，只有你，委屈在這裡與我們一起挑水。」我表哥道。

谷文雨長嘆一聲，道：

「虎落平陽遭犬欺，落水鳳凰不如雞，這挑水的差事能讓我多幹幾年就磕頭不歇息了。」

「老谷，你是『勉從虎穴暫棲身』，將來一有時機必將飛黃騰達，平步青雲！」我說。

谷文雨瞪著眼說：

「想不到你小學沒畢業竟然能說出這樣的話，可見我們這初中高中都是白上了。」

我忙說：

「哪裡哪裡，我就是看了幾本閒書，鸚鵡學舌罷了。」

谷文雨道：

「你竟然還能使用『鸚鵡學舌』這種複雜成語，我真是小瞧你了！」

「我們都好好混，將來誰要當了大官，就回來在這個地方修個亭子，紀念我們這段青春歲月。」于錚道。

「好，但亭子該有個名字啊。」我說。

「就叫『挑水亭』。」表哥說。

「太土了，那還不如叫『看河亭』呢。」于錚道。

「可以叫『磨肩亭』，我這可不是隨便起的，是從孟子的『天將降大任於斯人也』那段話裡化來的。」我說。

「光磨肩嗎？腳也磨啊。」表哥道。

「你這是抬槓嗎，老谷你學歷最高，年齡最大，還當過支部副書記，你說該叫什麼名？」我說。

「如果有一天，革命由低谷轉為高潮，我不會像從前那樣溫良恭儉讓。如果我能成就我的宏圖大業，我會在這裡修一座八角亭，用松木做柱子，用琉璃做瓦，我要將這座亭子命名為『四英亭』」，谷文雨深深吸了一口氣，然後把幾乎燒到嘴唇的菸頭吐到河堤下，指點著我們三人，然後又指了指自己，說，「我們四個人，四個英雄，『四英亭』！」

于錚鼓著掌說：

「好，好一個『四英亭』！」

我表哥道：

「你還不如乾脆直接叫『思英亭』得了。」

谷文雨直著眼說：

「什麼『思英亭』？『四英亭』！」

「你這是玩花活兒，你的本意就是『思英亭』，思念覃桂英的亭。」我表哥說。

「純屬放屁！我思念她幹什麼？有多少美女我不去思念，我去思念她？六指兒！」谷文雨道。

「你也別嘴硬了，你跟覃桂英的事兒我們都知道。你們倆小學時就建立了革命友誼，上初中時就勾勾搭搭，到了高中，那簡直就是不加掩飾，就差鑽高粱地了。」于錚道。

谷文雨漲紅了臉，說道：

「坦白地說……但這個賤人見我回了農村就不理我了，聽說攀上高枝了，呸，她總有一天會後悔的，到時她跪在我馬前，我也會潑一桶水讓她收起來。」

我們一齊說：

「對，谷大哥，我們都要奮鬥努力，勤奮學習，等待時機。一旦成功，馬前潑水！」

幾年後，「文革」結束，高考恢復，于錚考入醫學院，畢業後到市精神病院當了醫生。我表哥卻在三十歲那年毫無徵兆地一頭栽倒，七竅流血而死，他死的症狀跟我棉花加工廠的工友們很是相似。後來我分析原因就在河水上。我當兵走後，河的上游建了一家鄉化工廠，生產一種劇毒染料，生產時產生的污水全部排入河中，污染了河水。上級部門經過調查研究，確認了怪病是該企業導致，即堅決關閉了該廠，並將有關負責人繩之以法。我跟于錚在化工廠建設之前即離鄉遠走，故躲過了這一劫。谷文雨也在該化工廠開工之前被醫院解雇，因之也安然無恙。

真是可惜了，我心地善良、一表人才的表哥。

五

一九九五年秋，于錚到北京進修，住處離我家甚近，每逢週末，我們便相聚喝酒聊天。他雖是醫生，但醉心文學，一直不安於位，想辭職寫小說。我說：

「師弟，你別來搶我的飯碗，把你那些素材講給我聽，我寫出小說來，稿費分你一半。」

「你需要什麼素材？」他說。

「隨便你講。」我說。

他說，當初，谷文雨向覃桂英求愛遭拒絕，但後來她卻嫁給了他，你知道原因何在嗎？我說，當初，覃桂英滿以為自己能轉成國家幹部或是被推薦上大學，但後來卻被下放回家成了農民，女農民嫁男農民，這不順理成章嗎？

于錚道，非也。覃桂英回村後，谷文雨又來求婚，但覃桂英還是不答應。後來，發生了一件事，這要從在兩縣交界處李聖潔老師墳墓前那棵杏樹說起。那是一片無主荒地，只有李老師一座孤墳，墳前那棵杏樹，十幾年後長得枝繁葉茂，每到開花季節，一樹繁花，引得蜂飛蝶舞，成為一處景觀。有人在墓前立了一塊石碑，碑的正面刻著「人民教師李聖潔之墓」，九個隸體大字，碑陰刻著李老師生平事蹟。有人傳說李老師已經成了神，能保佑學生考出佳績，於是她墳前香火旺盛，尤其是中考高考之前，前來燒香拜祝的學生和家長絡繹不絕。這是後話，先說前言。于錚道，谷文雨是兩縣屯人，覃桂英是覃家莊人，兩村相距三里遠，雞犬之聲相聞。說李老師墓前那棵杏樹春天繁花如綴，秋後碩果累累，但那杏子又酸又澀，難以入口。熟後無人去摘，墜落於地，腐爛成泥，彌散著一股酒糟氣味。後來，谷文雨村子裡一個婦女谷玉珍，聞酒香靈機發動，每年杏熟後即採杏回家，杏肉用來釀酒，杏核砸開取仁而賣給藥店，一舉兩得，眾人皆誇這谷玉珍是三縣屯第一聰明人。但有一天，這聰明人突然神經錯亂，又說又唱。她又說又唱著向覃家莊行進，身後跟著一群看熱鬧的三縣屯的孩子，到了覃家莊後，又吸引來一群覃家莊的孩子，還有一些婦女。她徑直地走到覃桂英的家——這是覃桂英從學大寨工作隊被下放回家後幾個月的時候——谷玉珍聲音尖利地哭著罵著，她的罵是唱出來的……覃桂英啊……你這個喪盡天良的小六指……我爸爸親自為你做手術……我媽媽為你墊上醫療費……我親自陪床為你梳頭穿衣……還餵你吃了陽梨罐頭……你竟然剪我辮子打我臉……逼我跳井你如凶神……我蒙冤屈死十年整……今日報仇雪恨我讓你鬼纏身……小孩子不知往事跟著起哄，大人們知道往事膽戰心驚。那時覃老九已經得了腦血栓多年，留下了半身不遂的後遺症，他躺在炕上揮舞著那條能動的左臂，嘴裡含混不清地吆喝著：槍……槍……覃桂英的娘跪在院子裡磕頭作揖，嘴裡叨叨著：他姑啊……仙姑……開恩吧……孩子小……不懂事……冒犯了仙姑……仙姑高抬貴手啊……覃桂英躲在屋裡，關著房門，不敢露面。那谷玉珍在院子裡狂舞瘋唱，長髮披散，脫下衣服揮舞著，彷彿揮舞著辮子，局面混亂，不可收拾，村裡人唯恐不亂，起哄叫好，那谷玉珍愈發瘋狂。此時就聽得院外大吼一聲：打倒資產階級臭小姐李聖潔！無產階級文化大革命萬歲！——就見一個威武的大漢，上身穿一件草綠色的褂子，頭戴一頂草綠色的帽子，腰繫一條牛皮腰帶，高輓著雙袖，臂彎上戴一個紅袖標，宛若天兵下凡。此乃何人？當年的紅衛兵小將谷文雨也！谷文雨口號一喊，那谷玉珍如同受了電擊，渾身顫抖起來。谷文雨雄赳赳上前，掄圓了胳膊，一巴掌，響亮地抽到了谷玉珍臉上。那谷玉珍往後便倒，口吐白沫昏死過去。俄頃，谷玉珍醒來，如夢中醒來一般，問周圍的人：我這是在哪兒？旁人道：你在覃家莊覃桂英家。她疑惑地問：我怎麼會在這兒？誰把我弄到這裡？——後來，谷玉珍又來鬧過幾次，每次都是谷文雨前來降服。——覃桂英為什麼嫁給谷文雨，于錚道，現在你明白了吧？

原來如此，我說，會不會是谷文雨導演的一場戲呢？

不能肯定也不能否定，于錚說，反正結果就是谷文雨娶回了覃桂英，而結婚第二年覃桂英就為谷文雨生了一個女兒，為了逃避計畫生育，他們跑到了中俄邊境一個荒涼的山村，在那裡開荒種地。去年，他們帶著三個女兒一個兒子回到了故鄉。這時，人民公社早已解了體，他們因為錯過了分配責任田的機會，村子裡的公留地也就是叫行地，也都被村幹部們瓜分完畢，所以，他們一家五口就成了無地的農民。為此，他們兩口子在村裡鬧，到鄉上鬧，去縣裡上訪。最終縣裡給出的解決方法是：補齊三個孩子計畫生育罰款六萬元，落下戶口，然後分配口糧田。一九九四年的六萬元，對於一個農民家庭，是一筆根本無法籌措的巨款。那時我剛由精神病院調回縣醫院幹部保健科工作，那天受院長派遣去縣政府為一個副縣長送藥，在縣政府大門口，看到了谷文雨一家六口。當時正是中午下班時間，許多人圍成圓圈，一個男人在圈裡悲悲慘慘地哭唱，類似我們聽到過的沿街賣唱乞討的盲人。我生性好奇，又心存著文學的夢想，處處注意積累素材，便擠進人群，定睛一看，老天，原來是谷文雨一家。十幾年不見，說實話我一時沒認出他們。谷文雨穿著一件破舊的軍大衣，街上的人都穿著襯衣，女人都穿起了裙子，他穿著油滋黏膩的破大衣，頭上還戴著一頂破棉帽，看上去就熱得慌。覃桂英穿著一件分不清顏色的羽絨服，頭上圍一條紫圍巾，腰裡扎著一根寬布條子，背後布兜裡兜著一個孩子。在他們面前，依次排列著三個女孩，大的十幾歲，一頭亂髮，目光呆滯，顯然有智力上的障礙，老二和老三看上去很機靈。三個女孩脖子上都插著一根穀草。天哪，這是賣孩子的標誌啊，這簡直是給社會主義丟臉啊，幸虧小縣城裡沒有外國人的蹤影，要是在北京，被外國人拍了照去，發到西方的報紙上，豈不是中國的奇恥大辱？他們悄悄地賣孩子也就罷了，他們還大聲唱，唱悲涼的腔調，苦難深重的詞兒。谷文雨的嗓子想不到那樣好，悲壯蒼涼，聞之令人動容：好心的大爺叔叔們，大娘大嬸子們，大兄弟大姊妹們……看看我這一家可憐的人……我們流落邊關十幾年……回鄉竟成了多餘的人……房屋倒塌院生草……責任田無我們一釐一分……欲想分到口糧地先交罰款六萬金……走投無路把兒賣……

好心的人啊……可憐可憐這幾個快要餓死的孩兒……谷文雨唱到節點上，覃桂英便淒慘地長嚎一聲：好心人啊，買了這幾個孩子去吧，一萬一個不嫌多，一百一個不嫌少，買了去吧，救救這幾個孩子吧……與此同時，那兩個小女兒大聲哭起來，大女兒看看父母和妹妹以及周圍的人，害怕地鑽到谷文雨的破大衣裡。圍觀的很多人都流下了熱淚，有人摸出錢，放到他們面前的一個破瓷碗裡。我心裡十分難過，于錚說，畢竟是同學，又有過共同挑水的生活，早就聽說他們過得很慘，但沒想到這樣慘。我想，于錚說，命運真的是存在的，退回去幾十年，誰能想到他們倆能成為這個樣子？如果谷文雨不是右心位，如果不是縣武裝部政委說了那樣一句話，谷文雨也許早就成了軍隊的幹部，肩上將星閃爍也是可能的。而覃桂英如果不是有人告狀，很可能也成了高級幹部，聽說他們學大寨工作隊的隊友們，有一位已經當了市委書記。市政府大門口的信訪辦公室裡很快跑出了幾個人，連拉帶拖地把他們一家拽進了屋裡，幾輛警車也鳴笛開來，驅散了圍觀的群眾。

後來，于錚說，他們分到了口糧地，孩子的戶口也落下了，那六萬罰款也不了了之，我聽市政府的王祕書說，如果不給他們解決，他們就要去天安門廣場賣孩子。你這兩個同學真是太厲害了，王祕書說，別說是去天安門廣場賣孩子，就是去濟南泉城廣場賣孩子，省裡追查下來，縣裡頭頭們都要吃不了兜著走！

六

表哥的兒子要去新疆就職，來京體檢，順便來家看我。他就是我那位在磚廠當過挑水工、曾經在我最艱難的時候煮了一碗雞蛋麵給我母親吃、讓我終生難忘的表哥的兒子。他在我們東北鄉當了四年鄉長又當了四年書記，一直提不起來。縣裡找他談話，如要提職，請到邊疆。他說，只要讓我離開東北鄉，天南海北都無妨。我問他為什麼對東北鄉這麼反感。他說：表叔，東北鄉自然是好地方，東北鄉的人民，大多數也是淳樸善良的，但確實有那麼十幾位刁民潑婦，實在是難鬥難纏。這十幾個刁民潑婦的領頭人，表叔，就是您那兩個好同學覃桂英和谷文雨。谷文雨近年來得了精神病，已經掀不起大風浪了，但那個覃桂英，借助網絡，興風作浪，詭計多端，老奸巨滑。我在東北鄉工作這八年，起碼有一半的精力浪費在她身上。這兩年她對網絡上的種種貓膩越來越精通，一不小心，就會跳進她給你挖好的坑裡。我如果不趕快走，在這裡再幹兩年，非被她禍害了不可。

咱們跟她，也算是沾親帶故啊，我說，她怎麼能這樣？

表叔您有所不知，我剛到東北鄉當鄉長時，她闖到我辦公室來找我，進門就跟我套近乎，說她是您的親表妹，剛開始我信以為真，回家問問老人才知道不是那麼回事，但畢竟也算瓜蔓子親戚吧。她後來隔三差五就來找我，有時提著一筐子杏，有時提著兩隻雞，有一次還用扁擔前頭挑著一條金翅大鯉魚，後頭挑著一隻黃蓋大鱉。進了院就咋呼：連年有餘，獨占鰲頭！機關裡的人都圍著她看熱鬧。我實在是煩她，影響太壞，就對她說：表姑，您不要這樣，您這樣就把老侄我這個差事給廢了，您說吧，有什麼事要我辦。她說：老侄，您老姑夫一九七〇年就入了黨，還在村裡當過黨支部副書記，後來我們去黑龍江，那也是沒法子的事。你老姑父的黨員，鄉上和村裡都不承認了，我希望你能主持公道，恢復你老姑父的黨籍，他是個有大本事的人。恢復了他的黨籍，你就安排他擔任村黨支部書記，只要你老姑父上了任，不出三年，他保證能把三縣屯村建設成先進村。我說：表姑，這事我說了也不算，但我可以了解一下，如果不違反組織原則，我一定幫忙，如果違反組織原則，那我也不敢違規辦事，這點還請老姑諒解。

後來我去調查了一下，谷文雨在文革後期確實被突擊發展入黨，也確實回村當過一段支部副書記，但後來他們為逃避計畫生育跑到黑龍江十幾年，從沒參加過組織生活更沒交納過黨費，黨籍自然也就取消了，如果他在村子裡威信很高，確有能力，重新考察發展他入黨也不是不可能，但他們倆口子在村裡名聲太臭了。他們在村子中央辦了一個廢舊塑料收購點，那些破塑料帶子、破塑料盆子等等堆積如山，一到夏天臭氣熏天，污水橫流，蒼蠅成群，這還罷了，群眾意見最大的是他們建了兩個爐子，熔化廢舊塑料，再澆鑄成塑料塊兒，這兩個爐子裡熔化著塑料，爐底燃燒著塑料，黑煙滾滾，怪味沖天。村子裡的人家都不敢在院子裡晾曬衣物，離他家近的住戶受害尤深，村子裡屢次出面禁止，都被他們倆口子給罵走了，你說這樣的人怎麼可能重新入黨？即便是黨員也該開除了他。我把這道理講給覃桂英聽，並希望她立即關閉塑料熔鑄爐，否則，縣裡環保部門就要來強行拆除並處以巨額罰款。她竟然說：老侄，你混到這份上也不容易，你父親生前我也認識，他與你老姑父也一起挑過水，你老姑父不能重新入黨那就算了，但我呢？我可不可以入黨？如果你們發展我入黨並讓我擔任支部書記，我保證立即拆爐子並停止收購廢舊塑料，我還會捐出一筆錢修村子裡的路，你看這事怎麼樣？我說：老姑，您早年也是在外邊幹過工作的人，您知道，入黨是件嚴肅的事，別說老侄只是個小鄉長，老侄即便是縣長、省長也得按照組織程序來。她說：程序是死的，人是活的。老姑當年在農業學大寨工作隊時就寫過入黨申請書，工作隊長代表組織跟我談過好幾次話，如果不是壞人搗亂寫誣告信，老姑也許早就當上市委書記了。我說：老姑，歷史上的事情，我年輕，不了解，但眼下您有這種願望自然是好的，您可以先把想法跟村子裡的支部書記談談，您也可以寫入黨申請書，但是，老姑，最重要的，您必須先把塑料熔爐拆了，否則別說入黨沒門，進監獄都有可能，如果你們的鄰居有個三長兩短……

她可能怕進監獄，也可能是以為拆了爐子就可能入黨，於是她回去就把爐子拆了，還拿錢買了幾百棵樹苗子，栽在村後的河堤上。但她的入黨申請，遭到了村裡黨員的一致反對，人們還把她當年侮辱打罵李老師導致李老師投井自盡的舊事揭了出來，村裡黨員們說，如果她入黨，我們就退黨。這事村裡的黨支部書記跟我談過，我聽後唯有嘆息，我嘆息這個女人的心智怎麼能如此迷亂，她的智商很高，她的知識面很廣，但她為什麼連一點自知之明都沒有呢？我想，真正可怕的壞人還不是那些知道自己壞的人，而是那些不知道自己壞、反而認為自己很正確很好的人。那些知道自己壞的壞人的心裡還存在著良知所以還知道自己的壞，而那些不知道自己壞的壞人，心裡只有自以為是，他永遠都以為自己是正確的，他永遠都認為別人欠他的，他永遠都在恨別人，罵別人。表叔，您這位同學基本上就是一個這樣的人。這樣的人，不但我怕，我估計連老天爺都怕。

她拆了爐子，花錢買了樹，但沒入上黨，從此就成了一個意見領袖。她認為我騙了她，從此我也成了她的仇人。她甚至要把那些栽到河堤上的樹拔出來，村子裡的幹部理直氣壯地制止了她，她說樹是老娘栽的，老娘想拔就拔，村裡幹部說你捐贈這些樹苗，村子裡給你發了獎狀，廣播裡對你進行了表揚，村民們栽樹也付出了勞動，因此這些樹已經是村裡的公產，你如果敢拔就是破壞公產，這可把她氣壞了，這件事也成了她多年上訪的理由。她一上訪，鄉上就得派人去領，就得挨上級的訓，後來我當了書記之後，就跟鄉長商量了一下，把那些樹苗以高於市價百分之五十的價格給了她一筆錢，並與她簽了一個永不為此事上訪的協議。簽了協議後，她老實了一段，但很快又跟我們搗起亂來。

汪家屋子村有一個文革期間跑到東北的男子姓喬名智，前幾年帶著一個痴呆女子與三個孩子回了鄉，他這情況與谷文雨當年帶著覃桂英與四個孩子回來有點相似，村裡給喬智調劑了一塊口糧地，還幫他維修了破屋安了家，但在為其辦理低保問題上有不同意見，因之拖了下來。這時，覃桂英出謀劃策，領著這一家五口去縣政府大門前插草賣孩子，老戲重演。但時代發生了變化。當年，他們去縣政府賣孩子時沒有手機，現在可不一樣了，人手一機，既能照相又能錄像，而且點指之間便可網上傳播至萬里之外。他們一出現在縣府門前，就被門口的警衛發現，立刻就有十幾個保安出來把喬智一家五口請到院內，一直站在旁邊錄像的覃桂英的手機也被保安奪下。縣裡問明情況，書記親自打電話，把我叫去劈頭蓋臉一頓臭罵，我知道辯解沒用，發生這樣的事我們只能檢討。書記警告我：如果東北鄉再發生這樣的事，自己辭職就行了。我們回去就為喬智家解決了低保問題。為了防止有人效仿——因為覃桂英利用網絡宣傳她的能力和功勞，並揚言要為鄉裡的受到不公正待遇的人出謀劃策，她的外號「高參」就是那時得的——我們索性讓每個村莊把此類問題通通解決，應該解決的必須立即解決，可解決不可解決的也盡量解決。從這個意義上，覃桂英這樣一個「高參」的存在，逼著我們不得不認真地努力地工作，但從內心深處，我們對這個女人充滿了反感。後來我們終於找到了一個收拾她的機會。

表叔，說實話，自從你出名之後，給我們鄉帶來了一些積極的效應，也給我們帶來了許多麻煩，尤其是你們那個村，村民們都以為這個村裡的土地與房產必將升值，而且有政府將要高價收購各家房屋建一個文革時期的紅色村莊吸引旅遊者的謠言，於是，人們開始私下買賣房前宅後土地，也有的人在自家房前屋後的空地上搭建臨時建築，期望著政府收購時討要高價。這些土地本來就是村子裡的公產，在公共土地上私自搭建更是錯上加錯。但一人帶頭，群起效尤，村裡管不住，報到鄉裡來，鄉裡便派遣由鄉長、公安派出所長、土地管理所長等人組成的工作組到村裡開會，曉之以理，動之以情。並調查各家情況，讓這些搭建了違章臨建的人家有在黨政機關工作或在部隊當兵、或在學校教書的兒女親友一起回來做工作，最後連學生也發動了。我們發現小學生最管用，當這些孩子在老師的指導下，對家長提出批評後，尤其是得知，如頑固堅持錯誤會影響到孩子們的前途時，便紛紛地打消了訛政府一筆錢的念頭，拆掉了臨建。只有一個邪頭侯百利，充當「釘子戶」，軟硬不吃，頑抗不拆。後來，我們得知，他之所以不配合，是因為覃桂英在背後出謀劃策。我們請示了縣有關部門，確鑿了各種證據，在不違法理公理和各項政策的前提下，帶著公安派出所的人，法院的人，建設局的人，城管局的人，開進村莊，圍住侯百利的家，再次動員他自己動手拆除違建，否則即依法強行拆除。侯百利又罵又跳，手持一把長柄大斧胡掄。在這種情況下，幾位警察上前摟住他，奪出了斧頭，然後把他拖到一邊控制住，負責拆除的工人一擁而上，十幾分鐘的功夫便把這幾間違建推倒在地。在這個過程中，我看到覃桂英手持手機遠遠地拍照，錄像。辦公室的祕書悄悄地問我，要不要把她的手機沒收，我說不用，我們光明正大依法辦事，歡迎她錄像監督，祕書說就怕她胡亂剪輯，我指了指我們扛著攝像機的人說，我們有全程錄像，怕什麼？

但我還是低估了覃桂英，第二天網上便流傳開一段視頻，題目就是「暴力拆遷，頭破血流」，表叔，把您還牽扯上了，說您的家鄉政府暴力拆遷農民房屋，農民不服，就被打得頭破血流。視頻中有工人拆房的畫面，有拆後一片狼藉的畫面，然後就是額頭破裂血流滿面的侯百利面對著鏡頭哭訴。那些煽動仇恨與博取同情的詞兒，一聽就是覃桂英教的。縣網絡辦立即打電話詢問，有關領導也來問，我說：完全是偽造的，我們有全程錄像為證。

我們沒傷到侯百利一根毫毛，可他那額上傷口與滿臉血污是哪裡來的？正在我們百思不得其解時，你們村黨支部書記夏順生來了。這傢伙是個復員兵，鬼點子多，人還算正派，說實話現在選個村黨支部書記比選個市長還難。老老實實一本正經是當不了村官的，這話拿不到桌面上去，但卻是到了家的實話。夏順生一見我，就說：書記，請我喝茅台吧。我說：你把村子治理成這鬼樣子，我請你喝茅台？請你喝貓尿！夏順生嬉皮笑臉地說：書記，我發一段視頻給你，看值不值兩瓶茅台。我點開他轉過來的視頻，大喜過望。視頻中，覃桂英罵侯百利笨蛋，膽子不夠大，反抗不激烈。侯百利說，你站著說話不腰疼！我還要怎麼反抗？難道我還要真用斧頭砍人？我要真砍死個人，誰替我去吃槍子兒？你去？覃桂英道：捨不得孩子套不住狼，你說吧，想不想訛他們一筆錢？侯百利道：爹親娘親不如錢親，想啊，怎麼訛？這時，覃桂英彎腰摸起一塊磚頭，猛地拍到了侯百利腦門上，只聽得呱嘰一聲膩響，侯百利慘叫一聲，捂著臉蹲下，鮮血從他的指縫裡流出來——這是前天晚上發生在侯百利家房子後邊那幾間被拆毀的違法臨建廢墟上的事——侯百利大罵：老覃，你這個臭娘們，你要拍死我啊?!覃桂英道：拿開手，讓我錄像。侯百利哭咧咧地說：你他娘的下手太狠了，把我打成腦震蕩了。你早說啊，我殺個雞弄點雞血抹到臉上就行了。覃桂英道：老弟，還是那句話，「捨不得孩子套不住狼」，我馬上剪輯成一段視頻發到網上，然後你就到北京去上訪，馬上就要開兩會了，你弄塊繃帶纏頭上，我給你寫塊黃榜你揣到懷裡，到了北京你去找我的聯繫人，然後你就開口要個價，讓我的聯繫人與鄉裡聯繫，他們要不乖乖地拿錢，你就揚言要到天安門廣場去自焚——我心裡想，覃桂英，你實在是太惡毒了，但這次，你無法得逞了，鐵證如山握在我手裡。謝謝，我說，夏順生，兔崽子，真有你的。我欠你兩瓶茅台，還欠你兩條好菸。告訴我這視頻怎麼搞到的？夏順生道：書記，你難道忘了？我們村子裡的公共攝像頭幾乎全覆蓋，除了攝不到老百姓炕頭上的事和院子裡的事，其他的一覽無遺，這是公開的，村子裡人人知曉。覃桂英一直在玩網絡，她竟然忘記了天網恢恢疏而不漏。我立即去縣裡向領導彙報，建議公安局根據法律把這兩個人拘起來，省得他們竄到北京去給地方也給國家添亂。表叔，你可不知道，為攔截一個在兩會期間進京上訪者，我們要付出多少人力物力，「一人牽動百人心」，何止牽動百人心？像覃桂英這樣的「高參」，每年都跟我們鬥智鬥勇，我們被她調動得團團轉。這一次她與侯百利演「苦肉計」是聰明反被聰明誤，公安機關以「編造虛假信息在網絡傳播、擾亂公共秩序」等項罪名拘留了他們，最後法院以「妨害社會管理秩序罪」判處他們拘役三個月。最倒霉的是侯百利，白挨了一磚頭，一分錢沒訛到，還出了三個月苦力，多了一次犯罪前科。

這是前年發生的事。從看守所回來後，我專門與覃桂英談了一次話。我說：大表姑您也六十多歲的人了，孩子也都成家立了業，您陪著姑父在家過太平日子多好，您這樣與政府作對，折騰得我們有節不能過有假不能休，您於心何忍？她說：老侄，你忘了毛主席的教導了嗎？他老人家教導我們「與天鬥，其樂無窮；與地鬥，其樂無窮；與人鬥，其樂無窮」。我懷才不遇，蹉跎半生。與天鬥，鬥不過；與地鬥，我鬥不贏；與人鬥，我得心應手，其樂無窮。這就是我的晚年生活，老年之福，全在於此。

我說，大表姑啊，毛主席他老人家的話是在特定歷史時期講的，有特定的含義，現在已進入社會主義新時代，舉國上下，萬眾一心要建設和諧社會，您還是滿腦袋鬥鬥鬥，有點太不合時宜了啊。希望老姑能汲取教訓，不要跟政府作對，你不犯法，政府拿你沒辦法，但你要犯了法……這次是拘役，下次很可能就是徒刑。她瞪著眼說：老侄子，別給我上普法課，老姑闖蕩江湖五十年，知道火比灰熱，這次是老姑一時疏忽，忘了頭上的攝像頭。你難道沒聽說過庖丁解牛的故事？這個社會，在合法與非法之間有寬闊的縫隙，老姑在這縫隙裡豈止是游刃有餘？我是游泳都有餘！

表叔，你這位老同學的口才實在是太好了，腦袋瓜子實在是太好使了。我有時候想，這樣的人，其實是能幹大事的人，可惜當年農業學大寨工作隊沒把她轉成幹部，如果那時把她轉成幹部，現在，很可能是位主政一方的幹才。

儘管我與她談話時經常被她駁得啞口無言，但我最終還是制服了她。用什麼辦法？以毒攻毒。我把苦惱對夏順生說了，夏說，書記，這事我來安排。夏順生請侯百利喝了一次酒，帶他去醫院開了一個腦震蕩的證明，然後又答應把翻修村委會二層樓的活包給了他兒子的建築隊。對侯百利的要求是，每天去覃桂英家要醫藥費，帶著一塊紅布、提著一台老式錄音機去。為什麼要帶著紅布和錄音機去？因為她的丈夫谷文雨前幾年得了一種怪病，一見到紅顏色的東西便會發瘋。他瘋起來破壞性極強，見人咬人，見狗咬狗，力氣大得不可思議，要三五個身強力壯的青年才能把他制服。後來在你的師弟于錚的精心治療下，病情基本得到了控制，單純的紅色也不足以使他發病，但如果揮舞著紅布並同時放出那個時代的音樂則很可能會使他發病。

在夏順生的指導下，侯百利獅子大開口，要覃桂英賠償他十萬元，覃桂英說，侯老四，你這個忘恩負義的小人，你是不是窮瘋了？到這兒來訛老娘？你忘了老娘是幹什麼的？老娘一天到晚想訛人還找不著個主呢！侯百利和覃桂英吵鬧時，谷文雨悶著頭在院子裡剝玉米。他滿頭白髮，面孔烏紫，雙眼渾濁，下巴上長著一撮稀疏的白鬍子，真的是一個很老很老的老頭了。侯百利說：老覃，你就說個痛快話，給不給？覃桂英搬起一個蒜臼子對著侯百利投過來，侯百利一閃，蒜臼子沉重地落下，把水泥地面砸了一個坑。你不給錢，還行凶打人，侯百利說，覃桂英，老子今天跟你拚了。說著，他從懷裡摸出了一塊大紅布，接著按響了錄音機。錄音機放出了樣板戲《智取威虎山》裡打虎上山那一場的激烈快速、令人血熱的音樂。他伴著音樂的節奏，在谷文雨面前揮舞著紅布，就像鬥牛士在公牛面前揮舞紅布一樣。谷文雨噭嚎一聲，雙眼突然放出綠色的光芒，看去猶如黑暗中的狼眼。他猛地跳了起來，先是隨著音樂笨拙地蹦跳，接著便抓起玉米棒子胡拋亂擲。覃桂英上前攔他，被他一拳捅倒在地，接著他抓起地上的蒜臼子猛地擲到院子裡的水缸中，砰的一聲巨響，水缸破裂，缸中水奔流而出。接著他又抄起一張鐵鍬，像揮舞馬鞭一樣掄起來，有好幾次，那鋒利的鍬尖貼著覃桂英的腦袋掄過去。覃桂英大叫著：侯四侯四，我答應你，快把錄音機關了啊！但這時錄音機已被谷文雨搶到手裡。他一手提著錄音機，一手拖著鐵鍬在院子裡轉圈。侯百利撲上去奪過錄音機，按了停止鍵。音樂一停，谷文雨就像停了電的機器人一樣，一下子僵住了。他眼中的光芒漸漸熄滅，身體漸漸萎縮，然後口吐白沫，一頭栽倒地上……此時，夏順生走進來，關切地問：這是怎麼回事？覃桂英哭著說：書記，沒法活了，侯四把俺欺負死了……夏順生怒斥侯百利：怎麼回事？侯百利道：書記，你來評評理，覃桂英攛掇著我跟政府作對，說是能訛一大筆錢，她沒經我同意，一磚頭開了我的瓢，從此我頭痛頭暈，耳朵裡嗡嗡響，夜裡睡不著覺，這還不算，還被捉了去判了三個月拘役，您給評評理，我該不該向她索賠？夏順生道：你們倆這事，先前是狼狽為奸，現在是反目成仇，醜事拿不到桌面上。但覃桂英，你這兩年也太猖狂了，自古以來都是當官的欺負老百姓，現在是你是老百姓欺負當官的。當官的欺負老百姓不對，老百姓欺負當官的也不對。覃桂英，看你是個婦道人家，鄉上高書記又念你跟他家沾親帶故，才沒對你下狠手，否則早就收拾你了。還有你，侯四，你違章占地蓋房，居心不良，挨一磚也是活該，但覃桂英沒跟你商量就拍你一磚是她不對，讓他賠你點錢也是應該的，但你開口就要十萬，這不是訛人嗎？就你個雞巴頭還能值十萬元錢？給你一千塊錢，買兩瓶酒澆澆就好了。侯百利道：書記，我這是個頭，不是個尿壺，一千塊錢就想把我打發了？沒門，最少一萬。如若不給，我天天來搖紅布放樣板戲。夏順生瞪眼道：你敢！轉身他對覃桂英說：大孀子，這樣吧，你出一千塊，我出一千塊，兩千塊，給侯七養傷。侯四你今後不許再來逗惹谷大爺。你如果再敢來我就讓派出所來抓你。大孀，你看怎麼樣？覃桂英說：還能怎麼樣？就這樣吧。夏順生說：那好，你們倆跟我立刻去村委，各簽一份保證書。覃桂英說：我要照顧老頭子，我不去。夏順生對村文書說：你把谷大爺弄到炕上，打電話把醫生叫來，給谷大爺開點藥，開發票，我想法報銷。覃桂英說：那我也不去。夏順生說：好，那我就不管了，侯百利每天來搖旗放音樂我也不管了。你們就鬥下去吧……

最終，覃桂英簽了保證書，有一條內容就是：永不上訪。表叔，你看夏順生這個村官多有本事？當然，他這些事都不能當正面成績表彰，但對付覃桂英這樣的人，的確沒有更好的法子了。

表叔，我提醒你，一定要對覃桂英保持警惕，最近，她把精力轉移到網絡上去了，我暫時還不知道她想幹什麼，但我知道她不會幹好事。

七

加了她兩個微信號後，頭三天，一點動靜沒有，三天之後，她便開始用她的「高參」與「豬大自肥」不斷地給我發微信。「高參」所發多半是她的生活照片，譬如她包的包子，她摘的黃瓜，她用黃瓜拌的油條，她蒸的饅頭，甚至還有顯然是使用了美顏瘦臉功能的自拍照。對這些信息，我基本不回，實在不好意思了就發一個呲牙咧嘴的表情。「豬大自肥」基本上是語音，偶爾有文字，她給我的語音，每次都是十幾條：

「表哥，我終於揪住了你的尾巴，你插翅也跑不了了。別緊張，表哥，我害誰也不會害你。你是咱那班同學的驕傲，我必須保護你，我也有能力保護你。

「你獲獎後，很多人去找你，谷文雨也想去找你，被我攔住了。我說咱不能去給他添亂，咱要在背後默默地幫他。表哥，你太老實了，你身後缺一個『高參』。

「我看到『公知』罵你『奴才』，『極左』罵你『漢奸』，你是老鼠鑽到風箱裡——兩頭受氣。這兩伙人其實是一伙的，他們都是嫉妒你。我那個急啊！恨不得赤膊上陣幫你去打架，但後來我明白了，在這個時代裡，必須利用網絡，這個道理我前幾天對你說過，千言萬語一句話，得網絡者得天下。

「表哥你要信任我，我說過，我有五部手機，有兩個公眾號，這就是我的武器和陣地。我還有數百個鐵桿水軍，只要給他們一點甜頭，讓他們咬誰他們就咬誰，讓他們捧誰他們就捧誰，生活中，一萬個人也成不了大氣候，但網絡上，一百個人便可掀起滔天巨浪。

「表哥，打死人要償命，打殘人要坐牢，打傷人要賠錢，罵人也要負法律責任，但在網絡上，哪句狠就說哪句，哪句髒就說哪句，在網絡上不能講仁義道德，越無恥越狠毒越好！網絡真他娘的好啊！

「利用網絡報仇雪恨，這是初級階段，進入高級階段，那就要成大V，吸粉絲，賣私貨，賺大錢。

「表哥，聽說你得獎後才賺了幾千萬？你太笨了，如果我幫你經營，一年我可以讓你賺一個億。你不用擔心我會向你借錢，放心，我生財有道。前幾年我賺錢賺得很低級，現在想起來也覺得慚愧。去年我申請了兩個公眾號，一個叫『紅唇』，一個叫『綠嘴』，我雇了幾個小年輕幫我經營，現在粉絲都已過三萬，我準備今年想幾個高招，大舉引流，爭取年底讓每個號的粉絲過十萬，有了十萬的關注量就不愁招不來廣告賣不了貨。

「表哥，你的書，我的公眾號可以幫你賣，賣一本書我提成五毛錢，賣一萬本書我提成五千塊，當然你賺得更多。

「表哥，我還有奇貨可賣，賣大錢。我給你十天時間，讓你打著滾想，如果你能想出我賣的奇貨是什麼，我趴在地上學狗叫給你聽。

「告訴你吧，表哥，我賣謠言！對，賣謠言。價錢因人而異。我賣的謠言都是正能量滿滿！上個月，你那位表侄，也就是我們的高書記，就買了我一條，看在與他沾親帶故又是多年的父母官份上，只收了他三千塊。

「想知道是條什麼謠言嗎？好，告訴你：他老婆收了為鄉政府建圍牆的包工頭三萬塊好處費，被他一頓暴打，打得他老婆下跪磕頭求饒！後來他老婆瘸著腿去給包工頭退了錢。

「表哥，我賣給你兩條謠言吧。這兩條謠言一字千金，但咱是要緊的親戚，又是青梅竹馬的同學，所以只收成本價，每條兩萬。你聽一下，值不值。

「第一條：某年某月某日，有關部門領導與你談話，讓你擔任一個副部級領導職務，你說你當不了，原因是當了領導就要開會，而一開會你就打瞌睡。

「第二條說，俺大舅臨終前跟你商量，說希望能夠不火化，直接裝棺材成殮入土。俺大舅說，火化本來是為了節約土地，但現在流於形式，火化回來依然要裝棺入殮，依然要開穴堆墳頭，一點兒不少占地，而且還多出了火化費與骨灰匣的費用。俺大舅講得很有道理。但你說：不行，堅決不行，既然大家都火化，你也必須火化！咱不能帶這個頭！俺大舅一口氣沒上來，就這樣走了。所以，俺大舅是被你活活氣死的。

「怎麼樣？這兩條謠言好不好？一條兩萬，兩條四萬，賤賣給你了。你把錢打到我手機上，我明天就在公眾號上給發出來。『紅唇』發第一條，『綠嘴』發第二條。」

我寫了一條微信：表妹，我也賣你兩條謠言吧。第一條：有人說你在學大寨工作隊當隊員時，到公社衛生院做過兩次人工流產。第二條，谷文雨為了達到和你結婚的目的，寫了一封信寄到縣委，揭發你打罵侮辱李聖潔老師，導致李老師跳井自殺，這封信，毀了你的錦繡前程，改變了你的命運……

我猶豫了好久，最後還是把這兩條微信刪去，只簡單地回了她五個字：謝謝，我不買。

火把與口哨

一

我三嬸姓顧，名雙紅。她嫁到我們家那年，村頭那座有著高高的尖頂、據說是意大利人設計修建的教堂失火燒毀。教堂裡有一幅壁畫，畫著一隻健壯的母狼和兩個叼著母狼奶頭吃奶的男孩。當時那教堂是我們村小學的教室，我們把上學說成「進狼窩」。我們村這所小學是初級不完全小學，只有三個班，分三個年級，混在一起上課。老師也只有一個人，算術、語文、體育、音樂、圖畫都是他來教。他姓宋，名魁，是村裡最有知識的人。宋魁老師有家有老婆有孩子，但他不回家住，他就住在教堂內那個沿著木板樓梯可以上去的，據說是意大利牧師呂鬼子曾經住過的房間。因為我們家與宋老師家是前後院，宋老師的老婆，我稱之為「二大娘」——經常會敲著我們家的後窗說：「小光，跟你們老師說一下，家裡的洋油沒了。」或者是：「供銷社裡賣茶葉末子，一毛錢半斤，問他要不要……」

我實在搞不清楚，宋老師家有孩子——大女兒比我大三歲，二女兒與我同歲，兒子比我小一歲——二大娘為什麼不安排自己的孩子去向丈夫傳信息，而偏偏讓我去。我也搞不明白宋老師讓不到上學年齡的兒子小元上學卻不讓過了上學年齡的兩個女兒上學，這好像是重男輕女的問題，但又不完全是。因為我父母不讓天分很好的我姊姊上學後，宋老師來過我家好幾次，勸說我父母，希望他們不要重男輕女。我印象特別深刻的是宋老師批評我父母思想封建。宋老師說一個好女兒，勝過一群沒出息的兒子。宋老師還拿宋氏三姊妹做例子來證明他的理論，在當時，說這樣的話是有很大政治風險的，但宋老師說了，好像他知道自己要在文化大革命前結束生命一樣。我也記得我父親說：「宋老師您講得對，沒一個字不對，但我們家人口多，都上學，誰幹活？如果您能安排個人來幫我們家幹活，我們就讓坤兒去上學。」——我姊姊乳名坤——村裡孩子自然不知道我姊姊這個文化含量很高的乳名的寫法與意義，就順嘴把她叫成「睏」，還順便給她起了個外號「睏不醒」，我跟我姊姊打架時也經常喊她的外號。我姊姊只上了一年半學即輟學回家幹活，但她十五歲後便天才迸發，被抽調到公社毛澤東思想宣傳隊裡，既能歌，又善舞，還會編快板，成為聞名一時的才女。

還是說宋老師，他那個小兒子，名元，爹名魁，兒名元，父子倆連起來，是魁元，這可是野心勃勃的命名。宋元還不到五歲，就跟著我們讀一年級，他又乖巧又聰明，小模樣又可愛，簡直就是個天使。他跟著宋老師在教堂裡睡，讓他回家也不回。我曾經很多次踏著吱吱作響的木樓梯進入宋老師的辦公室兼臥室，對裡邊的情況了如指掌且有美好的印象，現在，將近六十年過去了，如果我有美術才能，能把那個房間裡的一切都準確無誤地畫出來。最令我難忘的除了那幅狼壁畫，就是房間裡的松木地板，被意大利牧師和他的女人以及解放軍指揮官以及區幹部的腳掌摩擦多年而形成的凹陷裡那些顏色金黃的突出木絡、那看上去養眼、摸上去光滑、聞起來芳香的木地板。能睡在木地板上，或是行走在吱吱嘎嘎作響的木地板上該是多麼幸福啊，怪不得宋元非要跟宋老師在教堂裡睡覺，如果是我，當然……如果我能在這個鋪了松木地板的房間裡睡一晚上該有多好啊，但是我沒有這個福氣。這個房間當時我覺得很大，現在一回想，其實很小。房間呈長方形，有一扇朝東開的窗戶，有一扇朝南開的窗戶，窗戶的玻璃花花綠綠的，當時我覺得這花玻璃神奇，後來知道這是教堂的標配。想當年意大利人費盡心力把這些彩色玻璃從他們國家運到我的故鄉這個偏僻的小村莊，是多麼樣地執著和不易。那房間的東北角落裡安著一張床，一張窄窄的單人床。我們那地方老百姓的口語裡雖然多用「床」這個名詞，譬如說新媳婦過門要「坐床」，但這個「床」是不存在的，因為家家戶戶裡只有土坯壘成的炕，「坐床」實際上就是坐炕，但既然這樣說，那就說明在歷史上，我們這地方也是有過床的。有床的時代，必定是社會比較安定，人民比較富裕的年代。現在，我們那兒的年輕人，多數都進城睡床去了，那些沒進城的老人，有的也拆了土炕，買了「席夢思」，過上了睡床的幸福生活了。但在宋老師睡床的年代裡，只有公家的人才睡床。經過了改朝換代和革命的洗禮，教堂裡與上帝有關的痕跡早已蕩滌乾淨，唯一保存下來的狼壁畫，也差點被鏟除，之所以沒被鏟除，是宋老師從報紙上發現了一位解放軍高級將領的照片，竟然是以這幅狼與男孩的壁畫為背景的，據老人們回憶，解放軍打高密時，這座教堂是解放軍的指揮部，於是，這壁畫也就成了革命歷史的一部分。後來我經常想，如果這教堂不被燒毀，豈不是一個愛國主義教育基地？狼與男孩的壁畫是在大堂的牆壁上，宋老師臥室的牆壁上貼著發黃的報紙，還有一張題目叫做「今天我餵雞」的年畫。這張年畫在教堂失火三年後可是大大地有名了一陣，原因是有人從畫面上的衣紋及線條裡發現了「ＸＸＸ萬歲」五個字，我三嬸家的牆壁上就有這樣一張畫，我曾指證給我三嬸看，希望能將此畫撕下來，送到學校的紅衛兵頭頭那兒去表功，但我三嬸很輕蔑地說了兩個字：「放屁！」

我至今還記著第一次去上學的情景。姊姊去送我，此時她已經輟學。我揹著姊姊用過的藍布書包，書包裡放著一塊石板，兩根石筆。那時候物資缺乏，買不到本子，課本也是印在一種散發著臭氣的馬糞紙上。一進教堂我就感到脊梁溝裡冷颼颼的，抬頭就看到對面牆上那幅狼壁畫。一縷從彩色玻璃窗上透進來的柔和光線，斜照在狼歪著的腦袋上，使它的眼睛閃閃發光。我感到那狼的眼睛是死盯著我的，便匆忙躲到姊姊身後。姊姊說你躲什麼？這是一匹善良的狼。它不但不吃小孩，它還給小孩餵奶。這時，我的好朋友宋老師的兒子小元跑到壁畫下，用他父親的教鞭指點著靠近母狼後腿那個仰著頭吃奶的男孩說：「這是羅慕路斯。」然後又指著靠近狼的前腿噙著奶頭的男孩說：「這個是勒摩。」經小元這樣一說，我感到狼的目光不似剛才那樣凶惡了，而且我馬上就聯想到，那母狼腹下的男孩，一個是我，一個是小元。

以上這些都不是我這篇文章的主要部分，全部刪去也不足惜，但這些閒筆，營造的就是那樣一個時代的氛圍，而沒有氛圍，文章就沒有說服力，您說對不對？

經與我父親我姊姊以及村子裡的老人覈實，大家一致認為，將教堂燒成一片廢墟的那個夜晚是公元一九六三年十二月二十二日，因為那天是冬至，也就是農曆癸卯年的十一月初七日，那場大火是黎明前最黑暗的時刻燃起的。我是我們家最先發現教堂著火的，因為幾天前宋老師給我們講語文課時，突然講到天上的星宿，他說最近一段時期，在北斗七星附近每天凌晨時會看到一顆拖著長尾巴的掃帚星，宋老師說掃帚星是民間的俗稱，正確的叫法是彗星。因為我們那篇課文中有一個智慧的慧字，老師給我們講這個生字時，順便講到了彗星。他說同學們要從小培養起對天文地理的興趣，人類的智慧就是從仰望星空開始的，許多偉大的科學家也是在聽了老祖母講述的類似牛郎織女的神話故事後，抬起頭來尋找天上的星座，由此開始了他們的科學研究道路。所以那天晚上我特意多喝了兩碗水，希望在黎明前被尿憋醒，然後出去觀賞彗星。我在膀胱的壓力和我三叔家院子裡那幾隻公雞的齊聲鳴叫下醒來，披著棉襖趿拉著鞋子跑到院子裡，一出房門就看到教堂那兒火光沖天，照耀得整個村莊一片通明，我大聲喊叫：「起火了！」

大人們都披著衣服跑了出來。村子裡響起了呼喊救火的聲音。父親提著兩個鐵皮水桶拖著一根扁擔跑了出去。村子裡一片嘈雜，一會兒工夫就聽到我家後院裡響起了二大娘的哭叫，緊接著她的兩個女兒也哭了起來。聽哭聲知道她們往教堂的方向奔去了。我掙脫了母親的拉扯，往狼窩——不，向我們親愛的學校奔去。大街上有很多人，男人們有的在大柳樹下那口水井邊上摸著黑打水，有的站在街邊呆呆地望著火。有人啞著嗓子喊叫：「救火啊，救火啊……」但面對著這高達數十米的火苗子，無人敢往前靠。我站在離教堂足有一百米的地方，還能感覺到皮膚被烤得生痛。附近大槐樹上被驚擾得神經錯亂的烏鴉哇哇地怪叫著，在火光裡亂飛，有幾隻竟然撲進了火焰。我在回憶教堂裡，不，我們學校裡的木頭課桌，木頭的板凳，木頭的黑板，以及那通往宋老師房間的木頭樓梯以及宋老師房間裡的木頭地板，還有那張「今天我餵雞」的年畫、那幅具有歷史意義的狼與男孩的壁畫……嗚呼，這一切美好的記憶，都化成了這燭照天地的火焰，我坦率地承認，我當時根本沒想到宋老師和他的兒子宋元，我估計周圍的人們也沒有想到，只有當二大娘跪在眾人面前喊叫著：「救救我的男人吧，救救我的兒子吧……」，這時候，大家才想起，在那熊熊的火焰裡，還有兩個人，一個是村子裡最有文化的人，一個是村子裡最可愛的孩子。村黨支部書記郭大發，這個參加過抗美援朝、一條腿上留有殘疾的榮譽軍人，從一個男人手裡接過一桶水，提著，一瘸一拐地試圖往火焰靠近，那熾熱的火焰似乎把他照耀成了一個閃光的透明體，我平日裡對這個滿嘴酒氣，動輒開口罵人的瘸人沒有好感，但在這一刻，突然感覺到他高大威猛，像個英雄。我曾經認為村子裡傳說甚廣的他在朝鮮戰場上用步槍打下一架美國飛機的事純屬吹牛，但在這一時刻我覺得那是千真萬確的事實。有人大喊：「郭支書，危險！」但郭支書就像扭秧歌似的輕盈而飄忽地提著一桶水靠近了那大火，然後一手提著鐵桶的鼻子，一手把著桶底，以那條健康的右腿為支撐，以那條有殘的左腿為輔助，猛地將身體旋轉了一百八十度，一道明亮的水瀑飛向烈火，烈火似乎略微地暗了一下，顫抖了一下，但隨即更猛烈地燃燒起來。後來當我學到杯水車薪這個詞時，立即就回憶起了這個場面。村裡的老者也喊：「支書，閃開吧，沒有救了！」這時，二大娘又哭起來。支書退後幾步，對著他那位擔任民兵連長的侄子吼叫：「還傻站著幹什麼？快，男人們排成隊，從這兒到井邊，隔兩米一個，老吳，老聶，老陳，你們三個負責從井裡往上打水，其餘的人，傳遞，不要亂！快！」

儘管事後證明這點水對這樣的火勢幾乎沒發揮什麼作用，但大家都不得不佩服郭書記在危急時刻的決策能力和身先士卒的英雄精神，在那晚的情況下，這樣的安排是最有條不紊、效率最高的，而且他是那樣地知人善任，老吳、老聶、老陳是村子裡的三個巧匠，老吳是泥瓦匠，老聶是木匠，老陳是鐵匠，這三個人都上了年紀，腿腳不如年輕人利落，但他們手上都有尺寸，摸著從井裡往上打水，村裡的人，沒有比他們更合適的了。話說這條從大柳樹下到教堂的長達數百米的輸水線就立刻地運轉起來，那位當過幾年坦克兵的民兵連長郭光星幾次要把叔叔換下來，但都遭到了拒絕。於是他也就擔當起將桶裡水潑向火焰的最危險的工作，表現出了他曾經有過的軍人的勇氣。大約有一個小時過去，從井台那邊傳來喊叫，說井水已經乾了。是的，桶裡的水早就變少了，變渾了，而人們的體力也消耗的差不多了，幸好火焰漸漸變弱，水潑進火堆裡爆發出的奇特的香味瀰漫在天地之間。被嚇昏了的狗，開始叫了起來。河對岸那個名叫沙子口的小村裡的人，也提著水桶拿著十字鎬下到河底，砰砰啪啪地鑿開冰層，從河中提水過來。領頭的那人穿一件扎著絎線的棉襖，腰裡扎著一根皮帶，頭上戴著一頂栽絨帽，一看就知是個復員兵。受他們的啟發，郭支書下令讓村裡的人到河裡去取水。火勢雖然減弱了，但還是可以把河道照耀得通明。站在高高的河堤上，可以看到河面上的冰放射著銀白色的光芒，也可以看到對岸的河堤上站著很多看熱鬧的人。村裡的人一窩蜂般撲向河底，砰砰啪啪地砸冰。沙子口村一個青年一手提著一桶水爬河堤時不慎摔倒，鐵桶滾下去，桶裡水都潑灑在河堤的漫坡上，這也為後邊的人提捅爬坡製造了困難，人們只好從旁邊那些樹叢裡鑽上來。這時，從東邊射來兩道明亮的光柱，隨即傳來汽車的轟鳴，人群中一陣歡呼：膠河農場的人來了！他們是半軍事化的單位，是部隊成建制地轉業成了農業工人，他們跟新疆、北大荒、海南島的農墾工人是一個系統的，縣裡都管不著他們。他們是有戰鬥力的生力軍。

簡短說吧，在三伙人的共同努力下，火熄滅了。我當時有一個很不正確的想法，那火即使不救也會熄滅，因為能夠燃燒的東西就那麼多，燒光了，自然會滅。但是我這個想法如果在當時說出來，必會挨揍。因為第二天，縣廣播站就播放了一篇通訊，稿子很長，把原本該放茂腔的時間都擠掉了，寫稿的人是我們烽火人民公社的大筆桿子楊結巴，這當然是外號，用他的外號其實沒有一絲一毫的不敬，因為他自己也習慣了這個外號，如果有人稱呼他的原名楊連升，他反而會愣一下。楊結巴是我們宋老師的好朋友，兩個人都有文化，可謂「物以類聚，人以群分」，這是高雅的說法，低俗的說法是「魚找魚，蝦找蝦，烏龜找王八」，楊結巴經常到教堂，不，狼窩，不，學校，來找宋老師玩，騎著一輛「國防牌」自行車，那車子雖然破舊，但也讓村裡的年輕人羨慕不已，當時的農村人如果能擁有一輛「國防牌」自行車，比現在的人擁有一輛豪華轎車要更引人注目。楊結巴這輛自行車是一輛有故事的自行車，我們且放下這個話頭，等有時間再另章詳述。咱先說正事。楊結巴原先是公社駐地那所完全小學的語文教師，因為文筆好，也因為口吃不適合講課，被提拔到公社裡去專職寫文章，號稱二祕書。一祕書就是那位可以列席公社黨委會議的黨委祕書陳正言。楊結巴歸陳祕書領導，但他看不起陳祕書，我好幾次聽到他喝得半醉時罵陳祕書狗屁不通。宋老師那間宿舍裡還有一個鐵皮焊接的煤油爐子，一般不用，只有來了楊結巴才會點燃燒一壺水沏茶。他那把燒水的壺是那種三毛錢一把的泥陶壺，用時要格外小心。他們喝的茶葉就是二大娘買的那種一毛錢半斤的茶葉末子，偶爾楊結巴也會從懷裡摸出一個白紙包，小心翼翼地剝開，不無炫耀地說：「嘗嘗這個，六安瓜片！這次給曲書記寫的稿子，曲書記在縣三幹會上宣講後大受好評，曲書記獎了我二兩！」然後又摸出一包大前門牌香菸，說：「還有這個，也是曲書記獎的。」

楊結巴每次進了我們教室，都會對著那幅狼壁畫雙手合十拜祝兩下，他說這是一隻神狼，是我們學校的保護神。

楊結巴和我們宋老師在教堂裡那個鋪了松木地板的房間裡抽著大前門菸喝著六安瓜片茶的情景，過了將近六十年還歷歷如在我的眼前。我想，人的幸福感還真不完全是因物質的積累和職位的升遷或名譽的疊加所決定的，就連我，因為幫他們去河裡提了半桶最清澈的水而被獎賞了半杯茶水也幸福得不可言狀，那種幸福啊，現在即便把我泡在一個用最高級的茶水充盈的浴缸裡也是得不到的啊。他們說著投機的語言，偶爾議論時政，但大多數是在談論藝術，談他們讀過的書，談他們聽過的戲，談他們看過的電影，我聽得入迷，如癡如醉，並產生很多夢想。我記得最讓我入迷的是楊結巴講過的印度電影《流浪者》，講到熱鬧處，他站起，手舞足蹈地唱。真是奇怪，他講話結巴，但唱起來一點也不結巴。許多年之後，我在軍隊大院的操場上看了這部電影，但感覺有點失望，因為我看到的沒有楊結巴講述的精采。還有，宋老師床頭上掛著一把京胡，楊結巴能唱老旦，滿口嗓，他們一拉一唱，整個村子的人都能聽到。火災之後的第二天早晨楊結巴騎著自行車匆匆趕來，到了廢墟前將車子一扔，跪到地上放聲大哭，一邊哭，一邊用巴掌拍打地面。他的悲慟絕對不是裝的，跟他與宋老師講述過的諸葛亮哭周瑜有本質的區別。他的哭感染了還在那裡冒著餘燼的烘烤用鐵鍬、鐵鈎子往外扒拉破磚爛瓦，試圖尋找宋老師和他的兒子的遺骸的人們，大家一邊幹活，一邊用襖袖子或手背擦拭眼淚，而二大娘又一次昏了過去。有人上前試圖把楊結巴拉起來，但死活拉不起來。他身上彷彿沒有骨頭，軟不邋遢的，一拖一耷拉。鼻涕眼淚把他文質彬彬的臉弄得慘不忍睹。最後還是郭大發書記上前把他拉起來，其實也不是郭書記的手把他拉起來，而是郭書記的話把他拉起來。郭書記說：「老楊，你就別像個老娘們一樣嚎起來沒完了，毛主席咋說來著？『要奮鬥就會有犧牲，死人的事是經常發生的』。你現在立刻去採訪，採訪完了趕快寫一篇稿子，我告訴你說，宋老師是為了搶救公共財產犧牲的，為了搶救公共財產，他連自己的親生兒子都不顧了！」

聽到書記的話，楊結巴幾乎是蹦了起來，是的，哭管什麼用呢？哭也不能把死人哭活，把宋老師的英雄事蹟報導出去，才是對宋老師的最好紀念，也是一個老朋友向死者表示友誼的最佳方式。必須承認，楊結巴是大才，只可惜他是結巴，否則，憑著那枝生花妙筆，到縣委宣傳部裡去當個副部長或者到省報裡去當個記者那是綽綽有餘的，但老天偏偏讓他是個結巴，於是他也只能在我們那個小小的公社裡做為一個名人而終其一生，據說八〇年代時，他帶出來的幾個徒弟都轉了城鎮戶口，吃商品糧，拿工資，只有他，鬱鬱不平地、牢騷滿腹地在這個局裡或哪個鎮上幫人炮製點文章，混碗飯吃。其實，他也有過交鴻運的時候，那就是全國普及革命樣板戲的時候，他自告奮勇扮演《紅燈記》裡的李奶奶，一炮打紅，全縣聞名。如果不是因他得意忘形，犯了錯，那也不至於落魄到後來那種程度。

楊結巴這篇通訊，文采飛揚，描寫生動。他寫宋老師冒著生命危險一次次衝進火海去把課桌和板凳拖出來，而他的最親愛的兒子在火裡哭叫。他寫：烈火熊熊如火炬，照亮了大地與天空。他寫：這是一曲集體主義與英雄主義的壯歌，沙窩村生產大隊的貧下中農在黨支部書記郭大發的率領下救火救人，不怕犧牲，沙子口生產大隊的貧下中農也趕來助戰，國營農場的工人老大哥們也從十里之外以急行軍的速度趕來——明明是坐汽車來的嘛。他再寫：大火終於被救滅，保住了生產大隊的糧倉和三萬斤戰備糧，保住了生產大隊的三匹馬、三頭騾子和六十多頭耕牛，保住了生產大隊養豬場裡的數百頭豬，也保住了全村兩百多戶貧下中農的房屋和生命……

這篇文章縮寫後，在省報發表了一個簡短版，讓楊結巴的才名又上了一個新的台階。為宋老師評烈士的事，因為有這篇文章助力，只用了十天就得到了縣政府的批准。過了十幾年，興起招收工農兵大學生時，村裡竟然把連一天學都沒上過的宋老師的小女兒推薦去上了煙台水產學校，這自然是沾了他爹烈士英名的光，準確地說是沾了楊結巴那篇文章的光，更準確地說是沾了郭大發書記的光。雖說一天學沒上，但她天生聰明，先認魚蝦後認字，很快就成了班裡的優等生，畢業後分配到縣水產公司，賣魚賣蝦賣海帶，凡是海裡產的東西，就沒有她買不到的，我們家跟著她沾了不少光。我母親曾幻想著讓她成為我媳婦，但人家是吃國庫糧的，自然看不上一個農民，後來她嫁給了原烽火公社副書記羅金友的兒子羅衛民，生活幸福而美滿，這些都是後話了。

二

失火後第三天，盛著宋老師和他兒子遺骨的兩具棺材從他們家院子裡抬出來時，我們正在把我三嬸娘家陪送的一個櫃子兩個箱子還有洗臉盆、臉盆架，被子褥子還有一大包蠟燭等物品從牛車上卸下來。衚衕狹窄，擋了他們的路。這確實是巧合，但有的人卻認為這是我們家故意的設計，棺材者，「官」也「財」也，攔住了棺材，就等於攔住了官運和財運，當然這些都是事情過後人們的演繹和解釋，而在當時，我們家裡的人都發自內心地感到晦氣，娶媳婦碰上出殯的，哪裡去找好？幸好我們僅僅是在卸嫁妝，再過十天才是婚期，如果是花轎落地那一刻碰上棺材出門，那才是晦氣呢！我從家裡長輩的臉色上看出了他們的懊喪和對我與三叔的不滿，但三叔好像沒事人似的，匆匆忙忙先把牛車上的東西卸下來，然後讓我在前頭扯著牛繮繩，他在後邊用荊條子抽打著牛屁股，用最快的速度把牛車趕出了衚衕，為宋老師父子的棺材和送殯的隊伍讓開了道路。

我三嬸是城裡人，家裡開著一個蠟燭店，地點在東關神仙巷。店門口掛著一個油膩膩的木牌子，上邊寫著四個暗紅色的字：光明蠟燭。蠟燭店門面不大，前面三間房子，中間是店面，有幾排貨架，貨架上擺著各種蠟燭。兩側是兩間耳房，有一個後門，通往後院，後院兩側，擺著成捆的蘆葦和幾個大缸，大缸裡盛著羊油和牛油，這些都是做蠟燭的原料。東側兩間廂房，是蘸蠟燭的作坊。北面三間正房，是主人起居的地方。

這是我第一次進縣城，時間是教堂起火後第二天。三叔讓我跟他趕著牛車去縣城拉三嬸的嫁妝。按說拉嫁妝的事三叔不能自己去，但村裡人都忙著挖台田防澇治鹼，連婦女都下了地。三叔是龍山煤礦的工人，請了一個月假回來結婚。他帶著我去找郭支書，希望書記能派兩人去城裡幫他拉嫁妝。三叔遞給郭支書一支「大前門」香菸，支書接了菸，放在鼻尖下嗅嗅，然後又放到指甲蓋上頓頓，那時可沒帶過濾嘴的香菸，將菸頭放指甲蓋上頓，其目的是防止細菸屑被吸入口，其實那就是老菸鬼的派頭兒。三叔趕緊劃火幫書記點上菸。吭吭哧哧地說請書記派人的事。書記說一個蘿蔔一個坑，哪裡有閒人？你閒著沒事，自己去吧！如果怕路上悶，就帶上你這個話多的侄子，我心裡想我什麼時候話多了呀？三叔搔著脖梗子說，書記，您看，哪有新郎自個兒去老丈人家拉嫁妝的，只怕會讓人家笑話呢。支書噴吐著煙霧說：新社會，新風尚，誰敢笑話？你去吧，沒准你那媳婦還挺高興的呢！聽說你媳婦能寫一手好字，她是什麼文化水平？我三叔說，好像是初小吧，也許是高小吧，等她來後我問問。支書笑道，不是說你們是自由戀愛嗎？怎麼連人家是什麼文化程度都不知道呢。我三叔嘿嘿地笑起來。這樣吧，小光跟你一起去，書記說，我讓第二生產隊把那輛地排車借給你們用，二隊裡那頭蒙古牛腿最快，就派這頭牛去，你去跟趙六說，就說我說的。書記抬頭看了看太陽，說，時間還不晚，你們這就出發，無論如何今晚要趕回來，帶足草料，把牛照顧好，這頭牛，是寶貝，我們還指望著牠繁殖幾頭快腿牛呢。我三叔很感動，把那盒菸塞到支書口袋裡，支書說，三怪——我三叔外號三怪——你想幹什麼？腐蝕拉攏革命幹部？三叔不好意思地搔脖子。支書摸出菸盒，從中抽出兩支，一支夾在耳朵上，一支就著那個菸頭引燃，把菸盒又還給我三叔，說，雷厲風行，趕快，明兒個宋老師出殯，公社裡還要來人呢。對了，你們路過百貨商店時，順便幫我買兩節乾電池，要大無畏牌的，去吧。

我和三叔趕著地排車進城，母親為我們包上了兩個玉米麵餅子，兩棵大蔥，還有一團黑醬。那時候可沒有瓶裝的礦泉水之類的，不過也絕對渴不著我們，公路沿著河邊走，我們隨時可以到河裡去喝水。那時代的河水清澈見底，絕對沒有污染。路剛剛修過，所謂剛剛修過，就是在路面上剛撒了一層破磚爛瓦，還有鵝卵石，然後讓國營膠河農場的東方紅牌鏈軌拖拉機來鎮壓了兩遍。這條路也是膠河農場通往縣城的唯一道路，他們的嘎斯51大卡車和捷克斯洛伐克生產的膠輪拖拉機每天都要在這條路上跑。我們盡量讓蒙古牛沿著路邊比較平坦的地方走，為了減少顛簸也為了保護牠的蹄子。

三叔坐在牛屁股後的轅桿上，我坐在車廂裡，屁股下墊著一盤麻繩子。三叔心情很好，嘴裡哼唱著小曲。小曲哼夠了就吹口哨。那時候的年輕人都喜歡吹口哨，據說是跟著一部外國電影裡的男主角學的。就連剛剛去世的宋老師也擅長吹口哨，他還是我三叔的啟蒙老師，很多人都說吹口哨是流氓行為，但參加過抗美援朝的郭支書不這樣看，他說志願軍的偵察兵在樹林裡吹口哨，學鳥叫，引誘敵軍過來，活捉回去，立功受獎，關鍵是要吹好！三叔的口哨吹得好聽極了，幾次讓他教我，他也教過我，但我口舌太笨，怎麼也學不會。長大後我學習了一點音樂知識，曾多次想起，如果當時有個錄音機，把我三叔吹過的口哨都錄下來，交給音樂家，必會給他們帶來很多靈感。三叔還送給我一塊金黃色的有半個拳頭（我那時的拳頭）那般大的透明的松脂一樣的東西，裡邊有一隻活靈活現的碧綠小蟲子，三叔說這是他在坑道掌子面上抱著風鑽採煤時發現的。這應該是三叔對我的獎勵，獎勵我陪他進城拉嫁妝。其實不用獎勵，我也很高興。這是我平生頭一次進城，進城可以看火車，看樓房，看許多在鄉下看不到的風景。現在回憶起來，三叔送我的是一塊頂級的價值不菲的琥珀，可惜，我太好奇，總感覺裡邊那隻小蟲子是活的，於是就用錘子砸破。如果能留到現在……這是一個人老了後經常說的廢話，這世界上什麼「果」都有，就是沒有「如果」。

三叔當然也跟我說過他這門親事的緣由，他說，小光，你三嬸，那可是高密城裡有名的美人吶。「第一美女岳海玲，第二美女孔海蓉，第三美女邵春萍，三個美女加起來，比不上蠟燭店裡的顧雙紅」。這是高密城裡人人都知道的順口溜，三叔洋洋得意地說，顧雙紅就是你三嬸，你想知道我一個煤黑子是怎麼把高密城裡的大美女搞到手的嗎？天意！除了天意沒有別的解釋。我特別想聽三叔把這個「天意」的細節講給我聽，但三叔似乎沉浸在對往事的回憶中，一副心醉神迷的樣子，那下意識吹出的口哨，特別地婉轉抒情，連天上的百靈鳥都盤旋鳴叫著跟隨我們前進。牛車從鐵路橋洞裡鑽出來就等於進入縣城了，這時恰好有一輛從青島方向開過來的列車經過，我不錯眼珠地盯著，看那車頭噴出的強勁白煙，看那些一閃而過的窗口，聽那鏗鏘的車輪聲和震耳欲聾的汽笛聲，心中萌生了強烈的嚮往，我對三叔說：三叔，我這輩子要能坐一次火車，死了也就不冤枉了。三叔笑道：這還不簡單嗎？過幾天我回煤礦上班時帶上你坐一次就是。你這輩子，一定能坐上火車！

三叔說，一會兒到了三嬸家，你切記要少說話，要看我的眼色行事，如果我那老丈母娘留我們吃飯，你小孩家不要上桌，在下面弄點吃的就行了，吃完了就出去看車餵牛。我說三叔你放心，我裝啞巴。三叔笑道：也沒有必要裝啞巴，你是很聰明的，不用我多囑咐，看我的眼色行事就行了。

我們趕著車到達三嬸家的光明蠟燭店時，已經是正午時光了。三叔讓我看著車和牛，他自己進了店。我看了店門旁邊那塊有了年份的老招牌，為自己猜出了「蠟燭」的繁體字而得意。我看到三叔站在櫃檯前與一個女子說話，我知道她就是我的三嬸顧雙紅，儘管我看不清楚她的臉，我也知道她很美。

一會兒工夫，我看到三叔跟著三嬸到後院裡去了。有一個年齡跟我差不多大的小男孩像從地裡冒出來似的出現在我的身邊，氣洶洶地問：小孩，你是從哪兒來的？我說：從烽火公社來的。他翻著白眼又問：烽火公社在哪兒？我指了指東北方向說：在那兒。他又問我：你來幹什麼？我答道：來拉嫁妝。他非常不明白的樣子，又問：什麼是嫁妝？我立刻在心裡就把這個城裡的小孩子給蔑視了，連嫁妝是什麼都不知道，還城裡人呢。當然我沒把對他的蔑視說出來，而是耐心地告訴他，說這是我三嬸家，我三嬸就是剛才站在店裡賣蠟燭的。那小孩立刻明白了，說：原來是蠟燭紅要出嫁了，蠟燭紅要嫁給鄉下人啦。我糾正他說：我三嬸的名叫顧雙紅。他說：顧雙紅就是蠟燭紅，蠟燭紅就是顧雙紅。蠟燭紅，大破鞋，兜裡揣著一副牌，想跟誰來跟誰來，蠟燭紅，吹口哨，青年聽了不憋尿。——我知道這些話很壞，怒道：你胡說，我讓俺三叔揍你！——他又低聲神祕地說：蠟燭紅的爹當過國民黨呢，你知道什麼是國民黨嗎？我說我不知道。他說國民黨就是壞蛋。然後他又說蠟燭紅是個瘸子！

我們倆正說著話，就看到我三叔和一個戴著藍布圍裙，頭髮花白、身上散發著濃濃羶味的瘦高老頭出來了。後來我慢慢地知道了我三嬸家的蠟燭使用的主要原料是羊油和牛油，所以他們家人身上都有一股羶味。三叔指著我對老頭說：這是我侄子小光。我慌忙按照行前母親特意叮囑過的叫了一聲「姥爺」。那老頭和藹地對我點了點頭，還誇了我一句：聰明！我心裡感到暖洋洋的，對這老人充滿了好感。這時候，那個城裡的孩子突然喊了一聲：打倒國民黨！然後便跑了。老頭嘆了一口氣，低聲嘟噥了一句，然後便說：那就裝車吧。這時又有一個白頭髮的老太太出來了，我趕緊叫了一聲「姥娘」，老太太哼了一聲，很不高興的樣子，然後叨叨著：我們陪送了這麼多貴重東西，你們就來這麼一輛破牛車！我三叔趕緊低頭哈腰地道歉，說原本是想來輛大馬車的，但大馬車輪胎壞了，一天兩天的修不好。那老頭就對老太太說：行了，別叨叨啦，快進屋去打點著往外抬吧。老太太道：抬，跟誰抬？老頭指指我三叔說：我們倆抬。老太太道：你們倆能抬動那個楸木櫃？那是我出嫁時俺老奶奶送給我的陪嫁，二寸厚的板子，四角包著銅，只怕四個人都抬不動呢，何況裡邊還裝滿了東西。老頭說：把裡邊的東西先拿出來，先抬空櫃子。老太太說：那你們兩個人也抬不動。三叔道：讓我侄子搭把手。老太太撇撇嘴：就這麼個吃鼻涕的娃娃，渾身是鐵能鍛幾根釘子？我忙說：姥娘，我很有力氣的！我能抬起一桶水呢！三叔道：是的，他很有勁兒！老頭上下打量了我幾眼，說：試試吧，實在不行再想辦法。

我從路邊搬了兩塊石頭把車輪塞住，把牛繮繩拴在路邊一棵楊樹上。我跟在三叔身後，三叔跟在老頭身後，老頭跟在老太太身後，魚貫著進了店。我一眼就看到三嬸坐在櫃檯後，戴著白套袖，白圍裙，手持一枝毛筆，蘸著碗裡的金色，往一根紅色的大蠟燭上寫字。這是我第一次看到女人用毛筆寫字兒，心裡感到很驚奇。我三嬸身體側著，我看不到她的整臉，她的側面真好看，肥不胖，耳朵很白，眉毛很黑，睫毛真長，我不知該不該叫她一聲三嬸，但一看到她那副不理人的樣子，就把到了唇邊的話咽回去了。她身後櫃檯上那些蠟燭我也是第一次看到，粗的細的，長的短的，紅的白的，擺滿了貨架。那兩根足有一米長的粗大蠟燭給我留下了深刻的印象。後來我聽三嬸說，這樣粗大的蠟燭是祠堂裡用的，那時候有的村子裡的大姓家族還保留著祠堂，每到春節，合族的人要聚在一起祭祖，那大蠟燭就是此時用的。那些紅蠟燭上都描著金字，這些字都是我三嬸寫上去的，當然，她的父親也能寫。後來，我才知道她的父親曾經在解放前的政府裡當過錄事。

儘管把櫃子裡的東西都拿了出來，但那楸木櫃子實在太沉，三叔與姥爺抬不動。而且只抬了一下，姥爺就哎喲了一聲，好像是把腰擰了。姥娘嘮叨不休，就差破口大罵了。三叔滿頭是汗，張口結舌。這時，姥爺和姥娘吵了起來。三叔拉著我穿過院子和前店，到了街上。穿過院子時，我看到了東廂房裡有一長案，案上擺滿了半成品的蠟燭，當然我也嗅到了濃烈的羶味，我從小嗅覺就比一般人靈敏，當時我以為大家的嗅覺都跟我一樣，後來發現很多人的嗅覺比我遲鈍許多。穿過前店時我看到三叔可憐巴巴地望了一眼三嬸，似乎有求助的意思，但三嬸沒有抬頭。

站在蠟燭店門口，三叔點燃了一支菸，憂愁地四處張望著，他甚至低頭問我：小光，你說咱怎麼辦？我說：要不咱先回去，明天多叫幾個人來。三叔說：明天，明天找誰來呢？此時，有三個青年騎著那種鄉下很少見到的永久牌自行車和小國防牌自行車，追逐著過來。到了蠟燭店門口，他們停住車子，手扶著車把，腳尖支著地，都把食指噙在嘴裡，吹出尖利的、由高而低的口哨，顯然是在對我三嬸耍妖——後來聽三叔說，他們吹的是專門調戲婦女的「狼哨」——其中一個滿臉粉刺，流著大分頭的沙啞著嗓子喊：蠟燭紅，出來！

我聽說城裡有很多流氓，我想這三個就是了。我三嬸一聲不吭。他們又吹起了口哨，依然是由高而低，充滿挑逗意味，彷彿是從一個女人的頭，看到一個女人的腳。這時，我三叔把左手食指和拇指捏攏，噙在嘴裡，吹出了一聲由低而高、直衝雲天的呼哨——後來三叔告訴我，這是「鷹哨」，專門壓制「狼哨」的。這「鷹哨」的意思是，這個女人是我的，你們滾到一邊去。那三個城裡青年頓時愣了，直著眼看我三叔。我三叔拿出手指，噘起唇，吹出了電影《上甘嶺》的插曲〈我的祖國〉。吹奏時，我三叔腮幫子上的肌肉不停地跳動著，他的雙手還打著節拍，他的眼睛裡滿是情感。吹到「**朋友來了有好酒，若是那豺狼來了，迎接牠的有獵槍**」時，三叔加大了力度，眼睛裡閃爍著光芒，產生了一種凜然不可侵犯的感覺。那三個小伙子慌忙從車子上下來，湊到三叔眼前，說：嘿，夥計，有兩下子！幹什麼的，搞音樂的吧？我三叔道：挖煤的！那個面有粉刺的說：挖煤的？騙誰？——我三叔的堂堂儀表我一直沒顧上描寫呢，簡單寫兩句吧，他身高一百七十六釐米，這在當時屬於高個子了。他面色黧黑，鼻梁挺直，頭髮粗硬，眉毛很濃，眼睛不大，但閃閃發光。我必須說明，我三叔是我爺爺的三弟媳婦的兒子，之所以這麼說，是因為我這位三爺爺年輕時遊手好閒不務正業，將近四十歲了還打光棍，後來與一西北某省來討飯的女人結了婚，那女人帶著一個男孩一個女孩，男孩就是我三叔，我這樣一說大家就應該明白我三叔為什麼長成那個樣子。儘管他不是我們老高家的血脈，但我們都沒把他當外人。他理直氣壯地跟著我們姓高，他的名字也被堂堂正正地寫進家譜。他的多才多藝尤其是在音樂方面的才能也一定與他的那個在西北某地的家族有關吧。

那滿臉粉刺的小伙子恍然大悟，興奮地說：你就是顧雙紅的那個吧？另外一個白淨面皮，留著黑森森小鬍子的青年道：我們想顧雙紅嫁給一個煤黑子不是鮮花插到牛糞上了嗎？原來你是這樣的！而且還吹得一口好哨！

三叔摸出菸，分給他們每人一支，並為他們點燃。三個小伙子香甜地抽著。那個年齡看上去最大，臉上有很多黑痦子的小伙問：夥計貴姓？三叔道：不貴姓高。黑痦子看看牛車，看看我，問：這是……三叔道：三位兄弟，幫個忙怎麼樣？三個小伙子齊聲道：沒問題，你說！三叔道：我今天是來拉嫁妝的，但那櫃子太重，抬不出來，我老丈人把腰又扭了。三個小伙道：小事一椿，兄弟！我們都是顧雙紅的朋友，這點事，小意思！

於是三叔就帶著那三個小伙子進了店。長粉刺的那位對我三嬸打趣道：顧雙紅，悄沒聲地就要嫁啦？喜糖喜菸可要準備好！我三嬸冷冷一笑，也沒說什麼。

三個小伙子加上我三叔，四個人把那沉重的楸木櫃子抬到了牛車上。還有兩個箱，都是用梧桐木板新做的，沒多大份量，他們兩人抬一個，輕鬆地就弄到了牛車上。接下來他們七手八腳地把那些被子褥子枕頭毛巾等等雜物都塞進箱櫃，那包沉重的蠟燭，用舊報紙包著，被放到箱子底下。然後用繩子把箱子固定好，我三叔又敬了他們每人一支菸，互報了姓名，關係密切得像多年的朋友似的。

此時太陽已偏西，估計是下午三點多了，那是白晝最短的季節，再有二個多小時天就黑了。我三叔從他岳父家院子裡那口水井裡提來一桶水飲了蒙古牛，然後與岳父岳母告別。這時他岳母的臉色也好看了，可能是聽到了三叔的口哨，也看到了三叔的交際能力。她甚至熱情地說：要不就住下吧，趕明兒個天亮回去。三叔說，不啦不啦，我們緊著點走，三個多小時也就到家了。

我原本以為三嬸會出來送我們，但她一直沒出店門。姥爺姥娘站在店門口對我們招手。我三叔吹了一串口哨，婉轉如畫眉鳴叫，這是給我三嬸聽的——三叔後來告訴我，這叫「鴛鴦哨」。——那三個青年聽到三叔吹給三嬸的這串口哨，臉色紅紅白白，都是很不自然的樣子——車裝得有點後沉，三叔讓我爬上車，坐在前邊那個箱子上，平衡一下車上的重量。他自己步行，倚靠著車轅桿，趕著牛走。那三個小伙子戀戀不捨地推車跟著我們。粉刺臉說：兄弟，我們護送你一程。三叔吹了一首電影插曲〈九九豔陽天〉，自然又讓這三青年如癡如醉。三叔說：夥計們，就此別過，咱們後會有期。三個小伙子很遺憾地騎車走了，他們是縣棉花加工廠的工人。三叔顯然很得意，問我：小光，三叔還行吧？我說：太行了，三叔，你是天才。三叔道：天才說不上，不過，在音樂方面我是有感覺的。無論多麼難唱的歌，頂多聽兩遍我就能記住。你要相信，小光，三叔總有一天會從坑道裡爬上來，到礦山宣傳科裡去坐辦公室。

就這樣說著話，我們到了東關鐵匠街。鐵匠街上有幾家鐵業生產合作社，能製造鐮刀、鋤頭、鐵鍬等農具，叮叮噹噹的打鐵聲震動人心。路上有很多煤渣子，煤渣子裡混著鐵屑，有一股嗅之令人興奮的鐵的氣味。出了鐵匠街往右拐，我們就可以望見那個鐵路橋洞子了，穿過鐵路橋洞子就等於出了城，但就在此時，我們的地排車輪胎被一塊廢鐵扎破了，頃刻便洩了氣，三叔長嘆一聲，道：這可壞了事了。我趕緊從車上爬下來，看著那癟癟的車胎，眼淚嘩嘩地流了出來。

三叔安慰我，別哭，小光，沒有翻不過的山，沒有過不去的河！

我們將車靠到路邊，把牛卸下來。三叔讓我看著牛和車，他自己到路邊的鐵匠鋪裡借工具，只借到一把鉗子，一把鉗子根本不可能把車輪卸下來。三叔說：小光，今天夜裡咱們可能回不去了。我說：那怎麼辦？我們會凍死的，牛也會餓死的。三叔道：不會，我們凍不死，牛也餓不死。你好好看著牛和車，我找人去。我問：去三嬸家嗎？三叔道：不，不去她家。

太陽即將落山時，三叔帶著那三個小伙子來了，他們都穿著油膩的工作服，帶著帆布工作袋，袋子裡裝著鉗子、扳手、螺絲刀等工具。事後知道這三個小伙子都是棉花加工廠維修車間的工人，都有技術。他們把車上的櫃子抬下來，然後用磚頭把車的一側墊高，把輪胎剝了下來。兩個小伙子騎著車去修車鋪幫我們補車胎，那個臉上有痦子的留下，陪我們看著牛和車。

車修好後，已經滿天星光。我又餓又睏，蒙古牛也餓得哞哞叫。在三個青年的勸說和幫助下，我們住進了離三嬸家很近的前進旅社。這旅社其實就是馬車店，在那兒竟然巧遇了我們村的馬車夫老柳。他勻了一點乾草給我們餵牛，那三個小伙子買了二十個爐包送給我們。爐包雖然涼了，但味道很好。夥計，你的口哨是跟誰學的？那個面有粉刺的小伙，興致勃勃地問。三叔道：我的啟蒙老師是我們村學校的宋老師，後來又拜了一個高人為師。我們村東八里有一個國營農場，前幾年，省直機關的所有右派都在那裡勞改，其中有一個放羊的老喬，曾經是全國口哨比賽冠軍，還去羅馬尼亞參加過比賽，我的口哨就是跟他學的。三個青年齊聲道：怪不得，果然名師出高徒！這個老喬現在在哪兒？我們也去拜他為師，三叔道：拜不成了，一九六一年春他就死了。面有痦子那個青年問：怎麼死的？餓死的嗎？三叔道：據說是上吊。那太可惜了，三個青年幾乎齊聲道，那我們就拜你為師吧。三叔道：你們廠裡允許吹嗎？有的地方把吹口哨的當流氓抓呢！青年們說，我們廠的書記好文藝，會吹口琴，他說你們要吹就好好吹，吹出水平，昇華成藝術。那真不錯，這樣的幹部不多，三叔道，我們礦山有一個口琴小組，我想參加，但他們不要我，總有一天他們會要我的。顧雙紅也會吹口哨，你知道嗎？那位白臉小鬍子說，她原來是我們廠的合同工。真的嗎？三叔道，這些我都不知道呢。粉刺臉小伙對小鬍子使了一個眼色，說：夥計，今天暫時別過，你們早點休息，改天我們去找你，專程拜師！三叔像江湖上的人物一樣，抱拳對那三個小伙子說：兄弟們，大恩不言謝，但我牢記在心了。走到門口時，那白面小鬍子又回頭問三叔：哥們，能吹幾個八度？三叔伸出四根手指，笑著說：不多，四個！

粉刺大分頭吐吐舌頭，道：天哪！神人也！

這一夜我睡得很沉。天麻麻亮時三叔把我拉起來，我們套上牛，匆匆上路，穿過鐵路橋時，一輪紅日升起，我看到路邊的樹上結滿了冰霜。

三

還是先交代一下，我三叔和三嬸是如何結成姻緣的吧，按說我三嬸是一個雖然腿有小殘疾，但不影響行走而且相貌壓全城的美女，幾乎不可能看上一個家住偏僻鄉下，職業危險勞累的挖煤者。這就是三叔講過的「天意」了，何為「天意」？其實就是我三叔的善意。話說一九六〇年秋天，我三叔從煤礦請假回來為他的父親也就是我的三爺爺辦理喪事，在坊子火車站等車時，遇到了一個昏倒在地的老人，這個老人就是我三嬸的爹顧傳臚。顧傳臚當時五十剛出頭的年紀，按現在的標準，也就是一個中年人，但在當時，就是標準的老人了。顧傳臚在舊政府當過文員，最高職務是祕書科長，雖沒有當漢奸殺革命者的罪惡，但也參加過一些危害革命的活動，解放後判了他十年徒刑，我三叔在車站遇到他那天，正是他從濰北勞改農場刑滿釋放的日子。他是站在三叔面前排隊買票時突然一頭栽倒的。那時候的人都餓得本命不顧，沒人理倒地的顧傳臚。我三叔喘息著，把他拖到一張木條子釘成的長椅上。他歪頭吐出一些綠水，就像螞蚱吐出的綠水一樣的顏色一樣的味道。三叔說，我知道他是餓的，給他點吃的他就活了，不給他吃他就死了。三叔說，我的包裡有兩個黑麵饅頭，那是我勒緊褲腰帶省出來想帶回家給俺娘吃的。我不敢看老頭那灰暗的眼神，我猶豫著，眼前晃動著老娘瘦得皮包骨的面孔。最後我還是悄悄地將手伸進包裡，掐下了一半饅頭，遞給那老人。三叔說那饅頭的香味突然地揮發出來，把候車廳裡飢腸轆轆的人們的目光一下子吸引了過來。顧傳臚得到饅頭，幾口就吞了下去。這時，一個帶著兩個孩子的婦女撲通跪在了三叔的面前，涕淚橫流地說：同志，同志，給這倆孩子一口吃的吧，他們已經三天沒吃東西了。三叔說那兩個孩子其狀之慘，實在令人不敢正視。三叔把那半個饅頭摸出來，分成兩半，給了那兩個孩子。這時，更多的人圍了上來。三叔慌忙站起來說對不起大家了，我只有一個饅頭了，這是我省出來回家孝敬俺娘的。一個滿頭亂髮的中年人猛地把三叔的書包奪過去，轉身就跑，一邊跑一邊把饅頭摸出來，順手把書包扔在地上。三叔在後邊緊緊追趕，那人一邊跑一邊往嘴裡塞饅頭。三叔說等他從後邊抓住那人的肩膀時，那人已經把饅頭全都塞到了嘴裡。他的口腔撐得合不攏，他的眼睛噎得翻了白。三叔在他背後拍了一掌，那人將饅頭咳出來，但緊接著又抓起來往嘴裡塞。三叔嘆口氣，便鬆了手。三叔回到候車室，顧傳臚已經坐了起來。那女人將書包撿起來遞給三叔，眼淚汪汪地說：大兄弟，你真是個善人吶！

那天，三叔與顧傳臚同車到了縣城。出了火車站，顧傳臚說：小高，我不瞞你，解放前我在舊政府裡幹過事，判了十年勞改，今日刑滿釋放，我家住東關神仙巷，離這兒不遠，你要不嫌棄，就把我送到家，讓我老婆做頓飯給你吃，我家開著一個賣蠟燭的鋪子，勉強還能吃上飯吧。我三叔看老頭那隨時都可能倒斃的樣子，心中不忍，雖然掛記著老娘，但還是幫他提著行李卷，把他送回了家。顧傳臚力邀三叔進屋，三叔以父親去世母親老病為由堅辭。最後，顧傳臚說：小伙子，你先回去辦事，但回程時，一定要來家坐一坐，你記住這個門兒。三叔允諾。

三叔回家後，看到老父停屍堂上，老母也病餓而逝。兩個老人並排躺著，臉上都蒙著黃紙。那時候生活之艱難窮困，不經歷者難以相信，用不起棺材，從炕上揭了一領破席捲了老父，用一塊破氈片裹了老母，然後找了本家幾個人，抬出去埋了。

至於三叔和三嬸，如何定下終身的詳細情節，三叔未說，我也不敢妄加猜測。三嬸為什麼能夠看上三叔，這個三嬸也沒說，我也無從知悉。我聽大姊說過，說咱三嬸的爹娘原本是想招咱三叔去做養老女婿的，但三嬸不同意。三嬸說將來這社會，家庭出身高於一切，如果三叔當了上門女婿，那生下的後代，受姥爺歷史問題的牽連，就沒了前途。而咱們這邊是響當當的貧農，孩子會有好前途。姊姊說你看咱三嬸多有頭腦，有文化的人就是不一樣。姊姊說三嬸還說，她娘家那個蠟燭店也開不了幾年了，將來這社會，必會向著越窮越光榮越富越可恥變化。果然，幾年後，興起了紅衛兵，先是把羊油大蠟燭上那些「忠厚傳家久，詩書繼世長」，「年豐人增壽，春來福滿門」等吉祥句子，當成四舊，不准再寫，改成了革命詞兒，後來又說這些寫在蠟燭上的革命詞兒被燃燒殆盡，很不吉利，索性把蠟燭店給封了。姥爺的歷史問題又被抖擻出來，批鬥遊街，抄家封門，老倆口子看看生不如死，於是把羊油牛油蠟燭棉架搬到腳下點燃，然後雙雙懸梁。蠟燭店裡失火，那是沒有救的。左鄰右舍，各自保護著自己的家，眼睜睜地看著那烈火把蠟燭店燒成一片廢墟。這時候我們才意識到三嬸的英明。也有人風傳，說三嬸是顧傳臚夫婦抱養的孤兒，原本就沒有那種骨肉深情。此事也無法求證，蠟燭店大火後，三叔那三位朋友中的一位捎信來報告了噩耗，此時城裡的革命正鬧得狼煙烈火，三嬸流了眼淚，但沒有嚎啕大哭。此時，她已經生了女兒清靈。她將女兒交我母親幫看著，帶上我，搭乘上膠河農場去縣城拉煤的拖拉機到她家的遺址上看了看。能搭乘上農場的拖拉機要感謝我姊，我姊這時已經成了我們公社宣傳隊有名的小演員，能唱歌能跳舞，還能編快板書。最絕的是我姊姊也會吹口哨，三叔教過她，她也是這方面的天才，一學就會。她平時就撅著嘴，好像天生為吹口哨準備的。我姊還有個神技，那就是夢裡吹口哨。第一次聽她夢裡吹口哨，把全家人都嚇懵了，後來習慣了，也就不怕了。雖然她的水平與三叔不是一個等級的，但一個女孩吹口哨，且能吹出完整的歌曲，裡邊還夾著些小花活兒，已經讓鄉下人大開眼界了。她在宣傳隊裡有個好朋友袁小鳳，袁小鳳的爸爸就是農場的拖拉機手。

農場的拖拉機把我們放到鐵路橋邊，約好了下午三點還在這個地方等。然後就開往火車站貨場去裝煤。我和三嬸走著去神仙巷。三嬸雖瘸，但走路速度一點也不慢。我腦子裡不斷地浮現著三年前跟三叔出來拉嫁妝的情景，許多細節歷歷在目。到了那裡一看，只有幾堵被燒燎得烏黑的牆壁和滿地的瓦礫。雖然時間過去了好幾天，但大量燃燒羊油牛油的羶味還沒散盡。三嬸臉色蒼白，在廢墟裡轉了幾圈，找來一根木棍，在姥爺姥娘自盡的那個房間撥拉出幾根骨殖。三嬸從頭上解下那條紫色的方圍巾，將骨殖包起來。幾個女人站在不遠處往這邊張望著，這些人都應該是三嬸的鄰居，但她們都不敢靠前。看看天將正午，三嬸掏出三毛錢半斤糧票讓我去買兩個饅頭充飢。我說俺娘給了我兩毛錢。三嬸說把你的錢收起來吧，然後說順著街往西走，路口有一家工農兵飯店，裡邊有饅頭有燒餅。

我買饅頭回來時，三嬸雙手捂著臉坐在那兒哭，那幾個鄰居的老年婦女在旁邊勸說著。我看到三嬸手裡攥著一張紙，後來我知道那紙是姥爺的遺書，但這遺書不是寫給三嬸的，而是寫給各級革命委員會的。遺書證明三嬸是他們夫婦收養的一個孤兒，而這個孤兒的父母是被國民政府槍斃了的共產黨地下黨員。這證明如果能被承認，那三嬸一下子就變成了革命烈士的後代，即便不被承認，也能夠發揮很好的作用，起碼可以說明，她血管流淌著革命烈士的血，無論他的養父母用什麼樣的飯食餵養，她的血型也不會變化。姥爺可真是用心良苦啊。

我笨嘴拙舌，不會勸解，只好跟著三嬸哭。哭了一陣，三嬸擦擦眼睛，站起來，對那幾個女人深深地鞠了躬，感謝她們收藏了父親的遺書並轉給自己，那幾個婦女也就借機別過，各自走了。我將兩個饅頭一塊鹹菜遞給三嬸，三嬸說，你吃吧，我吃不下。

我是懂事的少年，兩個饅頭我吃了一個，剩下的一個，連同大半塊鹹菜，硬塞到三嬸手裡。三嬸吃著饅頭，眼淚沿著腮往下流。我憤憤不平地說：他們逼死姥爺姥娘，應該去告他們。三嬸苦笑一聲，竟然說：死了也好，活著也是受罪……

這是一九六六年八月份的事，那時候的事，不能以常理論之，如今回想，如同噩夢，但噩夢中似乎也有浪漫與狂歡的成分，甚至還有藝術，這是否是少年的錯覺，還真不好說。

後來我聽楊結巴大叔說，三叔曾私下裡去蠟燭店廢墟上祭奠過顧傳臚夫婦，所謂祭奠，其實是憑弔。因為三叔既不敢燒香燒紙也不敢擺祭品。他只是在那廢墟上，眼含著熱淚，即興吹了一會兒口哨。

三叔和三嬸的婚禮是必須講的，但在講他們的婚禮之前，應該把我們家與三叔家的關係交代一下。我爺爺兄弟三人，大爺爺是中醫，早就分家單過。我爺爺與我三爺爺一直沒分家，三爺遊手好閒，但他是小弟，我爺爺只好容忍。三爺爺與那個西省的流亡女人成親後，爺爺就把場園邊上那三間房子收拾了一下，讓他們搬去住。看起來三爺爺是另起了爐灶，但經濟上還是混在一起，三爺爺家缺了什麼，就到我家來取什麼。一九六〇年，三爺爺三奶奶雙雙去世，三奶奶帶來那個女孩子（我們叫她二姑）遠嫁去了黑龍江。三叔在煤礦，所以那房子就空著了。一九六三年是大澇之年，那房子塌了。因此原因，我父母就決定把我們家的東廂房拾掇出來，作為我三叔和三嬸的婚房。這時我爺爺和奶奶都還健在，但爺爺不喜歡走集體化道路，發誓不給人民公社幹活，家裡的事也一概不管不問。要問為什麼在最困難那年我三爺爺和三奶奶死了，而我爺爺和奶奶卻活著，這事我不想說又不得不說。其實我三爺爺是被棉籽餅脹死的，他領了政府發放的救濟糧——三斤棉籽餅——一邊吃一邊往家走，走到家也吃完了。然後就口渴，喝水，棉籽餅在胃中膨脹起來……我三奶奶之死與飢餓有關係，但主要原因還是生病。

情況大概如此，大家看，我這哪像是寫小說啊？簡直是寫交代材料或是記流水帳。

因為我們沒能按郭書記規定的時間回來，讓書記再將地排車借給我們當婚車把三嬸拉回來的可能性完全不存在了。我當時不過是個七、八歲的小孩，但三叔一直把我當成他的知心朋友，把他的高興、擔憂、計畫都告訴我。他說，小光，即便老郭把地排子車借給我們，我們也不用。你說，我們用輛破牛車拉你三嬸，這多丟人。我說，是丟人，三嬸是高密城裡有名的大美人呢。三叔，我有個主意。三叔說：什麼主意，快說！我說，咱能不能到膠河農場去借用他們的大汽車？汽車不行，拖拉機也可以。三叔道：這絕無可能。不過，我有一個很可能實現的計畫。

三叔去供銷社買了一包好菸，帶上我去公社駐地找到二祕書楊結巴，提出借他的大國防牌自行車，楊結巴說，高三，你知道不知道？我曾經對外宣稱過：老婆可以借，但車子不能借。按照與三叔預先商定好的計畫，我雙腿一屈，跪在了楊結巴面前。楊結巴滿臉通紅，急不成句地說：起……來起來，你這是幹什麼？你這不是折老子的陽壽嗎？我說：你不把車子借給俺三叔，我就跪著不起來了。楊結巴說：……起來……起來，有話好商量。我看了一眼三叔，三叔點點頭。我站了起來。楊結巴說：你借我車子幹什麼？三叔說：實不相瞞，楊祕書，我元旦結婚。你大概也聽說了吧，我那未婚妻名叫顧雙紅，是高密城的頭號美女，城裡多少小伙追她，她都不嫁，偏偏要嫁給我這個挖煤的，而且不讓我去當養老女婿。你說，楊祕書，我要趕著個破牛車去拉她，多丟人，不僅僅是我沒面子，也讓人家城裡人笑話咱們烽火人民公社是不是。楊結巴問：那你想怎麼著？借我的車，自己去把媳婦載回來？這也不合風俗啊，哪有新郎官自己去載媳婦的。三叔道：我上次去城裡拉嫁妝，結交了三個朋友，都在棉花加工廠工作，他們三人都有自行車，元旦他們放假，我想借你的車去縣城找他們，請他們元旦那天把我媳婦送來。楊結巴道：那你走著去不就行了嗎？三叔道：楊祕書，後天就是元旦了，家裡還有很多事，走著去太慢，當然，我跑著去也是可以的，但您不知道我那丈母娘有多勢利，她反對女兒嫁給我，我騎車去，儘管她知道車子不是我的，但她的心情會好一點。關鍵是，我如果能請動我那三個朋友，我媳婦臉上也有光彩。所以楊祕書，您這個忙一定要幫我。

楊結巴抽著三叔敬給他的菸，臉通紅，嘴唇哆嗦著，好像要從他身上往下割肉似的。最後他抖著嘴唇，眨巴著眼睛說：好好好……吧，高三，看在你媳婦這個高密城第一一一……美人的面子上，我借給你。

楊結巴推出車子，支起來，彎腰試了試前後輪胎的氣，又手搖著腳踏子讓後輪高速旋轉。他心醉神迷地聽著車輪旋轉的呼呼聲，說：你聽聽，我這車子，一點毛病也沒有。他慢慢地將腳踏子往後輕按著，剎住了旋轉的車輪，說：你剎車時不要太猛，太猛會傷害裡邊的零件。然後他又拍了拍座子，檢查了一下座底的彈簧，叮囑道：過溝過坎遇有顛簸，一定要把腚翹起來！否則會把彈簧弄斷，總之我不多說了，你千萬小心著騎，下午五點前，最晚五點，必須把車子給我還回來。

三叔終於從楊結巴手裡接過了自行車，推到了大街上。楊結巴緊跟著我們，口裡還在嘮叨著重複了很多遍的話。就在三叔騙腿要上車時，他又一把拉住了後貨架子，說：你是什麼時候學會的騎車？技術行嗎？先別急著走，騎兩圈我看看，我寧願把車子借給老手騎十次，不願借給新手騎一次。三叔說：好好好，我騎給你看。

三叔在公社機關大院後邊的大街上，熟練地表演了從後邊騙腿上車和從前邊提腿上車以及左拐彎右拐彎從前邊屈腿下車和從後邊甩腿下車的基本技術。然後將車停在楊結巴面前，說：怎麼樣？放心了吧。楊結巴點點頭，說：還行，那也得加小心。三叔說：我還能大撒把呢！楊結巴說：你必須保證不大撒把，否則我不借了！三叔道：好好好，我一定兩手始終扶著把，始終小心加小心，回來你檢查，如果車子少了一塊漆，你就摳掉我一塊皮。楊結巴道：如果我的車子真的掉了漆，把你全身的皮都都都……剝下來又有什麼用處？

在我是先坐在車後座上讓三叔從前邊屈膝提腿上車還是三叔先騙腿上車慢行著我從後面蹦到貨架上的問題上，楊結巴又糾纏了半天，最後定下讓我先穩穩地坐在後貨架上，然後讓三叔從前邊提腿上車，因為車在行進中我往上蹦會產生重力加速度，讓自行車後輪胎承受太大的壓力。

我們終於騎行在通往縣城的道路上。車行數百米後我看到楊結巴慢慢地回到了大院。我知道，他的身體在公社大院裡，他的心已經跟著他的自行車來了。三叔問我：楊祕書回去了沒有？我說：回去了。三叔大喊一聲：我的個天老爺！把我的嘴唇都磨起泡來了。我說：磨起泡來會影響吹口哨嗎？三叔說：我這是用了一個比喻！三叔接著就吹起了口哨。

四

一九六四年元旦上午，三叔的三個朋友，其實也是我的朋友——面有粉刺的那位名叫鄭華波，白臉小鬍子那位名叫鄧然，臉上有痦子的那位名叫邱開平——是我發現了這三個人的姓都帶著——「阝」，然後我馬上又想到三叔名字高邦，這四個人的名字裡竟然有四個右耳刀，我不由地喊叫起來：「三叔，太巧了！」這時正是三嬸在東廂房「坐床」，三叔在我家北屋炕上招待這三位哥們和楊結巴的時候。聽我解釋了我的發現，他們感到蹊蹺。三叔說：「三位兄弟，這是天意啊！」邱開平說：「我們應該結為兄弟是不是？劉關張桃園三結義，咱們是——這個村叫什麼來著？——對，沙窩，我們來一個沙窩四結義！」其他三位，也都拍手贊同。——我必須補敘幾句——當三輛車把上繫著紙紮的大紅花的自行車一路響著鈴鐺騎進我們村莊時，一九六四年的元旦上午頓時變得喜氣洋洋。三個城裡青年的洋氣打扮和坐在中間那輛自行車後座上、身穿紅格褂子、外套栽絨領蘭色華達呢半大衣、頭蒙紅色長圍巾的我三嬸的美貌，讓村裡的人羨慕不已，贊嘆不止。大人小孩都擠到我家院子裡，我母親和鄰居家幾個大娘嬸子引領著三嬸上了東廂房的炕。牆壁上貼著花紙，窗戶也用紅紙封了，屋子裡紅光蕩漾，喜氣洋洋。小孩嚷叫著要喜糖，爭先恐後地往炕上爬。我姊姊抓了一把糖扔到院子裡，那些小孩便一窩蜂地撲上去。在搶奪的過程中，宋老師的小女兒被人碰破了鼻子，血流如注，坐在地上嚎啕大哭。我母親惱怒地低聲罵：「真他娘的喪氣。」母親對二大娘很不滿，說她家裡新遭了大喪，竟然還放孩子出來搶喜糖。我姊姊也很不高興，她與她那個宣傳隊的好朋友袁小鳳一人一隻胳膊，將嚎啕著的宋老師的小女兒拖出了院子。

三叔給我的任務是看守好那三輛自行車。村子裡的年輕人圍著那三輛自行車——兩輛上海產永久，一輛青島產小國防——車子都有八成新，車圈車把上的電鍍在陽光下熠熠生輝。村裡那位最蠻橫的青年名叫平度的，撇著從電影裡學來的日本軍官的說話方式，按了一下鄭華波那輛永久的鈴鐺，道：「大大的好，這匹小馬駒子大大的好！讓太君騎出去遛一遛！」聽到車鈴響，三叔跑出來，對平度等人作了一個揖，好聲好嗓地說：「兄弟們，這是朋友的車子，別給人家弄壞了。」平度伸手道：「車子的可以不騎，但是你的，把喜菸的拿來！」三叔摸出一包友誼牌香菸，分發給眾人，我知道這菸質量較差，價格便宜，而屋裡炕上那幾位貴賓，抽的是大前門。

三叔散菸後，將三輛自行車搬到牆角，順手鎖了，把鑰匙拔下來，交我保管，這樣就把我解放了。這時楊結巴推著車子進了大門。一進門他就喊：「高邦，你小子不不不……不夠意思吧！借自行車時滿滿滿……滿嘴甜言蜜語，用完了自行車就把我我我……我忘記了。」三叔忙道：「我正想讓小光跑步去請您呢！您是有文化有身分的人，正好，來給我陪客。」

一進屋楊結巴就對炕上三位年輕人拱手施禮，並不太結巴地說：「對不起對不起，公社曲書記讓我給他準備講話稿，剛剛弄完，耽誤大家喝酒了。」

三叔也忙對他們介紹：「這是我們烽火人民公社的二祕書，大筆桿子，他的文章在省報刊登過，在省廣播電台播送過，至於縣廣播電台，如果沒我們楊祕書供稿，那就只好倒台了。」

楊結巴道：「高邦，你的話雖然有點誇張，但基本上還是事實。咱要是不結巴，小小的烽火人民公社哪能留得住我？」

三叔忙道：「對對對，楊祕書，你總有一天會高升，楊祕書，請吧，上炕。」

楊結巴也說：「好，上炕，站客難伺候。」他脫了鞋，不無炫耀地往上拉了拉他那雙新襪子的筒兒。

現在回想起來，我們的炕其實很小，炕中央擺一張長方形矮腿桌子，每邊坐上兩人，整鋪炕就滿了。三叔側著身子，半個屁股坐在炕沿上。我負責為他們燙酒。那年月時興把白酒燙熱了喝，說是喝涼酒寫字時手會顫抖，其實是酒的質量差，加熱後會讓酒裡的有害物質揮發一些。

母親端上了四個冷盤，一個是白菜心拌蝦皮，一個是鹽水花生米，一個是松花蛋，一個是蔥白拌豆腐。現在看這四個小菜有點寒酸，但在當時，已經相當不錯。父親過來，站在炕前，代表我們家的老人，對三位城裡青年和楊結巴表示了感謝，然後便以大隊裡有事找他為藉口走開了。

剛開始，三個城裡青年還有點拘謹，楊結巴見過場面，很會調動氣氛，幾句調皮話，就讓大家鬆弛了心情，自然了形體。就是在這時候，我發現了四個「阝」的問題。到那四個人吵嚷著「沙窩四結義」時，楊結巴道：「還有我呢！」

我說：「楊祕書，您的名字裡沒「阝」啊。」

楊結巴說：「小屁孩子，你認識幾個字？大叔名叫楊連升，升字的繁體字裡，恰好有一個「阝」。」然後他便摸出鋼筆，將繁體字的升字寫到手背，舉著給大家看。

三叔撫掌道：「那就更巧了，來，為了我們這五個耳朵，乾一杯！」

那時候生活困難，酒盅子也小，大家都小心翼翼地的把杯子端起來乾了。三叔又趕緊給大家把酒倒上。

楊結巴道：「各位小兄弟，今日這個事，還真是天意。原本我是不想來的，曲書記讓我陪他到供銷社飯店吃包子，當然，菜也是有的，酒也是有的。但我想，高邦老弟大喜的日子，雖然下煤窯這活兒又苦又累，但畢竟也是工人階級，工人老大哥娶媳婦，咱能不來捧場？再說了，我跟這沙窩村的感情那是不一般的，你們郭支書，老英雄，公社書記見了都要敬三分，但他偏偏對我好，知道他叫我什麼？「楊記者」！「記者」啊，多響亮的名頭！好了，不說咱的光榮經歷，咱就說五個耳朵這事。只要你們不嫌棄我結巴，我願與你們結拜兄弟。桃園三結義那叫三俠，咱們沙窩村結義，五個人，五義，三俠五義！看過《三俠五義》沒有？著名小說，也有評書，魯迅先生都表揚過的。」

眾人都直著眼，不言語，顯然是沒看過這部小說。楊結巴便匆匆講述了書中情節，講了兩齣戲：《遇皇后》，《打龍袍》，這兩齣戲就是根據《三俠五義》改編的。說到了戲，楊結巴頓時滿面生輝神采飛揚，他端起一杯酒，道：「弟兄們，其實我是個角，是個大名角，但可惜我生不逢時也生不逢地，結果成了個丑角。來，乾了這杯，老哥給你們唱兩句——龍車鳳輦進皇城——御街上來了我討飯人——」

他高亢蒼涼的聲音震動得封窗的白紙嗦嗦作響，三位城裡青年都目瞪口呆，顯然是被震住了。

「眼不明觀不見花花美景——看不見汴梁城文武公卿——」

正在東廂房裡鬧騰著的孩子們都跑出來，聚攏在窗外，戳破窗紙，往裡觀望。

楊結巴卻突然刹住了唱腔，結結巴巴地說：「獻獻獻……獻醜，今日到此為止，過幾天到城裡去，如果兄弟們愛聽，老哥我給你們唱全本，生旦淨末丑，獅子老虎狗，文武昆亂不擋！當然，我最拿手的還是老老老……老旦。」

三叔道：「楊祕書，我聽過您與宋老師在教堂裡一個拉一個唱，但當時感到一般般，今日當面聆聽，感覺大不一樣，太棒了！」

楊結巴說：「可惜了，宋老師，拉得一手好京胡，嘎嘣利落脆，不拖泥帶水，他死了，再也沒人能給我伴奏了，高山流水，知音難覓啦！」

說著說著，楊結巴的眼圈就紅了，他用袖子擦擦眼，笑道：「看我，真是丟人，這大喜的日子，扯到哪兒去了？我還給你們講這《三俠五義》裡的「五義」，「五義」者，「五鼠」也。何謂「五鼠」？鑽天鼠盧方，徹地鼠韓彰，穿山鼠徐慶，翻江鼠蔣平，還有那蓋世的英雄錦毛鼠白玉堂。知道白玉堂是哪裡人嗎？平度，與咱們一河之隔，現在平度是縣，那時平度是州，白玉堂家土地萬頃，家財億貫，騎著快馬跑三天也跑不出他家的地盤，這沙窩村，也是他家的地盤！關鍵是這人豪俠仗義，揮金如土，專好結交天下英雄，那《三俠五義》的作者就是以他為原型塑造出了錦毛鼠這個英雄人物……」

大家都聽得愣愣的，忘記了喝酒。母親又端上來熱菜，第一個菜是白菜炒豆腐，第二盤是蘑菇豬肉燉粉條，第三盤是油煎蘿蔔丸子，第四盤是芹菜炒肉絲。儘管盤裡只有寥寥的幾片肉，但香味格外強烈，母親對楊結巴說：「大兄弟，領著客人多喝酒啊！」楊結巴道：「大嫂放心，少喝不了。各位兄弟，什麼是老嫂比母？這就是！老三父母歸西，一切都靠這老嫂子操持著，你說對不對？高邦？」

三叔道：「是，楊祕書說的對，沒有大哥大嫂張羅，我現在連個家都沒有！」

楊結巴道：「人海茫茫，也不過是父母妻子兄弟朋友，看那《三國演義》、《三俠五義》，一個義字，頂天立地。咱們今日，五個耳朵聚合，天巧地巧，如果不弄出個名堂來，豈不辜負了天地美意。那鬧東京的五鼠，是老五義，咱們是新五義，咱們結拜為異姓兄弟如何？」

三叔道：「太好了，那我就高攀了。」

鄭華波激動得滿面赤紅，那些粉刺都發了紫，他說：「太好了，楊大哥，您的一曲高腔，氣沖霄漢，英雄氣概！我們雖居城裡，其實是井底之蛙，前些天結識了高兄，他的出神入化的口哨讓我們佩服得五體投地，楊大哥的氣魄、學問，更令我們敬佩有加。我們三個，同在一廠工作，因為志趣相投，雖沒結拜，但也情同兄弟，今日如能與楊兄、高兄結為兄弟，真乃大快人心之事。」

鄧然和邱開平齊聲道：「我們樂意！」

鄭華波道：「盧方，白玉堂他們號稱五鼠，我們叫什麼？」

三叔道：「我們叫五虎吧，沙窩五虎。」

邱開平道：「《三國演義》裡有五虎上將，個個武藝高強，可我們都不會武術，叫五虎名不符實啊！」

我插嘴道：「那就叫沙窩五狼！」

三叔道：「胡說！」

我又道：「那就叫沙窩五狗！」

三叔道：「閉嘴吧你給我！」

楊結巴道：「什麼五狼五虎五狗五貓，都不好！我們就叫沙窩五耳，這樣有個講說，不是憑空捏造。」

「好！」大家齊聲道，「就叫『沙窩五耳』！」

大家不約而同地舉起杯，豪氣地碰了，酒濺到手上，不去管了，都乾了，亮亮杯底。我把燙熱的酒遞給三叔，三叔又給大家倒滿杯。

楊結巴道：「我們就不搞磕頭燒香、歃血為盟那一套了，但年齒還是要排一下的。我一九三四年生，屬狗，三十週歲。」

三叔道：「我，一九四三年生，屬羊，二十一週歲。」

邱開平問三叔道：「你是幾月份生日？」

三叔道：「正月初八。」

邱開平道：「那我是老三了，我也是一九四三年生的，生日是十月七號，陰曆不知道，但肯定比你小。」

鄧然指指鄭華波，道：「我們倆同歲，一九四四年，但我的生日比他小十天。」

楊結巴伸出一根食指，指點著說：「我，老大，你，老二，你老三，你老四，你老五！今後，咱們就以兄弟相稱！」

鄧然道：「我最小，小弟敬四位哥哥一杯！」

三叔道：「五弟慢來，我們四個，先共同敬大哥一杯吧！」

五人舉杯，都很激動，猛碰之後，一飲而盡。

楊結巴激動萬分，道：「四位賢弟，現在是新社會，咱不搞封建時代同生共死那一套，但咱們今後，有福同享，有難同幫，不是兄弟，勝似兄弟！」

三叔道：「大哥說得對！我們都是有志青年，大哥能唱，我們四個能吹。天生我材必有用，千金散盡還復來。」

這時母親端上一盤煎鯖魚。

「魚上來了，該吃飯了，今天咱們就先喝到這兒吧，過幾天到我辦公室裡，咱們放開一喝！」楊結巴道，「不過在終席之前，還得請二弟給我們吹奏一曲，否則這宴席就不圓滿。」

「其實我早就嘴癢了，」三叔道，「我給大家吹奏印度電影《拉茲之歌》的插曲如何？」

「太太太……好了……」楊結巴說，「這部電影，如果沒有這首插曲，起碼要減色一半呢！」

城裡的三個耳鼓起掌來。

三叔喝了一口茶，瞇眼凝神片刻，噘起口唇，先吹出一套花樣繁多的過門，然後便吹出那令人心神蕩漾的旋律。我們都屏住呼吸，沉浸在音樂所營造出的意境裡。我那時沒看過這部電影，但我在「狼窩」裡聽楊結巴和宋老師繪聲繪色地講述過這個故事，所以，我的腦海裡浮現著許多光怪陸離的畫面。在這些畫面裡活動著的主人公拉茲，就是我的三叔，而那位貴族小姐麗達，就是我的三嬸。後來我聽懂行的人說，我三叔口哨演奏的過人之處，除了吐氣和吸氣都能發聲之外，還在於他能即興地在基本旋律之上進行變奏，在於他對聲音的豐富的想像力，讓我們聽著是那首歌，但又不完全是那首歌。就像一個美麗的姑娘在花叢中忽隱忽現，使她的美麗添加了神祕；就像月亮在雲中時隱時現，使它的光輝增添了含蓄。

三叔一曲吹罷，拱手對大家說：「獻醜了，各位兄弟指教！」

城裡的三個耳眼淚汪汪地鼓掌。他們是懂音樂的人，我覺得懂音樂的人大多數都是感情豐富、心地善良的人，所以，即便後來我知道他們做過壞事，也沒有改變對他們的良好印象。

「二弟，還還還……還讓人活不活了？」楊結巴拍了自己的腮幫子一巴掌，說，「大大大大……大才！絕對是大才！你不但是口哨演奏家，還是作曲家！」

「大哥，」三叔紅著臉說，「我就是吹著玩兒。」

「二弟，」楊結巴說，「是金子總會發光的。三弟四弟五弟也是這樣，大家都要堅持學習，等待時機，時機一到，寶刀出鞘！」

……

一直鬧到紅日平西，這四個人才走。都有了酒意，有的臉紅，有的臉黃，但腿腳都有點不利索了。我看到母親如釋重負的神情，聽到兩隻喜鵲在牆外槐樹梢上喳喳噪叫。我幫他們開了自行車鎖，他們都將手扶在了自己的車把上，站在院子裡，似乎戀戀不捨的樣子。夕陽正照著東廂房的窗戶，窗戶上新糊的紅紙被要糖吃的孩子戳得稀爛。一直陪著三嬸並擔當護衛任務的我姊姊把臉貼到窗櫺上，喊：「三叔，你來一下！」

「幹什麼？」三叔問。

「俺三嬸找你！」姊姊說。

「快去快去，」楊結巴流暢地說，「夫人下令，焉敢不聽?!」

我說：「楊大叔，我發現你喝醉了就不結巴了！」

母親訓斥道：「沒大沒小的孩子！」

「等一下，」三叔道，「我送走朋友。」

「趕快來！」我姊敲著窗戶道。

那三個三嬸曾經的工友，有叫她顧雙紅的，有叫她蠟燭紅的，嘈嘈雜雜地說，再見再見，你現在是我們嫂子啦……

「俺三嬸讓你們都不許走，」我姊道，「俺三嬸有東西給你們，三叔快來。」

「兄弟們稍候！」三叔說著，便進了廂房。

幾分鐘後，三叔拿著四個用紅綢布縫製，用絲線繡著花鳥的荷包出來。荷包裡裝著煙糖。

「謝謝弟妹！」楊結巴說。

「謝謝嫂子！」三個城裡青年道。

五

一九七一年五月下旬的一天，「沙窩五耳」中的四個耳，站在三叔的墳前，面色肅穆地看著跪在墳前的三嬸和她的女兒清靈與兒子清泉。

清靈當時是六歲半，清泉一歲半。

三嬸一向寡言，好像也寡哭，當然這個「寡哭」是我的生造，但我的確也想不出更恰當的詞來形容三嬸的這個特點。

那天是三叔遇難三十五天，按風俗上「五七墳」。我蹲在墳前用四塊新磚擺出的所謂「鍋」前燒紙。墳墓坐落在一道丘嶺的高坡上，這裡是村子的公葬地。三叔的墳墓旁邊就是他的父母親的合葬墓，稍遠一點那個小小的墓裡埋著三嬸父母的骨殖。周圍還有數十座墳墓。多數墳墓上都長滿綠草、荊棘，墓間的空地上，凌亂生長著針刺銳利的酸棗樹。兩隻野兔子在墳墓間追逐著，吸引了兩個孩子的目光。風從兩道嶺之間的深溝中颳上來，吹得紙灰團團旋轉，我不得不反覆地用一根樹杈子鎮壓著那些燃燒的紙片，防止它們被颳到公墓外的那片松樹林子裡引發火災。

「鍋」前供著一碟餅乾，一碟糖果，四個橘子，四個饅頭，還有一碟子煎魚。

楊結巴——此時他已是縣樣板戲學唱團裡的著名演員，他扮演的李奶奶雖然扮相有幾分粗鄙，但嗓音洪亮寬厚，且能唱出「雌音」，實在是罕見，開口就是滿堂彩。他高腔明亮，低音婉轉，真是一唱三嘆，千回百折，連道白也是純粹的京腔，結巴的痕跡一絲不存。這個樣板戲學唱團的老班底是原來的縣茂腔劇團，那些人都是吃國庫糧拿工資的公職人員，只有楊結巴是農村戶口。但聽說很快就會給他轉正，而一旦轉了正，就是烏雞變鳳凰了——他蹲下來，長嘆一聲，用筷子夾了一條魚扔到火裡，悲悲切切地說：「二弟呀，吃吧」——又抓了幾塊糖，捏了兩頁餅乾，拿了一個桔子，都扔到火裡。又掰了一半饅頭投到火裡，再次高聲祝祭——「二弟啊，吃點吧……」——他的富有感情色彩的祝禱，聞之令人鼻酸，我的眼淚嘩嘩地流出來。清靈放聲大哭：「爸爸呀……爸爸呀……爸爸……我想你了啊……」——楊結巴撲通一聲跪了地，大放悲聲，先是哭，漸漸變成唱：「哭一聲二賢弟命運淒慘，遇礦難喪青春命歸黃泉——可恨這閻王爺他不長眼——二賢弟蓋世英才再難施展——原指望兄弟們同生共死——不承想賢弟你先化青煙——眼看著五個耳缺了一耳——撇下了眾弟兄好生孤寒——」在楊結巴跪下那一刻，三個耳也跟著跪下了。鄧然嚎啕大哭，鄭華波雙手掩面，邱開平額頭觸地。這幾位結義兄弟的情誼深深地感動了我，眼淚流多了，頭痛欲裂。饅頭餅乾被燒焦，香味瀰漫開來，一群麻雀從墳墓上空旋風般飛過去。兩隻喜鵲在前方的一個墳頭上噪叫。那一歲半的小兒清泉，咧著嘴哭了幾聲，便蹣跚著去拿糖。他連同糖紙一起塞進嘴裡，口水從嘴角上流出，濕了胸前肚兜。也許是因為咂不出甜味，他哭了。所有人都在哭，只有三嬸不哭。三嬸一身重孝，頭髮披散，目光呆滯，呆呆地跪著，彷彿一尊石像。我嚇壞了，我說：「三嬸，三嬸，您哭吧，您哭出來吧……」

我想起了一個多月前陪伴三嬸去龍山煤礦處理三叔後事的情景。母親與姊姊幫著照看兩個孩子，父親陪爺爺在膠州醫院做膀胱結石手術，奶奶已於兩年前去世，家中再無他人，陪同三嬸去煤礦的重任落在了我肩上。我們搭乘農場的拖拉機進了縣城，到火車站買了兩張到坊子的慢車票。巨大的悲痛沖淡了我第一次坐火車的興奮，但我還是回憶起了跟隨三叔來拉三嬸的嫁妝時，曾對三叔表達過此生能坐一次火車便滿足的願望，我也記得三叔給我的承諾：我一定讓你坐上火車！三叔，我真的沾你的光坐上了火車，但你沒了，我寧願永遠不坐火車三叔您也不要沒了呀。想著想著我的眼淚就流下來了。三嬸臉色蒼白，目光直直的，讓我瘮得慌，我真怕三嬸瘋了。到了煤礦，一個副礦長接待了我們，簡單地說了三叔遇難的過程。瓦斯爆炸，三叔工作的那個掌子面上有二十多個人，一個也沒上來。大爆炸……副礦長說，小高是個好同志，是我們文藝骨幹，口哨吹得出神入化，口琴吹得也好——還會吹笛子，工會主任插嘴說——我們正準備把他抽調到礦山毛澤東思想宣傳隊，沒想到出了這事。礦長摸出手絹擦眼睛。我們很悲痛，很惋惜……我想見見人，三嬸道。……大爆炸，幾百米巷道都塌了，而且，瓦斯濃度非常高……礦長為難地說。……我想見見人……三嬸道。工會主任說：大嫂，瓦斯爆炸後又引起大火，所以……我想見見人，三嬸道。……我們給您最高額撫卹金，工會主任把一個信封遞過來。我想見見人……三嬸又喃喃了一遍，便一頭栽倒在地……

眼前這座新墳裡，埋葬著三叔的衣服鞋帽，是我從煤礦揹回來的。我雖然只有十四歲，但我表現得很勇敢，三嬸昏倒後，我抓起了一個爐鉤子，指著副礦長：「快救我三嬸，我三嬸要是死了，我就殺了你們，我就把你們煤礦點火燒了，我跟你們拚了……」，他們找來了醫生，給三嬸打了針。三嬸醒過來，大叫一聲：「他爸爸，你疼死我了呀，今後的日子，你讓我們娘仨怎麼過呀……」三嬸乾嚎著，沒有眼淚，猛然又哽住，咳幾聲，吐出一口鮮血……

楊結巴站起，用手絹擦眼睛——他已經混到不用衣袖或手背擦眼淚的階級了——說：「弟妹，三位賢弟，起來吧，人死不能復生，二弟走了，可我們還得活下去，尤其是弟妹，還肩負著撫養兒女的重任，哭壞了身體，二弟在天之靈也不得安寧啊。」

「爸爸，爸爸，你回來吧，我想你了……」清靈哭道。

「爸爸……」清泉也口齒不清地叫著，然後嚎啕大哭。

兩個孩子的哭叫，宛如鋼刀戳在我心上，我跪在被紙燒得發燙的地面上放聲哀嚎。

楊結巴拉起鄭華波，然後又拉起鄧然與邱開平。鄭華波抱起了清泉，邱開平抱起了清靈。楊結巴似乎有點氣惱地對我說：「行了，小光，快起來收拾一下，勸你三嬸回家。」

楊結巴和鄧然一邊一個，扯著三嬸的胳膊把她拉起來。三嬸掙扎著要跪。楊結巴說：「弟妹，為了孩子，回去吧！」

三嬸停止掙扎，幽幽地說：「你們先走，讓我一個人在這裡坐一會兒，就一會兒。」

楊結巴道：「弟妹，為了這兩個孩子，你可要想開點……清靈，清泉，來，領媽媽回去。」

清靈拉著三嬸的手，清泉扯著三嬸的衣襟，哭叫著：「娘，回家吧……回家吧……」

三嬸對清靈說：「好孩子，你帶著弟弟，跟著伯伯和叔叔，先到前邊等我，娘要跟爸爸說幾句話兒……」

我們站在公墓外的小路上等候三嬸，為了讓孩子們不哭，楊結巴給他們每人嘴裡塞了一塊糖，還給他們每人一個橘子，一頁餅乾。三叔墳前的「鍋」裡，那些燃燒未盡的紙片還在冒著細弱的白煙，那兩隻喜鵲已經落在距三叔墳墓只有幾步遠的那棵酸棗樹上，噪叫著跳躍。我突然想：這一定是三爺爺和三奶奶在顯靈啊，他們沒變烏鴉而變成了喜鵲，這是個多麼好的兆頭啊。但楊結巴側耳對鄭華波說的一句話解構了我的想像，他說：「喜鵲是等著吃『鍋』裡的祭奠品呢。」三嬸跪著，腰板挺得筆直，她側面對著我們。楊結巴抬腕看了看手表——他升到戴手表的等級了——下午三點的太陽光，照耀著三嬸，使她的全身孝服煥發著刺眼的光芒。三嬸在對三叔說什麼呢？我猜不到，也不敢猜，一猜就心疼，我放眼嶺下，看到了我們的村莊，看到了在教堂的遺址上建起的小學，看到了我的家，看到了在教堂東南方向那片高坡上三嬸家的四間房屋和小小的院落。那是村子的新址，按照公社和大隊聯合制定的規畫，我們的村莊，要在五年之內全部搬到這裡，而舊村莊騰出來的土地，據說要建設一所完全小學和一所農業中學。嶺下平疇上麥子將熟，西風過處，麥浪滾滾，一群麻雀沖天而起，然後便歸於寂靜，這時，突然從三叔的墳墓前，傳來了口哨聲。

天吶！這是三嬸吹口哨！三嬸竟然會吹口哨！三嬸果然會吹口哨。我們都屏住呼吸，捕捉著每一個聲波。我無暇也沒想到去看一下三叔的四個結義兄弟的表情，我只看著三嬸。只能看到三嬸的右側面頰，而且也因強光而晃眼，看不到三嬸的口型，也看不清她腮上肌肉的跳動。三嬸吹出的哨聲，起初無節無奏，聽來彷彿是北風吹進空瓶發出的呼嘯，又如冷風掠過電線時的叫囂，也似深秋的蟲子悲涼的哀鳴，但接下來便無比的婉轉與抒情，讓人產生花前月下之聯想——坦率地說當時我並無花前月下之體驗，只是感到心裡有那麼一種說不出來的想哭又很溫暖的感覺——然後又變調成急促的旋律，彷彿一隻小鳥看到巢卵遇險時在低空的盤旋呼叫。後來又慢下來，旋律很是耳熟，很像芭蕾舞劇《白毛女》中那段「北風吹」……**北風那個吹，雪花那個飄，雪花那個飄飄，年來到……**

嶺下遠遠地傳來車輛的轟鳴，我看到，一輛草綠色的吉普車開進我們村莊。

三嬸停止了她的吹奏，慢慢地站起來，一瘸一拐地朝我們走來。我知道她瘸得沒這麼嚴重，因為長時間的跪，使她的腿血脈不通，走一會就會恢復常態。我聽到楊結巴感嘆道：「都是人才啊，可惜了！」那三位青年一定是深有同感，我看到他們一齊點頭。我恍然記起他們中的誰提過三嬸也擅吹口哨的事，但沒想到她吹得如此出色。由此我也就明白，儘管三叔有恩於她的養父，但讓她下定決心嫁給三叔的最主要的原因，也許是共同的特長與愛好：這看似簡單實則深奧實則變幻無窮的口哨。——許多年後，我認識了一個在國際比賽中屢獲大獎的口哨王，與他談起我的三嬸、三叔和口哨以及六〇年代中期風靡一時的吹口哨熱潮。他是青島人，距我老家不遠。他說，他少年時聽老師說過高密有個吹口哨的，不但吹氣能發聲，而且呼氣也能發聲，這就解決了口哨演奏中聲音不連貫的問題，這個問題一解決，口哨才真正上升到藝術的境界。青島的口哨王研究探索了許多年，才找到吸氣發聲的訣竅，但比我三叔晚了幾十年。——我不知道三嬸是否也能吸氣發聲，因為那時我根本不懂，而且我聽三嬸吹口哨唯此一次，回憶起來，她的口哨聲那樣的流利婉轉，一定也掌握了吸氣發聲的高難技巧。楊結巴懂嗎？他是否跟我一樣，只覺得好聽，但不明白為什麼好聽。那三個高密城裡的青年，都是口哨愛好者，而且還跟三嬸同在棉花加工廠工作過，儘管不是一個部門，但三嬸這樣的人，一定是引人注目的，她的吹口哨的才能，是否在廠裡的某次文藝晚會上展現過呢？——三嬸走到我們面前時，我突然從她身上嗅到一股羶味，就像我七年前在她娘家蠟燭店裡嗅到的一樣。現在想起來，我那時也許是回憶起了蠟燭店的氣味，而不是從三嬸身上嗅到了這種氣味。接下來發生的事情讓我終生難忘——三人當中，那位一直少言寡語的邱開平，突然跪在了三嬸面前，流著淚說：「二嫂，顧雙紅，我們對不起你……」鄧然與鄭華波也跟著跪下來，道：「二嫂，原諒我們吧……」，楊結巴——我不能再寫「結巴」這兩字了——楊連升大叔，有點丈二和尚摸不著頭腦的樣子：「這是幹什麼？三弟四弟五弟，你們這是唱的哪一齣呢？」

「我們……我們欺負過二嫂……」邱開平說。

「我們有罪，請二嫂原諒我們吧。」鄧然說。

「從今後，這兩個孩子就是我們的孩子，我們幫二嫂把他們撫養成人……」鄭華波說。

三嬸道：「謝謝你們，從今以後，我跟你們沒任何關係了。」

六

給三叔上「五七」墳那天，也是楊連升大叔倒霉的日子。在我們下嶺回村的路上，我看到過的那輛吉普車迎著我們開來，在距離我們十幾米時停住，有兩個穿白上衣、藍褲子，頭戴大蓋帽的警察鑽出來站在車旁等著我們。

我們都不由自主地停住腳步。那三位城裡青年臉上的顏色都發生了變化。他們小聲地，甚至是可憐巴巴地求告著：「二嫂原諒我們吧，我們一時糊塗，幹了錯事！」

楊連升大叔到底是過來人，他應該猜到了這三個人與我三嬸之間發生過的事情，他抖著嘴唇很結巴地說：「年輕人……真是胡鬧……不過，你們那時還小……二嫂一定會原諒你們的……」

「我說了，我什麼都不記得了，我跟你們沒有任何關係。」三嬸冷冷地說完，一手抱起清泉，一手拉著清靈，對我說，「小光，我們走。」

他們四個，跟隨在我們身後，沿下坡路前行，兩個警察迎上來。我看到，三個城裡青年下意識地排成一隊，跟隨在三嬸身後，好像雞雛跟著母雞。只有楊連升大叔坦然地走到前頭，並主動向兩個警察打招呼：「同志，下鄉檢查工作嗎？」

那位矮個的警察問：「你就是楊連升吧？」

楊連升大叔道：「你也認識我？」

高個警察道：「名角嘛，誰不認識？」

楊連升大叔道：「什麼名角？丑角。」

矮個警察突然出手抓住了楊連升大叔的腕子，明光一閃，咯嚓一聲，一副亮晶晶的手銬，就把他雙腕鎖在了一起。

那位高個警察摸出一張紙在楊連升大叔面前晃了晃，說：「對不起老楊，麻煩您跟我們走一趟吧！」

「憑……憑什麼？」楊連升大叔急忙辯解著，「我犯……犯了……什麼罪……」

兩個警察不由楊連升大叔分說，便把他推進車，關上車門，並嚴厲地呵斥：「坐好了，不要反抗！」

楊連升大叔吆喝著，但吉普車已經借著下坡的慣性，一溜煙塵，轉眼就沒了蹤影。

七

寫到這裡，我真想就此結束，因為接下來的事情，我連回憶的勇氣都沒有，總是偶爾想到，便立刻回避。但如果就此結束，顯然又對不起聽我嘮叨了這許久的讀者。那就含悲忍淚往下講吧。

我訪問過村裡年齡最老的人，也去縣裡查閱過有關資料，我們這地方確實曾經有過狼。那應該是在民國元年之前，那時這地方基本上沒有人煙，丘陵上布滿荊榛。窪地裡長滿野草，狼，狐狸、猞猁等野獸都曾在此繁衍生息，後來隨著人口增多，荒地被開墾，各種野獸便漸漸地銷聲匿跡。人們偶爾還見到過狐狸的身影，獾的身影，有人還見過猞猁的身影，但除了見過那隻畫在教堂牆壁上奶著孩子的母狼，沒有任何人見過真狼，於是狼，也就成了一個遙遠的傳說，一個兒童故事中的角色，一個在關東客口裡的傳奇。

從一九七〇年春天開始，村子裡便開始流傳一個謠言，說是有兩匹野狼，一公一母，從內蒙古草原遷移到我們這兒來了。有人曾經在丘嶺上的酸棗林裡見到過牠們的身影，也有人說曾經看到兩條毛色灰黃的狗在河邊喝水，但靠近了看又覺得不像狗。也有人說某某人家的母豬下了八隻小豬，每天少一隻，每天少一隻，後來主人埋伏在豬圈附近，才發現小豬是被狼叼走的。那個年代，文革進入中期，國家大局基本穩定，老百姓勉強能夠填飽肚皮，各種帶著神話色彩的謠言，各種帶著政治色彩的故事大行其道，人們興致勃勃地傳播著，想像著，添油加醋著，沒人太當真，也沒人不當真，就像聽評書時掉眼淚，聽完了評書該幹啥還幹啥一樣。

但殘酷的事實在一九七一年秋天證明了：有時候，謠言的核心是事實，就像某些故事有真實的原型一樣。

一九七一年國慶前，也就是給我三叔上完「五七墳」四個多月後的一個下午，三嬸與幾位婦女，被隊長安排跟著生產隊的馬車去公社糧站繳「愛國糧」，原以為太陽落山前就會回來，但沒想到賣糧的車排成大隊，糧站的工作人員在糧食檢驗的關口或嫌水分太大，或嫌雜質太多，於是就吵架，就調解，總之，大家辛辛苦苦把糧食拉來，誰也不願再拉回去。所以，那所謂的「愛國糧」對於當時的農民來說，就是不得不完成的任務，只要能蒙混過關繳上去，至於這潮濕的糧食入庫之後是不是會發霉腐爛，那就與農民無關了。客觀地說，當時的農民，對城市，對幹部，對吃商品糧的人，心中既充滿羨慕，又充滿仇視。為什麼隊長偏要派三嬸帶幾個婦女去跟車賣糧？因為我三嬸有文化，會看磅秤，會算帳，處理事情有眼光，讓她去，生產隊不會吃虧。——我扯遠了——等到三嬸他們把糧食賣完時，已經紅日西沉，暮色蒼茫。從公社糧站到我們村莊還有二十多里，路又崎嶇，拉車的那匹轅馬，因為後腿一隻蹄子上蹄鐵脫落，還沒來得及去掛新掌，因此走起來一瘸一拐，鞭打、咋呼也是那速度。婦女們都急著回家，三嬸家中有兩個孩子，心中更是牽掛萬端。而這時，趕車的王五，一個六十多歲的老頭，甕聲甕氣地說：「昨兒個匡家莊上俺外甥來，說他們村杜六家一頭肥豬，被一隻狼給叼走了。我問，那麼大一頭豬，一隻狼如何能叼得動？俺外甥說，舅，這你就不懂了。狼有詭計，不親眼見到都不會信。俺外甥說杜六親眼看到，那隻狼，用嘴咬著豬的耳朵，用尾巴敲打著豬的屁股，豬乖乖地跟著狼跑。杜六拖著一張鐵鍬去追趕，追趕到路口，就看到草窩裡綠光一閃，再一細看，發現一隻狼埋伏在那兒。杜六拖著鐵鍬，倒退著回來。這時看到那條埋伏在草叢中的狼出來，與那匹狼一起，將他家的肥豬飛快地趕走了。」

此時天已黑，天上繁星點點。路邊的草叢裡，有秋蟲在悲涼地鳴叫。坐在車欄杆上的郭延福的老婆道：「大叔，您別說了，怪瘆人的。」

王五道：「好好好，不說了，我這是提醒你們小心著點。」

三嬸用一根輓起的繩子，抽打了一下轅馬的屁股。

王五道：「其實，狼這種東西，也有弱點，牠最怕火，古代原始人夜裡點起一堆火，狼就不敢來了。俺外甥在大興安嶺林業局抬過木頭，他說那兒的人走夜路都舉著一支火把，狼見了火就嚇跑了。」

三嬸又用繩子抽打馬臀，並帶著哀聲道：「大叔，求您加鞭吧，俺家裡還有兩個孩子呢！」

世界上許多事，有時候是想什麼就來什麼，有時候是怕什麼就來什麼，有時候是說什麼就來什麼。我小時特別怕蛇，去割草放牛時總怕遇到蛇，但總是會遇到蛇，現已是老年，每晚臨睡前總是禱告，千萬別夢到蛇，但還是經常夢到蛇。

當馬車到達村莊時，就看到村子裡燈籠閃爍，手電筒的光柱晃動，接著聽到一個女孩尖利的哭聲和嘈雜的人聲，出大事了！三嬸大叫一聲，從馬車上跳了下來，用最快的速度，揮舞著雙臂，搖晃著身體，往家的方向奔跑，一邊跑一邊喊叫著：「清靈……清泉……」

我們看到三嬸像一隻受傷的大鳥一樣撲過來，在她家門前的空場上，聚集了幾十個人，十幾盞馬燈照出一大片光亮，有人拿著手電往前面丘嶺上胡亂照著。清靈大聲哭著，撲向三嬸，三嬸也撲向清靈。「你弟弟呢？清泉呢？」

「娘……弟弟被大黃狗叼走了……」

三嬸猛然變得無聲無息了，直著，像根朽木。清靈搖晃著她哭叫：「娘……娘……」

三嬸一頭栽倒，眾人慌忙把她扶起，村裡的赤腳醫生吳紅梅坐在地上，讓三嬸仰靠在她的腿上，然後用拇指掐按三嬸的人中。清靈跪在三嬸面前，哭叫著：「娘……娘……娘……你可不要死啊，你死了我就成了孤兒啊……」

我看到眾人的眼裡都流出了眼淚，吳紅梅的眼珠滴在三嬸臉上。三嬸長舒一口氣，醒過來，立即掙扎著要起來，並大聲哀叫著：「清泉……清泉……我的兒啊……」

此時村裡的書記已由郭大發的侄子郭光星擔任，他當過坦克兵，有膽量。他招呼道：「婦女們照顧好顧雙紅和清靈，男人們，都跟我上嶺去找。」下完命令，他又低頭問清靈：「好孩子，別哭，你說，狼叼著弟弟往哪個方向跑了？」

清靈指了一下山上茂密的酸棗樹林。

「有幾隻狼？」

「兩隻……」

「走啊！」郭光星振臂一呼，眾人有舉著棍棒的，有提著馬燈、握著鐮刀的，有打著手電拖著鐵鍬的，有敲打著破臉盆的，都吆喝著，往嶺上前進。三嬸奮力掙扎起來，要跟隨眾人上嶺，但被幾個婦女死死地抱住。

此事之後，我們深悔當初同意三叔三嬸到這近嶺之地蓋房，但當時三叔三嬸的態度很堅決，他們認為，蓋房子當然要選擇高處，高處視野好，光線充足，而且即便河流決堤洪水泛濫也不會有危險，這些理由當然正確，但誰能知道，我們這地方竟然會出現狼禍？而這狼，竟然選擇三嬸這樣一個寡婦下手。狼啊，你吃豬吃羊吃雞吃兔子都可以，為什麼要吃人呢？狼啊，你不是在教堂的牆壁上為嬰兒哺乳嗎？你不是跟上帝居住在一起嗎？意大利牧師將這樣一幅畫畫在牆壁上，我們一直以為這是他在告訴我們狼是人類的尤其是孩子的朋友，現在看來，牧師畫這樣一幅畫，其實另有深意。

轟轟烈烈地鬧騰了半夜，連個狼的蹤影也沒見著。祥林嫂的孩子被狼叼走還留下一隻小鞋子，還留下一個五臟被掏空了的屍身，但清泉，什麼都沒留下，連一絲布條、一滴血跡都沒留下。於是大家都懷疑清靈所說是否是真話，也許，清泉是被那些專門拐賣兒童的花婆子拐走了？郭光星把這事報告了公社，公社派了那位破過很多案件的別公安員前來調查。別公安員手持匣子槍，在村裡幾個民兵的協調下，在我們村前那兩道丘嶺上拉網般地搜索，身上的衣服被酸棗刺刮破多處，臉上、手上也都受了傷，但也沒發現任何蹤跡，連一根狼毛都沒看見。於是，別公安員和顏悅色地詢問清靈，讓她講述當時情景。清靈哭著說：「我坐在大門檻上看連環畫《白毛女》……清泉在那兒……」清靈指了指前邊的酸棗林邊那片草地，「清泉在那捉螞蚱……我看到楊白勞被打死時，正想哭，就聽到清泉哭了……我抬頭一看，一條大黃狗把清泉撲倒了……我撲上去救弟弟，樹林裡又跳出一條……我想去救弟弟……牠對著我呲牙……我害怕……牠們就把弟弟拖到樹林子裡去了……」

別公安員對著村裡幹部和我三嬸悄悄地說：「如果小姑娘所說屬實，那這兩條大黃狗，肯定就是兩匹狼。如果是狼拖走了孩子，不可能不留下一點痕跡，除非這兩頭狼特別狡猾，消滅了所有的痕跡。如果小姑娘撒了謊——不一定是故意撒謊，譬如是一時神經錯亂出現幻覺，或者是受到了什麼惡人恐嚇而不敢說實話——那麼，就存在著很多可能性，譬如被人販子抱走，或是自己走失。」

大家都認為別公安員的分析在理。他的分析也給我們留下了一線希望。別公安員說他回去後會向公社領導報告並向縣公安局報案，請求縣公安局在車站、碼頭派便衣偵查暗訪，他同時也建議村裡組織人擴大搜索範圍，不要局限於村前這兩道嶺，周圍的村莊，甚至臨縣的山嶺溝壑，灣裡井裡，都要去搜尋查看。別公安員悄悄地對郭光星說：「找不到活的，找到死的也是對家屬的安慰。」

在那幾天裡，我和姊姊伴隨著三嬸，找遍了村前嶺上的每叢灌木每片樹林，溝裡的每處凹陷和罅隙。在尋找的過程中，三嬸不停地哭喊著：「清泉……我的兒啊……你在哪兒……你是跟娘藏貓貓是嗎？……出來吧，好兒子……」我們好幾次路過了三叔的墳墓，每次路過，三嬸就會跪在墓前，哀求著：「他爸爸，你顯靈吧……你顯靈讓咱兒子出來吧……」三叔的墳墓上已長滿野草，墳後有一棵蓖麻，長得有一人多高，分出數十根枝杈，枝杈上結滿一簇簇的帶刺的果實。我們在學校時，曾經在老師的組織下採摘蓖麻籽去供銷社賣，據說很貴。老師說賣蓖麻籽的錢都買了粉筆紙張和辦公用的燈油，但年齡大的學生則認為老師從中吃私貪污。我幫母親燒火做飯時，曾用鐵絲串起蓖麻仁燒著玩。蓖麻籽含油非常豐富，點燃之後火苗旺盛，滋滋地往下滴油，而且還有一股子香氣。我吃過幾粒燒蓖麻籽，就讓它燃燒著扔到嘴裡，立刻閉嘴，嘴裡會發出「滋啦」一聲響，我們在一起玩這種「滋啦」的遊戲，最後大家都屙在褲子裡。我看到三叔墳後的野生蓖麻就這樣胡思亂想著。三嬸跪在墳前，哭著，求告著，有時會把手深深地插到墳上的泥土裡。我知道這是無用的，因為墳裡埋著的，只是三叔的幾件舊衣服，還有一隻舊口琴。即便三叔的屍骨真在墳裡，難道就真的有靈嗎？我聽老人說人死七天後，靈魂就會或投胎轉世，或下地獄受苦，或上天堂享福，墳中留下的，只不過是一堆朽骨，很快就會混同於泥土，這麼說，親屬每年的上墳磕頭燒紙，豈不是一種自我安慰或自欺欺人？我曾就這些疑問問長輩，他們避而不答；我曾就這些疑問問高僧，高僧唸一聲阿彌陀佛。

我寫上邊這些話，是在延宕一個痛苦的細節，那就是三嬸對清靈的拷問。因為我們這麼多人找遍了能想到的一切地方，都沒找到一點點孩子的痕跡和狼的痕跡，大家嘴裡不說，心裡也都認為，清靈這個小姑娘撒了謊，那麼，她為什麼要撒謊，她試圖用謊言掩蓋一個什麼事實？我好幾次聽到村裡的長舌婦在一起嘰嘰喳喳地說清靈的壞話：「你看看她那眼睛，白眼珠只有一線線，幾乎全是黑眼球，滴溜溜亂轉，一看就不像個正經孩子……」謠言也立刻生長出來，說是清靈吃了拐賣孩子的花婆子的一塊糖，那糖裡是有蒙汗藥，等她醒來時，弟弟已經被花婆子拐走了。還有更惡毒的謠言，但因為過度血腥失去了真實，因之流傳不廣，只有這個吃了花婆子蒙汗藥的流傳最廣。圍繞著這個謠言，又次生出很多謠言。一個說花婆子已將清泉賣給了山西一對老夫婦，老夫婦沒孩子，視清泉如掌上明珠。還說這對夫婦買了一隻奶山羊，天天擠羊奶餵孩子，孩子長得白白胖胖。這條次生謠言是讓我們最感欣慰的了。還有一條次生謠言說，那花婆子將清泉賣給了一個馬戲班子，馬戲班主割掉了他的舌頭，並用小刀在他身上劃出很多血口子，然後殺一條狗，剝下狗皮，趁熱包在清泉身上，這樣，這張狗皮就永遠長在了清泉身上，然後，清泉就成為馬戲班子裡的「狗孩」，為老闆賺錢。這故事太過離譜，所以我們基本不信，但一想到謠言所描畫出來的那個身披狗皮的孩子形象，心臟便感到緊縮，脊梁溝裡陣陣冰涼。

三嬸當然希望那個蒙汗藥糖的故事是真的，當然更盼望著確有一對老夫婦在山西的一個偏僻的山村裡用羊奶餵養著自己的兒子。但這一切，都需要清靈的證實。

我和姊姊親眼目睹了這場拷問。

三嬸先是和顏悅色地問清靈：「好孩子，你想不想弟弟啊？」

清靈點點頭，嘴一癟，哇的一聲哭起來。

三嬸撫著清靈的腦袋，笑著說：「好閨女，娘知道你想弟弟，你親弟弟，你爸爸死了，弟弟就是咱家的希望。那麼你告訴娘，那天，是不是有一個老太婆，給你吃了一塊糖？」

清靈收住哭聲，怔怔地望著三嬸，好像聽不明白問話的意思。

三嬸問：「那個老太婆，個頭高不高？是一頭白髮嗎？頭髮上是不是插著花？她穿著什麼顏色的衣裳？」

清靈搖搖頭，又哇哇地哭起來。

三嬸火起來，在清靈頭上拍了一巴掌，厲喝：「你說，是不是有這樣一個老太婆?!」

清靈哭著說：「娘，沒有老太婆……」

「那你弟弟哪兒去啦?!你今天要不說出實話我就打死你！」三嬸舉起一把笤帚威脅著。

「弟弟被兩隻大黃狗拖走了……」

「還大黃狗，還撒謊！」三嬸憤怒地用笤帚敲打清靈的腦袋。

「我沒撒謊……」清靈雙手捂著腦袋哀嚎著，「是兩條大灰狼……」

我和姊姊慌忙撲上去。姊姊拉開了三嬸，我抱住了清靈。

三嬸把笤帚扔在地上，惱恨地罵：「死丫頭，還不說，一會兒大黃狗，一會兒大灰狼，我把犄角旮旯都找遍了啊……」三嬸吼著，但接著就轉了悲聲，嗚嗚地哭起來。

清靈緊緊地摟著我的腰，哭著說：「哥，我沒撒謊……」

第二天，我陪三嬸去公社找別公安員，詢問案件進展情況。一路上，三嬸說：「小光，過兩天你陪三嬸去趟山西吧。」

我問三嬸：「去山西幹什麼？」

三嬸道：「我昨天夜裡夢到你三叔了，他讓我跟他走，說是要帶我去找清泉。我跟他上了火車，咣當咣當地，經過了好多車站，你三叔說到了，下了車，好多人擠在一起，你三叔在前邊吹著口哨引著我，吹得就是那首《拉茲之歌》，可一轉眼，口哨不響了，你三叔也不見了，那些擁擠的人也沒有了，只有我一個人孤零零地站在月台上，抬頭一看，站台的站名牌上寫著「昔陽」兩個大字，我醒來一想，農業學大寨，大寨就是昔陽縣的啊，所以，我想，清靈一定是被人販子拐賣到昔陽去了。」

我雖然還是少年，但心裡也明白三嬸這話沒有太多的可信性，但我又怎麼忍心去打破她的夢想？我滿口答應下來，說我反正也撈不到上中學了，閒著也沒有事，我願意跟她去山西昔陽找清泉，只要我爹娘同意就行。

到了公社，三嬸又把夜裡的夢境向別公安員說了一遍。別公安員先說縣公安局雖已立案，但卻沒有什麼實質性進展。然後他說三嬸的夢有一定價值，他會向縣公安局報告，請求縣公安局與昔陽公安局聯繫，對三嬸提出要去昔陽尋子的計畫，他也沒明確表示反對。最後他說，據他向內蒙古的朋友了解，去年冬天當地搞過一次大規模的捕狼運動，出動了部隊、汽車、摩托、衝鋒槍，消滅了大量的草原狼，在這種情況下，一部分狼流竄到內地的可能性是存在的。

我們去公社前，讓姊姊帶清靈去學校上學。姊姊因為在公社宣傳隊的突出表現，被安排在村小學代課，領著孩子們唱歌跳舞。我們回到三嬸家時，見院門鎖著，便從門旁的罅隙中掏出鑰匙開門進院。房門也鎖著，但鑰匙卻在鎖上插著，我們開鎖進屋，起初以為無人，但隨即聞到一股濃烈的敵敵畏味道。我們這才看到，清靈這個不到七歲的小姑娘，坐在牆角上，雙腿前伸著，頭垂到胸前，在她的雙腿之間有一個醬黃色的藥瓶，那是滅蚊子用的敵敵畏藥瓶，容量五十毫升。

「天吶——」三嬸哀嚎一聲，便一頭栽到地上。

在清靈雙腿間有一張從練習簿上撕下來的紙，紙上用鉛筆歪歪斜斜地寫著：娘，我沒撒謊……是兩條大黃狗把弟弟拖走了……

村子裡的赤腳醫生吳紅梅急忙趕來，我母親我父親也趕來了，村支書郭光星也趕來了。一個青年抱起清靈就往外跑，說是要去公社衛生院。

郭光星說：「快去叫四喜，讓他把拖拉機開來。」

那青年放下清靈，就跑著去找四喜。四喜是村子裡的手扶拖拉機手。

吳紅梅摸摸清靈的脈搏，又用聽診器聽聽她的心臟，含著眼淚搖搖頭，說：「沒有用啦。」

郭光星說：「先救大人！」

吳紅梅在眾人幫助下把我三嬸弄到炕上，給她打了一針。三嬸蘇醒過來，猛地翻下炕，撲向清靈，一聲長嚎，令人心肝欲裂。

「我的女兒啊……你把娘活活地疼死了啊……」三嬸哭嚎著，「娘也不活了啊……」三嬸彎腰往牆上撞去，幸虧後邊的人拉住了她。

父親搧了姊姊一個耳光，罵道：「不是讓你帶著她去學校嗎？」

姊姊捂著臉，哭道：「我是帶她去學校了，可她說頭痛，我就把她送回來了。我還有課，就讓她一個人在炕上好好躺著……我還給她吃了一片去痛片……」

「安排後事吧……」郭光星說。

「支書……」村子裡那位革委會副主任李魚海說，「按上級要求，死人一律火化，是不是要……」

郭光星打斷他的話，低沉地說：「滾！」

八

為了防止三嬸尋短見，父母親讓我必須時刻跟著她。姊姊白天去學校代課，晚上也到三嬸家來睡。在起初那些日子裡，村裡的女人們，絡繹不絕地來安慰三嬸，送麵食的，送魚肉的，都有。三嬸在眾人的勸解下，開始吃飯，睡覺。她和姊姊睡在一炕，我睡在東間屋裡那鋪小炕上。我聽到三嬸經常在夜裡起來哭，哭一陣又睡，而且還打著很響的呼嚕。轉眼一個多月過去，我們也漸漸鬆懈下來。三嬸平靜地對我們說：「孩子們，你們不用這樣跟著我了，我不會死的，我知道，清泉沒死，我必須活著等他回來，清靈是被那花婆子的蒙汗藥給迷了心竅，才說什麼狗啊狼啊的。」

一天夜裡，我夢到了教堂裡那幅壁畫，還夢到了宋老師和他的兒子小元。我記得我們都站在壁畫前觀看，發現壁畫上在母狼肚皮下吃奶的兩個男孩少了一個，而餘下的這個吃狼奶的男孩，竟然是清泉。我記得清泉吐出狼的奶頭，歪過頭來，對著我們微笑，那微笑是那樣的神祕。我記得小元問清泉：狼奶好吃嗎？清泉說：好吃極了，你要不要嘗一嘗啊？一轉眼，小元就上了壁畫，於是壁畫上的母狼肚皮下又是兩個孩子了，一個是小元，一個是清泉……天亮後我將這個夢境告訴三嬸，我看到三嬸的眼睛裡閃爍著異樣的光彩，我知道三嬸相信這個夢，我也相信這個夢，而且很快就有人在傳說狼孩的故事。

三嬸提著筐子和鐮刀，上嶺下溝地尋找著。開始我一步不離地跟著，後來三嬸說：「小光，你不必跟我，三嬸什麼都想明白了，三嬸不會自殺，三嬸只是散散心，順便挖點草藥……」

楊結巴大叔和那三位城裡青年來看過三嬸，三嬸對他們很冷漠。楊結巴大叔被抓是因為他在劇團裡與那位扮演李鐵梅的女演員有染，而那女演員的未婚夫是部隊軍官，幸虧女演員與軍官沒登記，不算軍婚，所以免除了楊大叔的牢獄之災。楊大叔很坦率地對三嬸說那女演員已有身孕，問三嬸願不願意收養這個孩子，三嬸苦笑著說：「楊大哥，我命薄，擔不上。」

從陽曆的十一月初開始，三嬸挎著簍子到嶺上去採摘蓖麻，連三叔墳後那棵也沒漏過。採摘時，棵上的蓖麻已半乾，放在院子裡曬兩天，便脫粒。脫下來的蓖麻粒裝了滿滿一口袋，足有十幾斤。我姊姊說三嬸我幫你揹到供銷社賣了吧，很值錢的。三嬸說，不用。三嬸把那些蓖麻籽的殼脫下來，得到一籃子白色的蓖麻仁。

當年，三嬸的嫁妝裡，還有六對羊油大蠟燭，每對一斤重。這些蠟燭三嬸一直沒捨得用，這次也從箱底找出來，蠟燭已經走油，包蠟燭的報紙都油汪汪的。

三嬸又拿出錢來，讓我去供銷社買來五斤煤油。我不明白，三嬸為什麼要一次打這麼多煤油。

三嬸又找出一些舊衣服，剪成布條，又找出一床舊棉絮，搓成棉條。

三嬸提著斧子，到酸棗林裡，砍倒兩棵主幹如同鋤槓，又直又光溜的酸棗樹，修出了兩根長約一米半的桿子。酸棗樹生長緩慢，木質堅硬，飽含水分，砍一斧流白水兒。

三嬸給我錢，讓我去供銷社買了十圈鐵絲，二兩釘子。

我問三嬸想製作什麼，三嬸說，做好了你就知道了。

公社裡把姊姊納入了明年推薦的工農兵學員的候補名單，全縣共有一百名。這批人文化程度不齊，縣裡要把他們集中起來學習三個月。姊姊來跟三嬸說，三嬸道：「這個是打著燈籠都難找的好機會，你一定要去。我沒事，你放心。」

十一月裡，天寒地凍，縣裡集合所有的勞力去二百里外參加挖膠萊新河的工程。村子裡的整壯男人都去了，只剩下一些老人和婦女兒童。

三嬸將那六對大蠟燭用斧頭剁碎，放在東邊那口鐵鍋裡，然後在灶裡點燃劈柴，開始熬煮。我說：「三嬸，熬過蠟燭，這口鍋就無法做飯了吧？」

「一口鍋就夠了。」三嬸用下巴點了一下西邊那口鍋。

三嬸拿著錘子，把那些一寸長的鐵釘，轉著圈兒釘在那兩根酸棗木桿子的前端，釘好後，很像兩根狼牙棒。

三嬸把那十幾斤蓖麻仁用斧頭砸碎，然後扔到鍋裡與蠟燭一起煮熬。

鍋灶裡的火很旺，鍋底的蠟燭開始融化。

三嬸往兩根狼牙棒上纏布條，然後用細鐵絲捆住布條，鍋裡的蠟燭融化成淺紅色的蠟水，紅色是蠟燭表面的顏色所致，那些破碎的蓖麻仁在蠟水裡翻滾著。

三嬸將捆綁了一層布條的兩根狼牙棒放到鍋裡翻滾浸泡，然後提出來晾乾。

三嬸在晾乾的狼牙棒上，又纏上一層棉絮條。然後再用鐵絲纏兩道。

三嬸將纏了棉絮條的狼牙棒放到蠟水裡翻滾浸泡。

就這樣，一層一層地裹，一層一層地纏，一層一層地浸泡。最後製作出兩根前頭粗大，提起來墜手的——

我問三嬸：「這是蠟燭嗎？」

「火把。」三嬸說。

三嬸把鍋裡剩餘的蠟水和蓖麻仁兒舀到一隻鐵桶裡，又把那五斤煤油倒進去。攪拌均勻後，又把兩支火把浸泡進去。

「三嬸，您製作這個幹什麼用？」

「打著火把走夜路。」三嬸將浸泡著火把的鐵桶提到院子裡，說，「中間那個抽屜裡有錢，你去供銷社買個手電筒，裝三節電池那種，配上電池，要大無畏牌的。」

「三嬸，兩節電池的也可以吧？」

「不，要三節電池的。」

等我拿著新買的手電筒回到三嬸家裡時，天已擦黑了。三嬸擀好了一軸子麵條，鍋裡的水也開了。三嬸把麵條下到鍋裡，又往鍋裡打了六個雞蛋。

我驚詫地問：「今天是誰的生日嗎？」

「誰的生日也不是，」三嬸道，「咱娘倆好好吃頓飯。」

吃完了麵條雞蛋，三嬸道：「小光，你回家找你娘去吧，三嬸有了這兩根大火把和這支三節電池的手電筒就什麼也不怕了。」

我說：「不，三嬸，俺爹俺娘要我保護你。」

「三嬸不用保護，你回去吧！」

「不，我不能回去。」

「那好，那你早點睡吧。」三嬸道，「我也要睡了，我累了。」

九

我心中警覺，和衣而眠。夜半時分，聽到三嬸輕輕地拉開了房門。我立即爬起來，追了出去。半塊月亮懸掛在西南方向的天空，院子裡很亮。無風，寒氣凜冽。三嬸脖子上掛著那支新買的手電筒，一手提著一支火把，正要出發。我上前，不由分說，從三嬸手裡搶過一根火把。

「我是去拚命的，」三嬸冷冷地說，「你不怕嗎？」

「我是男子漢，不怕！」

三嬸把手電筒摘下來，掛在我的脖子上，然後順手提起了那把斧頭，說：「記住，只要你開亮手電對著牠們的眼睛照，他們就不敢動彈！」

我立刻明白了牠們是誰，一股寒氣彷彿從腳底升起，使我周身涼徹，我的牙齒不由得打起戰來。

「如果害怕，你還是留在家裡。」三嬸道，「牠們怕我，我不怕牠們，我一點兒也不怕牠們。」

「我不怕，」我咬緊牙關說，「我一點兒也不怕。」

「那好，我們走！」

我們悄悄地出了院門，沿著村前那條路往西走。月光照耀著，路上白茫茫一片，彷彿灑了一層銀屑。村子裡非常安靜，連一聲雞鳴狗叫都沒有。

從村莊西頭，我們拐上那條通往丘嶺也通往三叔墳墓的小路。路邊溝渠裡的雜草，彷彿在微微顫抖。路邊那條翻過山嶺的鄉村電話線，偶爾也會發出嗚嗚的聲響。我聽村裡闖過關東的人講過很多關於狼的故事，知道狼是非常狡猾、非常陰險、非常多疑、聽覺和嗅覺都非常敏銳的動物。牠們行蹤詭祕，變幻莫測，其智慧不遜於人類。我沒見過真狼，但我見過教堂裡壁畫上那隻母狼，曾經有一段時間我相信了那隻母狼的目光是慈祥的說法，但自從清泉失蹤後，那母狼的目光就是陰險毒辣的了，那陰險毒辣的目光經常在我的腦海裡閃爍。我跟隨在三嬸身後，總覺得背後有聲音，彷彿那隻母狼在我背後跟隨著，回頭時又什麼都看不到。

在三叔的墳墓前三嬸停下腳步，默默地站了一會。然後她又到清靈的小小墳頭前站了一會。我腦海深處響起了口哨，既像三叔吹的，又像是三嬸吹的，然後三嬸便帶我鑽進茂密的酸棗樹林。我們彎著腰，讓火把順貼著身體，以免與樹枝掛碰，有時不慎碰響樹枝，心裡便一陣砰砰亂跳，生怕被狼聽到。

我跟隨著三嬸，穿出樹林，下溝，上溝，上嶺，下嶺，拐來拐去，不知走了多遠，最後停頓在一道陌生的深深的溝壑的中段。我知道這已經是鄰縣的地盤了，腳下是嶙峋的亂石，亂石的縫隙中有銀白耀眼的冰。夏天的時候，這裡應該是條溪流。溪流的兩側是一蓬蓬的野柳棵子。三嬸低聲對我說：「就在這裡。你跟在我身後，記住，我們不怕牠們，牠們怕我們。」

這時，儘管我還沒發現狼窩的入口，但我的鼻子，已經嗅到了動物窩巢裡那股腥膻之氣。

三嬸悄聲道：「小光，你跟你三叔好，跟三嬸也有緣，你是個勇敢的孩子，三嬸希望你那個夢是真的，如果你那個夢是真的，咱娘倆豁出命也要把清泉搶出來。如果……」

三嬸摸出了一個打火機，打著火，點燃了火把。

「打開手電！」三嬸命令我，「照著那叢柳棵子。」

我將白亮的手電光柱照到那叢柳棵子上，看到了柳棵子掩護著的崖壁上，有一個黑乎乎的洞口。

三嬸拿著火把輕輕地晃了幾圈，火焰便猛烈地燃燒起來。三嬸又引燃了我手中的火把，讓我舉著。就這樣，三嬸在前，右手舉火把，左手提斧頭；我在後，左手舉火把，右手持手電。我是左撇子，左手舉著沉重的火把感到更自如一些。我牢記著三嬸的叮囑：只要狼進攻，就用火把燒牠。

我們彎腰鑽進了狼窩。這是個天然的山洞，因之比一般的狼窩要高闊許多。我們一進洞便看到，在洞的最深處的角落裡，有十幾點閃爍的綠光，那便是狼的眼睛。

「照著牠們的眼睛！」三嬸大聲喊叫著，這聲音尖利刺耳，震得狼窩嗡嗡作響，「清泉！清泉！我的兒啊……」。

我用手電光照定那隻最亮的狼眼，我手中的火把也在猛烈地燃燒著，蠟燭、蓖麻仁、煤油，這三種易燃物疊加起來，煥發出了巨大的能量，併發出呼呼的聲響。

果然如三嬸所說，在強烈的手電光和兩支火焰凶猛的火把照耀下，那一窩狼，緊緊地擠在一起。

「清泉啊，清泉……」，三嬸哀嚎著，我也努力地辨認著，希望能從狼群中發現清泉，但哪裡有清泉？沒有清泉，只有狼。最前面的是匹碩大的公狼，果然是土黃色的大狗模樣啊。那公狼聳起頸毛，喉嚨裡發出低沉的嗚嗚聲，口半張，呲出白森森的牙齒，似乎是想跳起來對我們進攻，但更像用身體遮擋身後的母狼和小狼。我緊緊地攥著火把，隨時準備著，一旦公狼向三嬸進攻，我就把火把戳過去，讓火焰燒爛牠的頭臉。三嬸大罵著，尖厲地吼叫著，揮起斧頭，對那公狼的腦袋用力劈下去。那兩隻碧綠的眼睛瞬間熄滅了，但馬上又亮了起來，三嬸連續地揮動著斧頭，就像砍剁一塊爛木頭。我用手電光，死死地照著那隻母狼的眼睛，此時我的膽量陡增，我想起了清泉、清靈，心中充滿了仇恨。但我不能擅自向前，我要站在三嬸身後，保護她的安全。三嬸收了斧頭，氣喘吁吁地，將那支火把，猛然地觸到公狼頭上。公狼的毛在燃燒，公狼的臉被燒焦，一股燒燎狼毛的怪味，一下子刻在了我的記憶裡，永遠也不能忘記了。這時，那隻母狼發出了哭泣般的鳴叫，我看到，在狼窩的角落裡，有兩只小鞋子和一些衣服的碎片。三嬸一定也看到了，她大聲嚎叫著：「清泉……我的兒子……」

那四隻小狼，把腦袋擠在母狼的腹下，身體露在外邊，可憐地顫抖著。

三嬸揮起斧頭，對準母狼的鼻子劈了一斧，母狼一聲哀鳴，閉上了眼睛。我看到，似乎有兩行眼淚，從母狼的深深的眼窩裡流出來。

「你也會哭啊！」三嬸哭著，罵著，「你們，山上有野雞野兔，你們為什麼不吃，你們偏偏要吃我的兒子……你護著你的孩子，但你吃了我的孩子……」三嬸又在母狼頭上劈了一斧，斧刃陷在狼的頭骨裡，拔不出來了。三嬸將火把觸到母狼身上，又是一陣惡臭的焦糊氣味撲進我的記憶。那四匹小狼被火把燒烤，有兩隻下死勁往母狼身下鑽，有兩隻逃出來，在火光中轉圈。這時我才發現，幾乎任何動物在幼年階段都是可愛的。這兩隻小狼羔子，黑黝黝的毛色，短短的嘴巴，短短的尾巴，肥嘟嘟的身體，笨拙的步態，全無一點狼的凶惡相，分明就是兩條小狗崽子。

三嬸一手舉著火把，一手撿起來那兩只臟得看不出原來顏色的小鞋子，按在胸口，變了聲腔地哀嚎著。

我用手電照著那兩隻嚶嚶嗚叫著的小狼，不知如何是好。

我勸解三嬸：「三嬸，您別哭了，我們大仇已報，您該高興才對。」

三嬸鑽出狼窩，站在月光下。火把已經燃燒近半，火勢熊熊，一股股黑煙強勁上衝，有一些滾燙的蠟油流下來，流到我們手上，燙得皮肉生痛，但片刻便凝固了。

我問：「三嬸，那幾隻小狼怎麼辦？」

三嬸想了想，說：「牠們長大了也要吃人的……而且牠們也長不大了……你去把牠們弄死吧！」

我猶豫著，此刻我覺得那幾匹小狼不是狼，就是幾隻可愛可憐的小狗。

「三嬸……我……」

三嬸道：「還是我去吧。」

三嬸鑽進狼窩，過了一會，她一手舉著火把，一手提著斧頭出來了。

已經後半夜了，在明亮的火光下，我看到那些柳條上掛滿了白霜。三嬸將火把扔進狼窩。

我也將火把扔在狼窩。

我看到燃燒的火把將狼窩照耀得一片通明。

我們走出這道深深的溝壑時，三嬸把手中的斧頭往身後一撇，斧頭落在卵石上，發出清脆的響聲。

在三叔的墳墓前，三嬸跪下，用樹枝在墓前掘了一個小坑，把那兩只小鞋子埋了。

十

殺狼復仇後，三嬸洗淨了手臉，梳順了頭髮，換上結婚時穿的那身衣服，靜靜地躺在炕上，閉著眼睛，叫也不應，問也不答。

村裡留守的老人孩子都來看她。

我母親流著眼淚說：「她三嬸啊，你可不能犯糊塗啊，你還年輕，要好好活下去……」

村子裡的人通過我的口，知道了三嬸夜闖狼窩，報仇雪恨的事蹟，許多人跑去觀看，歸來後便添油加醋地描述。其實根本不用他們添油加醋，這件事也注定要成為傳奇。

村裡的赤腳醫生吳紅梅跟隨著民工到水利工地去了，母親便讓我去把八十多歲，會治牛馬病也敢給人下針的吳金貴大爺叫來。

吳大爺摸摸我三嬸的脈，看看我三嬸的臉，什麼也沒說就到了院子裡，對我母親悄悄地說：「神仙也治不好不想活的人。你們把門關好，不要讓人打擾她了。」

七天之後，三嬸平靜地走了。

我們沒送她去縣火葬場火化，還為她弄了一口很好的棺材。我們掘開了三叔的衣冠冢，掘開了三叔墳墓旁邊那座埋葬著清靈的小墳墓，我們把三嬸的棺材，清靈的小棺材，跟三叔已經朽爛的棺材並排著放進拓寬了的墓穴。在我的提議下，我們找到清泉那兩只小鞋子，裝進一個三嬸娘家陪送來的盛手飾的楸木匣裡，並把這木匣，放在了三叔和三嬸的棺材之間。

事後我們得知，那位村革委會副主任李魚海從水利工地回來後，知道了我三嬸未經火化就下葬的事，悄悄地去公社舉報，並污蔑村支書郭光星與我三嬸有不正當關係。他希望公社嚴格執法，命令郭光星把我三嬸的屍首挖出來送去火化。此時已入臘月下旬，春節將近，公社幹部道：

「你先回去吧，等過了春節再處理。」

除夕夜裡，李魚海家那條土狗突然瘋了。牠呲著牙，仰著頭，對著天上的寒星，發出了淒厲的哀鳴，這絕對不是狗的聲音，而是狼的嚎叫。大年初一，他的老婆口吐白沫，突然昏倒，醒來後便胡言亂語，一會兒說頭被斧子劈破了，一會兒說毛被火把燒焦了，一會兒又說：「我是顧雙紅，上帝念我殺狼有功，已任命我為護子娘娘。」

李魚海想拉她去醫院，她雙目圓睜，大吼一聲：「跪下，你這個奸賊！」

十一

現在，那個狼窩，已經成了旅遊的熱點。村裡的人，暗中計畫著要在三嬸一家的合葬處蓋一座護子娘娘廟，但又怕上級不准，他們派人進京來找我，希望我能幫他們出出主意，我說：「你們不妨先建個紀念館，紀念的時間長了，也就成了廟了。而一旦成了廟，也就沒人敢拆了。」

本書作品創作年表

澡堂與紅床	二〇一一年十二月
左鐮	二〇一二年五月初稿於陝西盧縣
	二〇一七年八月十六日定稿於高密南山
地主的眼神	二〇一二年五月初稿於陝西盧縣
	二〇一七年八月十六日定稿於高密南山
鬥士	二〇一二年五月初稿於陝西盧縣
	二〇一七年八月十八日改定於高密南山
等待摩西	二〇一七年八月十五日於高密南山續完
表弟寧賽葉	二〇一七年八月十九日改定於高密南山
詩人金希普	二〇一七年八月二十七日改定
天下太平	二〇一七年九月十九日

國家圖書館出版品預行編目資料

晚熟的人 / 莫言作. -- 初版. -- 臺北市 : 麥田出版 : 家庭傳媒城邦分公司發行, 2020.09
面：　公分 . --（莫言作品集；17）

ISBN 978-986-344-806-8（平裝）

857.63　　109011234

莫言作品集 17

晚熟的人

作　　者　莫　言
責任編輯　林秀梅　莊文松

版　　權　吳玲緯　楊　靜
行　　銷　闕志勳　吳宇軒　余一霞
業　　務　李再星　李振東　陳美燕
副總編輯　林秀梅
編輯總監　劉麗真
事業群總經理　謝至平
發 行 人　何飛鵬
出　　版　麥田出版
台北市南港區昆陽街16號4樓
電話：886-2-25000888 傳真：886-2-25001951
發　　行　英屬蓋曼群島商家庭傳媒股份有限公司城邦分公司
台北市南港區昆陽街16號8樓
客服專線：02-25007718；25007719
24小時傳真專線：02-25001990；25001991
服務時間：週一至週五上午09:30-12:00；下午13:30-17:00
劃撥帳號：19863813 戶名：書虫股份有限公司
讀者服務信箱：service@readingclub.com.tw
城邦網址：http://www.cite.com.tw
麥田部落格：http://ryefield.pixnet.net/blog
麥田出版Facebook：https://www.facebook.com/RyeField.Cite/
香港發行所　城邦（香港）出版集團有限公司
香港九龍九龍城土瓜灣道86號順聯工業大廈6樓A室
電話：852-25086231　傳真：852-25789337
電子信箱：hkcite@biznetvigator.com
馬新發行所　城邦（馬新）出版集團
Cite（M）Sdn. Bhd.（458372U）
41, Jalan Radin Anum, Bandar Baru Seri Petaling,
57000 Kuala Lumpur, Malaysia.
電話：+6(03)-90563833　傳真：+6(03)-90576622
電子信箱：services@cite.my

設　　計　莊謹銘
排　　版　宸遠彩藝有限公司
印　　刷　前進彩藝有限公司

2020年9月　初版一刷
2024年8月　初版六刷
售價：NT$450
ISBN 978-986-344-806-8